KB252874

구기화 九奇話

해밀 추리 무협 소설

DETECTIVE FANTASTIC STORY

구기화 2

해밀 추리 무협 소설

초판 1쇄 찍은 날 § 2007년 12월 20일
초판 1쇄 펴낸 날 § 2007년 12월 29일

지은이 § 해밀
펴낸이 § 서경석

편집장 § 문혜영
편집책임 § 유혜림
편집 § 서지현

펴낸곳 § 도서출판 청어람
등록번호 § 제1081-1-89호
등록일자 § 1999. 5. 31
어람번호 § 제2-1377호

주소 § 경기도 부천시 원미구 심곡1동 350-1 남성B/D 3F (우) 420-011
전화 § 032-656-4452 팩스 § 032-656-4453
http://www.chungeoram.com
E-mail § eoram99@chollian.net

ⓒ 해밀, 2007

ISBN 978-89-251-1088-2 04810
ISBN 978-89-251-1086-8 (세트)

九奇子夥話

2

해밀 추리 무협 소설

Detective Fantastic Story

붕정만리(鵬程萬里)

鬼子　大笑　貴寶　鬼星　蒼龍　神醫　書生

도서출판 처음

구기화

목차

第三章 행군(行軍)

감정(感情)

　감정이 없는 사람은 없을 것이니, 오직 그것을 드러내 표현하는 자와 숨기어 표현하지 않는 자만이 있을 것이다.

　이 두 가지 경우에 포함되지 않는다면, 타인을 안아줄 수 있는 따뜻함은 찾아볼 길 없이 이미 싸늘히 체온을 잃어버리고, 고단했던 몸을 폭신한 이불이 아닌 딱딱한 관에 누인 망자(亡者)뿐이리라.

　감정은 여러 가지에서 시작될 수 있으니, 아름다운 산속과 치열한 전쟁터, 잔잔한 바다와 더러운 오물 덩어리, 그리고 장엄한 일출과 황량한 들판, 혹은 천하의 명승지들까지.

그 어떤 것이라도 인간의 감성을 자극하기에는 충분하고 넘치는 것들이 그들 주위를 둘러싸고 있다.

그러나 인간만큼 다른 인간의 감정을 풍부하게 만들어주는 것을 나는 아직 찾지 못했다.

그것이 애정, 혹은 증오의 정반대되는 성격의 것들이라 할지라도.

"제가 앞장서지요."

"…아니네. 그럴 수는 없지."

"제가 못 미더우십니까?"

"허허, 그런 얘기가 아니지 않은가."

"그럼 되었습니다. 제가 앞장서는 것으로 하지요."

말을 끝낸 위해원은 제 원래 보폭보다 크게 성큼성큼 걸어 어느덧 계단으로 몸을 감추었다.

사라진 위해원의 태연한 뒷모습을 바라본 고원월의 눈에 침울한 기운이 맴돌았다.

절정의 신법을 펼쳐 눈앞에서 사라진 것도 아닌데, 위해원을 잡지 못하는 자신이 초라하게만 느껴졌으리라.

잡지 '아니' 한 것이 아니라 분명히 '못' 한 것이었다.

손을 뻗어 위해원의 몸을 잡을 수는 있었지만, 그의 마음에 담긴 배려는 차마 잡을 수 없었기 때문이다.

또다시 시작된 여정에서, 난데없이 위해원은 자신이 앞장 서기를 고집했다.

사람을 상대함에 있어 입으로 하는 말을 백번 듣는 것보다 몸으로 하는 말을 한 번 보는 것이 나은 경우도 있으니, 입보 다 몸이 사람의 마음과 가까운 까닭이었다.

비록 위해원이 무공을 모른다 하지만, 붉은빛이 감돌고 있 는 고원월의 얼굴에서 여러 가지 사실을 추측한 것일 터였다.

미지의 세상에 발을 들여놓은 탐험가에게 가장 필요한 것 은 들끓는 흥분을 안으로 갈무리하고 주위를 살필 수 있는 통 찰력이니, 알 수 없는 곳이란 찬란한 영광과 어두운 절망을 동시에 품고 있기 때문이다.

무리의 갈 길을 제시해야 하는 선두에 선 자 역시 탐험가와 다르지 않을 것이다.

주변의 상황을 분석하여 머릿속에 집어넣는 대신, 그 대가 로 자신의 심력을 뱉어내야 하는 것이리니…….

하물며 어둠 속에 날카로운 발톱을 감춘 적이 도사리고 있 는 곳을 떠도는 지금, 구 인의 유랑자를 이끄는 우두머리가 된다면 어떠할까.

위해원은 고원월의 부담을 덜어주려 하고 있는 것이었다.

선두의 책임감에서 해방시키는 동시에, 독고음을 견제할 힘을 어서 회복하라는 무언의 뜻을 그의 행동에서 고원월은 느낄 수 있었던 것이다.

고원월이 무공을 모르는 백면서생에게 마음을 쓰게 한 자신의 처지에 씁쓸함을 느끼고 있는 것은 당연한 일이었으나, 위해원을 결국 잡지 않은 일은 쉬운 것이 아니었다.

사람이란 한 번 차지한 것을 쉽게 포기하지 못한다.

그것이 자신에게 하등 쓸모가 없다손 치더라도, 차라리 버릴지언정 남에게 주려 하지 않는 자가 태반인 것이 세상사였다.

하물며 그것이 명예와 연관된 일이라고 한다면, 그 대상이 더욱이 무림인이라고 한다면 어떠하겠는가.

명분에 목숨을 건다는 것이 무림인이었으며, 명분이란 명예란 말과 한 지붕 아래 똬리를 틀고 교미를 위해 서로 몸을 얽히고 있는 구렁이마냥 떼려고 해도 뗄 수 없는 것이었다.

보통의 사람이었다면, 자신을 무시한다고 생각하고 화를 내어도 하등 이상할 것이 없는 상황이 연출되고 있었다.

그러나 고원월은 보통 사람이 아니었다.

칠천무신 중 일인인 장왕, 그것이 고원월의 또 다른 이름이었던 것이다.

그 무공의 고강함만으로 신이란 이름에 다다를 수는 없는 법!

고원월이 불편한 마음만 가지고 무턱대고 자신을 잡을 만큼 아집으로 뭉치고 독선에 빠져 있는 인물이라고 생각되었다면, 위해원은 처음부터 말조차 꺼내지 않았으리라.

고원월은 위해원을 실망시키지 않았다.

지금은 그 마음에 보답하도록 최대한 심력을 아끼는 것이 먼저였다.

그리고 지금껏 살펴본 위해원의 모습 또한 고원월의 눈에 보통 사람이 아니라는 믿음이 각인되기 충분했다.

위해원 또한 지금껏 단 한 번도 고원월을 실망시킨 적 없었기 때문이리라.

끝을 알 수 없는 기이할 정도의 지식과 상황에 대한 무서울 정도로 날카로운 분석, 지금껏 보인 행동만을 놓고 보았을 때도 무모하게 움직이지는 않을 터였다.

'위 소협이라면 선두에 설 자격이 충분하리라!'

고개를 힘차게 끄덕인 고원월이 선봉 대신 차봉의 자리를 차지하려 걸음을 옮겼다.

그러나 이 또한 쉽지 않았다.

위해원이 계단 속으로 사라지고, 남궁대수를 등에 업은 장문영이 말없이 위해원을 뒤따라 걸음을 옮겼다.

"고 선생, 다음은 이 늙은이로 해주시지요."

"장 형……."

굳이 남궁대수를 자신이 책임지겠다며 녹의인의 옷을 길

게 갈라 남궁대수를 제 몸과 하나가 되도록 질끈 동여 묶은 이유도 방금 전 위해원이 보인 마음 씀씀이와 다르지 않으리라.

그런데 지금 그 장문영이 위해원 다음의 자리까지 차지하려고 나서는 것이었다.

첫 번째 자리만큼 위험하지는 않을지라도, 두 번째도 위태롭기는 매한가지 아닌가!

부르르—

고원월의 몸이 아닌 마음이 흔들거렸다.

세상의 수많은 이들에게 칭송을 받아왔으나, 모진 세월 동안 홀로 독보강호(獨步江湖)했던 그가 언제 이런 말들을 들어보았을까.

실제로는 남의 도움 따위는 필요없이 살아왔던 시간이기도 하였지만, 한발 떨어진 곳에서 경외를 던질 뿐 그에게 인간적으로 다가선 자는 전무하다 싶을 고독한 세월이었다.

그랬기에 지금 고원월이 느끼는 감정의 소용돌이 또한 더욱 클 수밖에 없으리라.

이 감정의 종류는 명예를 훼손당했다고 여기는 장왕으로서의 무림인의 분노가 아닌, 인간 고원월로서의 감동의 격정이었다.

그럼에도 고원월은 이번에는 거절하려고 했다.

등에 부상자까지 업고 있는 백발성성한 노인을 자신보다 먼저 위험의 길을 걷도록 내몰 수는 절대 없었다.

그러나 이어지는 장문영의 말에 고원월은 또다시 아무 말도 못하고 결국 자리를 양보해야만 했다.

"제 등 뒤의 이 아이, 젊지요? 하하, 우리도 이런 시절이 있었을 텐데… 아, 제가 실언을 했군요. 고 선생은 아직도 이렇게 정정하신데."

장문영이 온화한 얼굴로 등 뒤에 자리 잡고 있는 파리한 안색의 남궁대수를 돌아보았다.

자신의 젊은 날을 회상하며 추억을 되새기고 있는 것일까. 장문영의 눈은 이젠 추억에서만 찾을 수 있는 저 먼 곳을 아스라이 바라보고 있는 것 같았다.

"장 형……."

고원월의 나직한 부름에 장문영이 꿈에서 깨어나 입을 열었다.

"하하, 제가 무(武)의 세계에 대하여 잘 모르긴 해도, 남궁소협이 이번에 깨어나면 그 성취가 작지는 않을 것 같군요. 혼절하기 전에 보인 검무와 아까의 기연들, 모르기는 해도 공부가 두어 단계는 올라갔을 겁니다. 그 정대한 성품으로 보아 향후 무림을 받쳐 주는 기둥이 될 청년입니다."

제 입으로 무를 모른다 하고는 있지만, 장문영의 말이 옳다는 것은 고원월이 누구보다 잘 알고 있었다.

그의 생각도 이와 다르지 않기 때문이었다.

무인으로서 인재를 아끼는 마음은 그가 장문영보다 크면 컸지 못할 까닭이 없었다.

그러나 고원월은 입 밖으로 동감을 말하지는 않았으니, 이어질 장문영의 말에 담길 뜻을 짐작하고 있는 까닭이었다.

"이제 이 늙은이는 살 만큼 살았습니다. 하지만 남궁 소협은 다르지요. 아직 할 일이 많은 청년입니다. 그러기 위해서는 이곳을 나가야 하겠지요. 제 등 뒤의 청년을 고 선생의 눈앞에 놓고 지켜주시지요. 고 선생께 감히 세 번째로 들어오시길 부탁드리겠습니다. 그리고 저기 대소라고 부르는 청년을 고 선생의 등 뒤로 자리하도록 하지요."

고원월은 눈이 따가워옴을 느꼈다.

천하제일의 암기술이라는, 하늘을 메우고 쏟아지는 무기의 비인 만천화우(滿天花雨)를 눈 바로 앞에서 겪는다 해도 결코 감기지 않을 그 눈이 따가워서 고원월은 기어이 눈을 감아야만 했다.

"그럼, 먼저 가겠습니다."

장문영이 계단 속으로 들어가는 발자국 소리가 그의 영혼을 울리는 것 같았다.

저벅저벅!

그러나 감동의 시간은 오래가지 못했다.

또 다른 소리가 고원월의 귀청을 흔들며 침입해 왔기 때문이다.

"눈물 없이는 볼 수 없을 정도로 감동적이군. 하나, 밤이 길면 꿈이 많은 법. 그 꿈 가운데 악몽이 없으란 법은 없지. 오리야, 폼 그만 잡고 이제 그만 들어가도록 하지 그러냐."

고원월의 등 뒤에서 독고음의 냉소에 가득 찬 음성이 들려왔다.

모욕적이게도 들릴 수 있는 내용이었지만, 고원월은 고개를 돌려 그를 쏘아보지 않았다.

자신의 몸 상태가 안 좋아 지금 싸운다 해도 승산이 적기 때문이 아니었다.

고원월은 자신의 축축해진 붉어진 눈을 이보다 더한 치욕을 당한다 하더라도 보일 수 없었기 때문이다.

적어도, 절대로 독고음에게만은!

고원월이 계단 속으로 성큼 걸음을 옮겨 들어서며 말했다.

"내 뒤에는 대소가 들어오도록 하게."

마침내 계단은 구 인을 모두 집어삼켰다.

"아직인가요?"

지부용이 초조함을 담아 외쳤다.

처음엔 석실에서만 해도 별다른 말도 없이 잘 참아내고 있었지만, 도산지옥을 거치며 마음의 평정이 깨진 것이리라.

천지가 진동하도록 우렁차게 물을 내려치는 폭포처럼, 굉음을 동반하는 장소에 서식하는 짐승들은 제 스스로 귀를 닫을 수 있다고는 하지만, 그런 짐승이 아닌 것이 분명하여 못 들었을 리 없건만, 위해원은 지부용의 음성에 아무런 대답도 하지 않았다.

의미없이 입을 여는 것보다는, 주변을 살피는 것에 조금 더 주의를 기울이는 것이 낫다는 것을 알고 있기 때문이었다.

"조금 더 가야 할 것 같구려. 아직 출구가 보이는 기색이 없소이다."

장문영이 대신하여 말했다.

'출구라…….'

위해원이 속으로 쓴웃음을 지었으니, 지금 자신들이 가는 길이 출구로 향하는지, 또 다른 곳의 입구로 향하는지는 아무도 모를 일이었기 때문이다.

"흥! 언제까지 가야 한단 말인가. 벌써 한 시진은 걸은 것 같군."

진사백이 혼잣말처럼 작게 중얼거렸지만, 좁은 통로를 함께 걸어가는 일행 중 그 누구도 듣지 못한 자는 없었다.

그러나 평소 같으면 진사백을 나무라는 한마디를 했을 법한 고원월도 침묵을 지킨 채 아무런 대꾸를 하지 않았다.

밀폐된 공간은 신경을 날카롭게 만든다.

한 사람이 겨우 지나갈 수 있는 통로는 앞으로 뚫려는 있으나 밀폐된 것과 다르지 않은 느낌을 모두에게 선사하기에 충분했다.

더욱이 가도 가도 끝이 보이지 않는 긴 통로는 충분히 그러할 터였다.

일행이 들어선 계단은 또 다른 통로와 연결되어 있었다.

일견, 그 통로는 처음 석실과 도산지옥을 연결하던 통로와 다를 것이 없어 보였으니, 적어도 안개처럼 깔려 있는 자욱한 어두움과 좁은 폭, 그리고 머릿속으로 울리는 것과 같은 공기의 메아리는 같다고 할 수 있으리라.

그렇다면 아마도 조금만 걸으면 또 다른 관문이 나오리라.

그 문밖에 무엇이 존재하는지는 알 길 없었지만…….

처음의 경험에 의하여 모두들 암묵적으로 그렇게 여기고 있는 것이 사실이었다.

그러나 길이만은 처음의 통로와 전혀 달랐다.

물경 한 시진을 걷고 있었지만 몇 번의 구불거림 외에는 어떤 변화도 못 느끼게 만들며 지루한 시간들을 만들어내고 있었던 것이다.

"꽤 넓은 공간이군. 정말 대단하지 않소이까."

맨 뒤에서 걷고 있던 독고음이 통로를 접어선 뒤 처음으로 감탄의 내용으로써 말문을 열었다.

누구에게 물은 것일까.

그 대상은 정해지지 않았지만, 질문이 향하고 있는 자가 누구인지 알아차리기는 어렵지 않았다.

그것은 말 끝머리에 붙어 있는 '않소이까' 라는 반 높임말이 있었으니, 이곳에 있는 자들 중에 독고음에게 그런 화법을 이끌 자격을 갖춘 자는 한 명밖에 없었다.

"그렇군요."

독고음의 앞에서 걷고 있던 중년 여인 정월명이 짧게 대답하고 입을 다물었다.

비록 짧은 한마디였지만, 더 이상 말을 섞기 싫다는 기색을 알아차리기에는 충분할 정도의 색깔이 그 음성에 분명하게 묻어 있었다.

그러나 독고음은 정월명과는 달리 더 말을 하고 싶어하는 것 같았다.

"비록 몇 번 모서리를 돌기는 했다지만, 한 시진을 걸을 통로라니… 백 리는 못 되어도 오십 리는 능히 왔겠군. 천하에 그 어떤 세력이 있어서 이런 곳을 만들었을지……. 아무래도 난 짐작 가는 곳이 없구려. 부인께서도 궁금하지 않으신가."

"글쎄요. 전 별로 궁금하지 않군요."

정월명은 이제 짜증마저 느껴지는 음성으로 차갑게 대꾸

하고 있었으니, 이는 더 이상 말 걸지 말라는 의미가 분명했다.

그러나 이어지는 독고음의 말은 대화를 끝내지 못하도록 만들기에 충분했다.

"그래? 하긴, 궁금하지 않을 수도 있겠군. 이미 답을 알고 있다면 말이야."

획─!

정월명의 신형이 빠르게 뒤돌려졌다.

독고음을 쏘아보는 그 눈길에는 귀성에 대한 두려움은 없는 것처럼 날카로운 날이 번쩍이고 있었다.

"무슨 뜻이죠? 내가 이곳의 정체를 알고 있기라도 한다는 소린가요?"

일행의 행렬이 우뚝 멈춰 섰다.

모두가 고개를 돌려 맨 뒤에서 벌어지고 있는 설전을 주시했다.

단 한 사람, 걸음을 멈추지 않고 계속 옮기고 있는 선두의 위해원만 제외하고.

"내가 그렇게 말했던가? 난 '있다면─' 이라고 했던 것 같은데. 만약이란 뜻이 담긴 말 아니었던가?"

"말장난은 그만두시죠. 하고 싶은 말이 있으면 분명하게 하세요. 절 의심하는 건가요?"

노한 표정의 정월명이 독고음을 똑바로 마주 보며 말했다.

독고음은 그 시선을 여유롭게 받아넘기며 혼잣말을 하는 것처럼 나직하게 대꾸했다.

"글쎄, 적어도 대전을 지나치며 아무런 상처도 입지 않은 사람은 몇 보이지 않는군."

"그 속에는 당신도 포함되어 있죠."

감히 귀성 독고음에게 당신이라는 표현을 쓰다니!

진사백이 오싹한 한기에 몸을 부르르 떨었지만, '당신'이 된 당사자 독고음은 아무렇지도 않다는 듯 여유롭게 말을 이었다.

"적어도 나는 홍문으로 가려는 모두를 청문으로 먼저 이끌지는 않았던 것 같은데, 누구였을까, 그 사람은. 나도 늙은 건가? 기억이 잘 나지 않는군."

"……!"

말처럼 기억하지 못할 리 없는 이와 그 기억 속 주인공의 눈이 허공에서 얼기설기 얽히어갔는데, 이는 저 먼 이방 나라의 결코 풀 수 없다는 매듭과 다름이 없어 보였다.

그 매듭을 푼 자가 세상을 지배하리라는 전설이 전해졌고, 지혜가 아닌 날카로운 검으로 매듭을 내려치는 것으로나마 그것을 풀어 자신을 증명해 보인 이 또한 실로 대단한 일이었지만, 지금 이 둘의 매듭은 어떤 형태로 풀어야 할지 도저히 알 수 없었다.

도산지옥으로 모두를 이끈 모양새가 된 장본인, 지금 이 순간 모두의 회상의 주인공이 된 정월명이 서슬 퍼런 눈빛과는 다른 담담한 목소리로 입을 열었다.

"그 일에 대해서는 할 말이 없군요. 모두를 위험에 빠뜨린 결과를 가져온 것이 사실이니까요. 하지만 다른 문이 안전할 수 있다는 생각 말고 더 위험한 곳이었을 수도 있다는 생각은 못하고 계시나 보죠? 그럼 지금이라도 돌아가서 다른 곳으로 가보도록 하시지요."

한 명은 자르고 싶어했고 다른 한 명은 이어가고자 했던 논쟁은 끝낼 수 없을 것 같은 형국이 되었다.

이미 멈출 수 없는 기호지세(騎虎之勢)가 되어버린 것 같았지만, 의외로 상황은 쉽게 종료되고 말았다.

누가 말려서도, 누군가 정말로 길을 되돌아가서도 아니었다.

어느새 저 멀리 앞서 버린 위해원의 목소리가 꺾인 통로 벽을 치며 설전의 한가운데로 끼어들어 왔기 때문이다.

"다 온 것 같군요. 문(門)입니다."

마방진(魔方陣)

문화와 지식은 과거로부터 현재까지 축적되고 미래로 넘
겨지는, 발전의 형태를 갖추고 있는 것이 일반적인 사실이다.

이 때문에 과거의 것이 현재의 것보다 열위에 있으며, 미래
의 것이 지금의 것보다 우위에 있을 거라 생각하는 것 또한
당연시되기도 한다.

만들어놓은 것에 덧대어 쌓아올리는 일이니 그전보다 높
이는 올라가지 않겠는가.

이를 온고지신이라 했으니, 『논어(論語)』의 '위정편(爲政
篇)'에서 공자는 온고이지신가이위사의(溫故而知新可以爲師

矣)라는 말로 '옛것을 알고 새것을 익히면 능히 남의 스승이 될 수 있다' 라고 후대에 그 뜻을 전하고 있다.

그렇다면 지금은 과거를 전부 온전하게 받아들이고 쌓아 올린 탑이라 자신할 수 있는가?

그 탑 밑에 주춧돌이 숨겨져 있다면, 흙을 파기 전에는 알 수 없는 일이 아닌가.

그리고 그 주춧돌이 자신이 만들어놓은 탑의 높이를 능가하는 깊이로 묻어져 있을 수도 있는 일이었으니…….

현재, 그리고 미래를 능가하는 '무엇' 인가가 과거에 없었다고 그 누가 감히 확언할 수 있을까.

"뭐 하고 있어?"

빚쟁이가 찾아와 침울하기만 한 집안 분위기도 모르고 사람이 많아져 괜히 신이 나 이곳저곳 기웃거리는 철없는 아이 마냥, 진사백의 음성이 좁은 통로에 이리저리 뛰어다니며 부딪쳤다.

문(門).

하나의 공간과 다른 하나의 공간을 연결해 주는 단어, 그리고 지금 아홉 명의 사람을 막아서고 있는 이름이 그것이었다.

문은 화려하지 않았다.

도산지옥으로 연결된 문이 청옥으로 반짝이며 그 너머로

신비로운 비밀을 담고 있는 것을 은근하게 자랑이라도 하는 것처럼 보였던 것과는 분명 달랐다.

'비밀이야' 라고 속삭이면서도, 말하는 순간에 더 이상 비밀이 아닌 것이 되어버리는 것을 모르고 있는 이와 같았던, 천축어로 도산지옥을 제 몸에 새기고 있는 형상과도 달랐다.

주변의 어둠이 자신으로부터 잉태되었다고 말하기라도 하는 듯, 칙칙한 어둠을 뿜어내고 있는 문이 아홉 명의 사람을 가로막고 있었다.

그 문은 단지 한 자 크기의 사각형을 가슴에 문신처럼 처연하게 새기고 있을 뿐이었다.

그리고 그 사각형 안에는 종횡으로 각기 열아홉 줄의 선이 그어져 있었다.

"뭐 하고 있어? 열어! 난 이 지긋지긋한 복도에서 나가야겠어!"

후미에 서 있던 진사백이 다시 고함을 지르며 앞사람을 비집고 헤치며 앞으로 나섰다.

"앞에 뭐가 있든 나가고 보자니까! 일단 열어! 뭐 하고 있는 거야?"

위해원은 진사백이 바로 뒤에 이르기까지 문에 고정되어 있는 시선을 돌리지 않았다.

그저 말없이 검은 문에 새겨져 있는, 알 수 없는 선들로 채

워진 사각형을 쳐다보고 있을 뿐이었다.

"겁쟁이 자식, 저리 비켜! 내가 직접 열지!"

웬일인지 위해원은 별다른 행동 없이 묵묵히 자리를 비켜 주었다.

"흥―!"

코웃음을 치며 비웃듯이 위해원을 바라본 진사백이 한 손 엔 청룡검을 빼어 들고 다른 한 손을 문에 가져다 대었다.

자신 가득해 보였던 것과 달리 바로 열어젖히지 못하는 까 닭은, 그에게도 목 위에 단순한 장식이 아니라 생각하는 머리 가 존재하고 있기는 한 이유에서이리라.

스멀거리며 피어오르는 차가운 한기가 문과 닿아 있는 손 에서 막상 느껴지자, 잔뜩 긴장한 진사백으로는 등 뒤의 위해 원이 장문영 등을 이끌어 문에서 떨어지고 있는 사실을 알 수 없었다.

"흥! 바둑판이라? 참 가지가지 하는구나! 으합―!!"

두근거리며 쿵쾅거리는 심장의 울림과 방울방울 맺히는 땀방울을 만들어내고 있던, 자기 자신에게 들으라고 한 소리 이며 격려였으리라.

진사백이 우렁찬 기합과 함께 체중을 실어 문을 밀었다.

"응?"

이내 떨림이 멈추고 땀은 식어 사라져 갔으나, 의문이 새롭게 만들어졌다.

문은 움직이지 않았다.

처음 도산지옥을 지키던 청옥으로 된 문이 너무도 쉽게 자신을 열어주었던 것과는 달리, 단 한 번의 움찔거리는 미동조차 보이지 않았던 것이다.

"이런 제길! 으아―!"

창룡을 집에 꽂아 넣고 양팔 모두를 맞대어 내공까지 운기하며 진사백이 다시 수문장(守門將)이라도 되는 양 개문을 시도했다.

뿌드드득―

힘을 준 까닭에 이가 갈리는 소리였을까, 아니면 가중(加重)되는 압력을 못 견디는 뼈마디가 질러대는 비명이었을까.

그 정체를 모를 소리가 이마에 파란 힘줄을 만들어낸 진사백의 몸 구석구석에서 들려왔다.

"진 대협, 그만 하시게나. 막아놓은 상처가 터질 걸세."

장문영의 목소리가 들려왔지만, 진사백은 문과의 자존심 싸움에라도 들어갔다고 생각하는지, 실제로 다리를 묶어놓은 헝겊에 피가 고인 한참 후에야 문에서 손을 떼고 물러섰다.

그러나 싸움의 패배는 인정하지는 않는지 씩씩거리는 거친 숨을 내뿜으며 자신을 이렇게 만든 묵빛의 칙칙한 문을 잡아먹을 듯 노려보았다.

그리고는 이내 모든 사건의 마지막에서 암중(暗中)의 배후
자를 깨달은 청년 영웅처럼 위해원을 쳐다보고는 날카롭게
외쳤다.

그러나 그 입에서 이야기속의 청년 영웅이 할 법한 멋진 대
사는 찾을 길이 없었다.

"이 개자식! 처음부터 열리지 않을 걸 알고 있었구나!"

"그만 해라. 가만히 보고 있기 힘들어지는구나."

참다 참다 못 참은 것일까.

고원월이 날카롭게 일변을 던지고서야 진사백은 입을 다
물었다.

그러나 그 눈은 여전히 문을 대신하여 위해원이 생사대적
으로 새롭게 떠오르기라도 한 모양으로 사납게 주시하고 있
었다.

그 눈빛을 여유롭게 받으며 위해원이 다시 문 앞으로 나섰
다.

"기관이라도 되어 있는가."

아홉 명의 사람을 몸통으로 갖고 있는 뱀의 모습과 같이 일
렬로 주르륵 늘어선 제일 끝에 위치한 독고음이라는 꼬리가
위해원이라는 머리를 향해 물었다.

"힘으로 열려고 하면 암기라도 발사되는 병기로써의 기관
을 말하는 것이라면 없는 것 같으나, 힘으로도 열 수 없도록

만든 그런 잠금 장치로의 기관을 말한다면 그런 것 같군요.”

위해원이 찌푸린 얼굴로 대답했다.

진사백을 방패막이로 삼으려 했던 것은 아니나 굳이 그에게 맡긴 것은, 문이 가지고 있을 비밀을 조금이나마 파헤칠 정보를 얻기 위해서였다.

차라리 암기라도 튀어나왔으면 그 각각의 방위나 장치 형태를 분석하여 어떤 실마리를 찾을 수 있겠건만, 아무것도 나오지 않고 천근암석처럼 묵직하게 자리 잡고 있는 지금의 문의 형태는 그 어떤 정보도 얻을 수 없는 더욱 나쁜 상황이었던 것이다.

이미 말한바 있는 것과 같이, 동굴의 붕괴를 염려해 무작정 힘으로 부술 수는 없는 노릇이었다.

“그래? 잘됐군, 스스로의 가치를 입증할 시간이 와서. 어서 열도록 하지. 설마 못 여는 것은 아닐 터이지. 자네 입으로 자네가 쓸모있다고 한 것 같은데, 이제 그걸 증명할 시간이군.”

독고음은 아무런 감정도 읽을 수 없는 무덤덤한 목소리로 말했지만, 그 속에 담긴 의미를 모를 위해원이 아니었다.

위해원은 독고음에게 자신이 쓸모있다는 사실을 주지시키면서 지금껏 목숨을 살릴 수 있었고, 이번에는 독고음이 위해원에게 그 사실을 다시 환기시키는 것이었다.

만약 쓸모가 없다고 판명된다면……

"바둑판이라……. 이 바둑판이 의미하는 것이 뭔지 알겠는가?"

"……."

"혹시 대국(大局)이라도 진행하라는 것이 아닐까? 그 가운데 어떤 기보(棋譜)의 수순이 열쇠인 것일까?"

장문영이 걱정스러운 기색으로 다가와 문득 떠오른 생각을 위해원에게 속삭였지만, 청년은 노인의 마음을 편안하게 해줄 대답을 선뜻 내놓지 못했다.

걱정 근심이 세상의 끝에 선 노인의 것이고 천하태평이 세상의 시작에 선 청년의 것이라는 몰상식한 인간들의 말도 항간에는 있었지만, 지금 청년과 노인의 마음은 크게 다르지 않는지 답답한 마음으로 그저 문을 말없이 쳐다보고 있을 뿐이었다.

"비키게. 내가 열어보지."

상황이 어렵게 돌아간다고 느꼈는지, 지금껏 말없이 바라만 보고 있던 고원월이 한 팔을 걷어붙이며 나섰다.

진사백 때와는 달리 위해원은 이번에는 자리를 내주지 않았고, 입 또한 열어 상황을 설명해 주었다.

"아닙니다. 힘으로 열 수 있는 문이 아닙니다. 특별한 기관이 걸려있는 문 같습니다. 아마도 고 어른의 힘이라면 억지로 밀거나 부술 수는 있겠지만 그 뒤에 올 상황은 감당하기 힘든 것일 수 있습니다.”

고원월의 얼굴이 침중해졌다.

이 좁은 통로에서 어떤 기관이 발동된다면, 독고음과 자신을 제외하고는 순간적으로 받아낼 자 많지 않으리라.

하지만 이 상태가 계속된다면 이어질 독고음의 행동 역시 막아낼 자 없으리라.

고원월의 지친 몸과 다급한 마음이 진퇴양난(進退兩難)에 빠져들려 하고 있을 무렵, 옛이야기 속에서 해와 달이 되었다는 오누이에게 한 가닥 동아줄이 하늘에서 갑자기 내려왔던 것처럼 모두의 귓가로 한줄기 음성이 홀연히 들려왔다.

“어? 이거 마방진(魔方陣)이군요.”

“마방진? 마방진!!”

위해원이 목청 높여 부르짖었다.

사람들은 깜짝 놀라 위해원을 한번 쳐다보았으나, 위해원은 넋이라도 나간 사람마냥 중얼거리며 바둑판 모양의 도형을 쳐다보고 있을 뿐이었다.

“마방진?”

의아하다는 장문영의 물음에 고개를 빠끔히 내밀었던 지부용은 그것도 모르냐는 얼굴이 되어 반문했다.

“아니, 이게 마방진이라는 것도 몰랐단 말이에요?”

지금껏 단연 우월한 지식을 선보이던 위해원도 막혀 있던 대목에서, 난데없이 들려온 어린 여인의 말에 모두가 아연한 기색을 감추지 못하고 있는 것은 당연하리라.

"마방진이라니, 확실한 건가?"

"줄이 좀 많기는 하지만 확실해요. 네모난 사각형에 이리저리 선을 그어놓았으니 이게 마방진이 아니라면 뭐겠어요? 어릴 때 만날 이것 땜에 머리 아파 죽는 줄 알았었는데 이걸 왜 몰라보겠어요! 이건 바로 유……!"

의심하는 말투의 독고음의 말이 기분 나빴는지 소리라도 꽥 지를 듯 고개를 들던 지부용이 갑작스럽게 말끝을 흐렸다.

독고음의 눈이 조금 가늘어졌다.

"유? 유 뭐지?"

"그, 그게… 유…….”

비밀을 감추고 있는 죄인을 심문하는 간수라도 된 듯 싸늘하고 엄중한 독고음의 질문에, 가마솥 속에 있던 누룽지의 행방을 어미에게 추궁당하는 입에 밥알 묻힌 아이처럼 지부용은 말을 더듬었다.

도움을 청하는 것이었을까. 지부용이 위해원과 고원월 쪽을 바라보았다.

"마방진… 마방진이라…….”

"맞, 맞아요. 이건 어렸을 때 유, 그래! 유모와 함께 풀면서 놀곤 했던 마방진이 맞단 말이에요!"

마방진을 되뇌는 위해원의 음성에 기운이 났던지 지부용이 내친걸음으로 단숨에 말을 내뱄었다.

"바둑판을 의미하는 것이 아니었던가? 마방진이라……. 뭐 상관없겠지. 말에는 책임이 뒤따라야 하는 법. 뭔지 알았으니 풀 수 도 있겠군 그래."

이리저리 지부용을 탐색하던 독고음은 이내 의혹 어린 탐색의 시선을 거두며 냉정하게 잘라 말했다.

마방진.

마귀 마(魔)에 모 방(方)에 진칠 진(陣)이라는 글자로 조합된 단어. 이것이 바둑판처럼 생긴 사각형의 정체라 지부용은 단언하고 있었다.

그 정체가 무언데 이처럼 기이한 이름이 붙어 있는 것일까.

"마방진이라면, 숫자를 넣어 같은 수의 합을 만들어내는 그것을 말하는 것인가?"

장문영은 '마방진' 이라는 단어를 들어본 적이 있는 듯 위해원을 향해 말했다.

위해원은 잠에서 막 깨어난 사람처럼 고개를 이리저리 흔들거렸다.

그의 목에서 '우드득—' 하는 뼈의 비명 소리가 작게 흘러나왔다.

방금 전 문을 바라보던 몽롱한 눈빛은 이미 사라진 위해원이 예의 담담함을 되찾고 대답했다.

"네, 맞습니다. 숫자들을 단 한 번씩만 사용하여 가로, 세로, 대각선 어느 방향이든 나오는 합이 같도록 만드는 것을 마방진이라고 하지요."

"허―! 서너 줄로 되어 있는 것은 본 기억은 있으나, 가로 세로 열아홉 줄이라……. 바둑판이 아니란 말인가?"

탄식하는 음성으로 장문영이 고개를 흔들었다.

"저도 네 줄까지는 풀 수 있어요!"

지부용이 자랑스러움이 배어 나오는 음성으로 소리쳤다.

"네 줄까지라……."

와신상담(臥薪嘗膽)이라 했으나 쓰디쓴 쓸개를 핥으며 복수를 다짐할 이유가 없는 고원월과 장문영 등은 지금 이 순간에는 쓸쓸한 미소를 가슴속으로 삼켜야만 했다.

혹시나 하는 일말의 기대감이 깨지는 순간이었으니.

눈앞에는 마방진이라는 존재를 처음 말한 지부용의 한계를 다섯 번 넘어선 문이 가로막고 있는 것이었다.

"네 줄짜리를 푸는 방법을 안다면 시간이 좀 걸리더라도 어떻게 되지 않겠소?"

진사백이 지부용에게 마지막 희망을 담아 부탁 아닌 부탁을 간청해 왔다.

그러나 지부용은 재고의 가치도 없다는 듯, 오히려 일행이 이상하다는 표정을 지어 보이면서 잘라 말했다.

"네 줄이면 세 칸짜리예요. 열아홉 줄이면 열여덟 칸이고요. 이 더하기 삼을 오라고 계산할 수 있다고 해서, 백오십사 더하기 삼백이십칠의 답을 말할 수 있다고는 볼 수 없다는 것도 모른단 말인가요?"

풀 수 없다는 뜻이 분명한 지부용의 말에 진사백의 은근했던 말투가 거칠게 변했다.

"사백칠십일이군. 홍! 그것도 모른단 말인가!"

진사백이 비아냥거리며 으쓱해 말했지만, 칭찬은커녕 지부용의 씩씩거리는 핀잔을 들어야만 했다.

"지금 그런 얘기가 아니잖아요! 예를 들어 말이 그렇다는 거지!"

"사백팔십일이지. 저도 처음에는 바둑판으로 보았습니다. 공교롭게도 열아홉 줄의 사각형은 바둑판으로밖에 볼 수가 없었지요."

반말과 공대가 섞인 말을 던지며 벽 앞에 쪼그려 앉았던 위해원이 몸을 일으켰다.

앞에 짧은 건 진사백을 향해서요, 뒤에 긴 건 고원월과 장문영을 향하고 있으리라.

"사백팔십일? 이, 이놈이—!"

농익어 터질 것 같은 홍시가 된 진사백의 얼굴이 위해원을 바라보며 입을 달싹였지만, 끝내 아무런 소리도 만들어내지 못했다.

"바둑판과 마방진이라……. 제가 실수를 한 것 같군요. 죄송합니다. 고맙소이다."

이 또한 진사백을 향해 있는 건 아닐 것이 분명했다.

보일 듯 말 듯 살짝 고개를 숙여 보이는 위해원을 향해 지부용이 황급히 고개를 마주 숙였다.

위해원은 마방진임을 알아보지 못한 자신을 자책하는 듯 말했지만, 실상 위해원이 아닌 그 누구라도 문에 새겨진 사각형의 정체를 바둑판이라 오해하는 것은 당연한 일이 아닐 수 없었다.

그 어떤 사람에게도 각자만의 고정관념이 있어서, 늘 보고 듣고 생각했던 일들이 가져오는 관점을 벗어나는 것은 쉬운 일이 아니리라.

아니, 오히려 지극히 어려운 일일 터였다.

특별한 예비 지식도 없이 아무런 글귀도 없는 열아홉 줄의 사각형에서 바둑판을 떠올리지 않고 마방진을 떠올린다는 자체가 더 이상한 일이었을 것이다.

바둑이라는 행위가 최고의 놀이 문화 중 하나로, 생활 깊숙한 곳까지 자리 잡고 있는 시대를 살아가는 이들에게는 더욱 그러했으리라.

위해원이 지부용을 바라보았다.

"왜, 왜 그러시죠? 흠, 하긴 그렇게 말하니 바둑판처럼 생기기도 했군요. 바둑판이 이렇게 줄이 많았던가?"

이제야 바둑판의 존재를 떠올린 것 같은 지부용의 모습에 위해원은 고개를 끄덕거렸다.

아마 지부용은 어려서부터 마방진을 접해왔음이 분명하리라.

그리고 상대적으로 바둑판은 보지 못하고 지내왔음 또한 분명해 보였다.

모두가 바둑판이라는 고정관념에 빠져 있는 동안, 지부용은 마방진이라는 고정관념에 빠져 바둑판이라는 생각은 해보지도 못한 듯 보였다.

만약 바둑판이라면, 그 어떤 착점(着占)도 없이 단순히 그려져만 있는 선들로 이루어진 기관을 제아무리 위해원이라고 해도 풀어낼 수 없었다.

문제를 내야 답을 낼 것이 아닌가!

그러나 마방진이라면 달라진다.

이 선들 자체가 하나의 문제가 되는 것이었다.

"마방진이 뭡니까?"

이제야 겨우 제 얼굴색을 되찾은 진사백이 궁금증을 참지 못하고 머뭇거리다가 고원월에게 어렵사리 물었다.

“…글쎄, 나도 잘 모르겠군.”

고원월이 위해원을 바라보며 진사백이 던진 것과 같은 질문을 입이 아닌 눈으로 넘겨왔다.

“공자가 지은 『서경(書經)』이란 책에는 요순 시대 때부터 주나라까지 각종 정사(政事)를 기록하고 있습니다. 그곳에 보면, 화나라 우임금 때 나라에 큰 홍수가 일었다고 하지요. 그때 이상한 거북이가 나타났다고 하는데, 그 등껍질에는 마흔다섯 개의 점으로 이루어진 아홉 개의 무늬가 새겨져 있었다고 합니다. 지금 전해지는 팔괘와 홍범구주(洪範九疇)의 기원이 이것이라는 말이 있지요. 하여간 이 그림을 일컬어 다른 이름으로 부르기도 했는데, 그것이 낙서(落書)의 삼방진입니다.”

“낙서의 삼방진?”

위해원은 고원월을 향해 설명하고 있는 듯했지만, 마방진의 기원까지는 몰랐던 듯 장문영이 물어왔다.

“네. 쉽게 설명하면 작은 사각형 안에 두 개의 선을 가로 세로 그려놓은 모양을 떠올리면 쉬울 것입니다. 그럼 총 아홉 개의 자리가 생기게 되지요. 이제 일부터 구까지의 숫자를 한 번 씩만 사용하여 하나씩 자리를 채워가는 겁니다. 그렇게 해서 모든 가로, 세로, 대각선의 합이 같도록 만드는 것이지요. 이 경우에는 그 합이 십오가 되겠군요.”

“흠, 머리 아프군. 그렇다면 이것이 바둑을 의미하는 것이 아니라 마방진일 경우에는……”

고원월이 질린 얼굴로 고개를 설레설레 흔들었다.

문에 새겨진 것이 마방진이라면 가로 열여덟 자리와 세로 열여덟 자리이니, 총 삼백이십사 칸이 아닌가!

일부터 삼백이십사까지의 숫자를 한 번씩만 사용하여 모든 합이 같도록 만들어야 한다니, 차라리 몰랐을 때가 덜 답답했던 것 같은 기분이 드는 것도 무리는 아니었다.

“풀 수 있겠는가?”

묻고는 있으되, 제아무리 위해원이라도 쉽지는 않을 것이라는 근심이 장문영의 목소리에 진득하게 묻어 나오고 있었다.

그러나 위해원은 가볍게 대답했다.

“풀기야 벌써 풀었다고 할 수 있습니다.”

“……!”

질문과 연이어 나온 위해원의 대수롭지 않다는 대답은, 모든 이를 경악하게 만드는 것에 조금도 부족함이 없었다.

제아무리 천고의 기재라 하더라도 암산만으로 이 일을 해낼 수 있다면 그 누가 믿을 수 있을까!

그렇다면 위해원은 천고의 기재마저도 뛰어넘는단 말인가!

자신을 바라보는 시선에 서린 불신과 경악 등의 감정을 알아차린 위해원이 고개를 흔들며 말했다.

"오해들 하시는 것 같군요. 제 머리는 그렇게 좋지 못합니다. 단지 이 마방진은 이미 오랜 시간에 걸쳐 많은 학자(學者)들에게 연구되어 왔고, 그동안 정립(定立)된 몇 가지 해결 방법을 제가 알고 있을 뿐입니다. 그 원리만 알면 삼방진이나 십구방진이나 별 차이가 없죠."

"허! 원리? 원리라……. 과연 그렇군. 세상은 넓고도 넓어. 원리라……."

그 자신도 의술로 일가를 이뤘으나, 수없이 존재하는 또 다른 학문의 세계를 떠올리니 저절로 겸손해지는 마음이 장문영의 탄성을 이끌어냈으리라.

위해원은 장문영의 얼굴에서 그런 기미를 느꼈는지 기꺼운 얼굴로 그 원리에 대하여도 운을 뗐다.

"그 하나의 방법을 말씀드리지요. 삼방진의 경우, 제일 윗줄의 가운데에 일을 넣으면 됩니다. 그리고 그 대각선 위로 이를 넣으면 되는데, 이 경우 이의 자리가 없으니 가장 밑으로 내려 이를 넣게 되지요. 그 대각선으로 다시 삼을 넣고, 또 삼의 자리가 없으면 제일 끝 좌로 옮겨 삼을 넣고, 이런 식으로 하면 간단합니다. 물론 이 경우는 홀수의 방법 중 하나이니, 우리 앞에 있는 문의 경우인 짝수, 십팔방진은 그 원리가 조금 변화합니다. 그 원리란……."

"그쯤 하도록 하지. 알아듣는 사람도 없을 것 같군."

남들은 걷는데 제 혼자 질풍노도로 달리기 시작하려는 위해원의 말[言]이란 말[馬]을 독고음이 단칼에 잘라 말[言]하며 고삐를 잡아챘다.

위해원이 주위를 둘러보니, 모두 어색한 기침을 하고 시선을 돌리는 것이 보였다.

더욱이 처음 원리를 운운했던 장문영은 미안한 얼굴마저 하고 있지 않은가!

쓸쓸한 고소를 지으며 입을 다물고 위해원이 문 앞에 다가섰다.

구 인의 사람 앞에는 열아홉 개의 선으로 만들어진 삼백이십사 개의 작은 방들이 그 주인을 찾기 위하여 기다리고 있었다.

숫자를 써 넣는 것은 아닐 터이니 일이 들어갈 자리부터 순서대로 누르는 것이리라.

위해원이 지그시 쳐다보고 있던 순간이 무색하게 단숨에 손을 짚어가기 시작했다.

그것을 바라보던 일행이 오히려 당황해 움찔거리도록.

일, 이, 삼… 사, 오, 육, 칠…….

가볍게 손만 움직이는 것 같았지만, 위해원의 이마를 수로

삼아 흐르는 땀방울로 이어진 물줄기에서 그가 얼마나 정신
을 집중하고 있는지 엿볼 수 있었다.

삼백이십이… 삼백이십삼…….

일다경의 시간이 지난 뒤에, 마침내 위해원의 손이 닫지 않
은 자리는 단 한 군데밖에 남아 있지 않게 되었다.

위해원이 흥건히 젖은 얼굴을 소매로 닦아 올리고는 뒤를
돌아보며 모두에게 말했다.

"혹시 모르니 좀 떨어져 계시지요."

"내가 하겠네."

고원월이 웃음을 지어 보이며 나섰다.

"영광의 대미를 장식하고 싶구먼. 하하."

세상사 수많은 인간 군상이 있고 그 모두가 서로 제각기 달
라 하나도 꼭 같은 것은 없다고도 말하지만, 위험에 있어서는
한발 물러서고 영광에 있어서는 한발 앞장서는 이는 어디에
나 있는 법이었다.

그러나 지금껏 보인 행적을 보건대 적어도 고원월은 그런
부류는 아닐 터였다.

이를 알기에 위해원은 고개를 젓지 않았다.

이 문 너머에는 영광이 있을 확률은 작지만, 위험이 있을
확률은 분명히 큰 것이었다.

무슨 일이 벌어지면 자신보다는 고원월의 반응이 몇백 배

는 빠르리라.

위해원이 말없이 자리를 비켜서며 손으로 하나의 자리를 가리켰다.

방금 전에 보인 미소는 찾을 길 없는 군은 얼굴로 고원월이 고개를 끄덕이고 문 앞에 다가와 섰다.

"좌(左) 하(下) 삼(三)의 팔(八)."

엄숙하게까지 느껴지는 위해원의 목소리를 들으며 고원월의 손이 움직였다.

딸칵—

끼리리리—

그렇게 문이 열리며 또 다른 세상이 눈앞에 펼쳐졌다.

神醫
鬼子
掌王
大笑
光蝶
蒼龍
書生
貴寶
鬼星

第四章 화탕지옥(火湯地獄)

휴식(休息)

　한 농부가 일을 하다 잠시 쉬고 있는데, 토끼가 나무 그루터기에 부딪쳐 목이 부러져 죽는 것을 보았다. 그 이후로 농부는 더 이상 힘든 농사를 짓지 아니하고 편안하게 앉아서 또 다른 토끼를 하염없이 기다리니, 이를 수주대토(守株待兎)라 한다.

　굳이 지나간 세월 속의 농부의 어리석음을 경멸하듯 비웃고자 함이 아니다.

　'하던 일을 멈추고 잠시 쉼' 의 시간을 갖고 있던 농부에게 더 이상 쉴 수 있는 시간은 오지 않을 것을 말하고자 하는 것이니, 그 안타까움을 말하고자 함이다.

토끼를 기다리며 나루터기에 앉아 있는 시간은 더 이상 그에게 휴식이 될 수 없음을 알기 때문에.

속해 있는 시간이 어떤 모습으로 다가올지는 온전히 그 속에 있는 자들의 몫일 것이다.

"숨을 멈추게!"

고원월이 다급하게 외쳤다.

그러나 이 중에 귀머거리가 있어 고원월이 소리친 경고의 말을 듣지 못했을지라도, 평소처럼 숨을 쉬고 있던 사람은 없었을 것이다.

오뉴월 밤 식은땀을 흘리게 만드는 귀신 얘기처럼 피부를 축축하게 만드는 음산한 공기가 일행을 감싸왔기 때문이었다.

붕—

부우웅—

쥐불놀이를 하는 아이의 손처럼 고원월이 옷소매를 풍차처럼 돌리자, 거대한 바람을 만난 공기가 뒤로 물러서며 움츠려들었다.

이어서 진사백과 장문영이 가세하여 음습한 대기를 뒤로 밀어냈다.

"고 형, 그만 하셔도 될 것 같구려. 수증기 같은데, 뭔가 이상한 성분이 포함되어 있는 것 같기는 해도 이 정도라면 큰 무리는 없을 것 같으오.”

코를 킁킁거리던 장문영이 조심스럽게 말하며 내젖던 소매의 움직임을 멈춘 뒤에야 일행은 부산하게 움직이던 손을 멈추고 자신들이 들어가야 할 곳을 차분하게 살펴볼 수 있었다.

“아—!”

지부용이 부지불식간에 탄성을 내뿜었다.

흐릿한 수증기가 만들어내는 운무.

그리고 그 앞으로 열려 있는 밝은 회색의 기암괴석(奇巖怪石)들로 이루어진 통로와 원통형의 거대한 동굴이 그들 앞에 새롭게 펼쳐져 있었다.

일행이 양옆으로 늘어서서 지나가도 될 정도의 넓은 폭과 서로가 서로를 무등 태워도 그 절반밖에 올라가지 못할 거대한 높이.

완만하게 사선을 그리며 구부러져 있는 동굴의 벽을 이루고 있는 부분은 지층의 변화에 따른 색깔의 미묘한 차가 만들어내는 기괴한 무늬들로 수놓아 있었다.

동굴은 태고의 신비함만이 갖출 수 있는 아름다움을 한껏 뽐내고 있었다.

“지하 동부인가?”

"용암 동굴인 것 같군요."

"용암 동굴?"

고원월이 놀란 눈으로 위해원을 바라보았다.

위해원은 바라보고 있던 벽면의 돌출된 부분을 손으로 잡아 꺾었다.

툭!

부스스—

진흙을 으깨서 굳혀놓기라도 한 것처럼 위해원의 손에 닿은 벽의 일부가 힘없이 부서져 나갔다.

잠시 만지작거리던 위해원이 양 손가락으로 돌멩이를 비비자, 처음부터 먼지가 뭉쳐 있던 것인 양 이내 작은 가루가 되어 허공으로 사라져 갔다.

내공의 열기를 불러일으키는 삼매진화(三昧眞火)는 고사하고, 기본적인 운기의 수법도 알지 못하는 위해원이 무공을 익히고 있을 리 만무했으니, 돌 자체가 약한 것이리라.

그것은 이어지는 그의 말에서 분명하게 확인할 수 있었다.

"현무암이군요. 그것도 약한. 아마도 용암 동굴, 아니, 용암관(熔岩管)이 맞는 것 같습니다."

"용암이라면 화산이 폭발할 때 나온다는 그 화염의 물 덩이를 말하는 것인가?"

화염의 물.

불과 물을 어찌 함께 표현할 수 있을까마는, 그 외에 달리 설명할 방도가 없었는지 장문영은 이 상반되는 단어를 함께 구사할 수밖에 없었다.

끈적거리며 흘러내린다는, 불로 이루어진 액체!

이것이 그들이 상상의 세계인 머릿속으로나마 들어왔던 이야기들을 종합해 그 형체를 그려볼 수 있는 용암의 모습이었다.

"불로 이루어진 물이라…… 흥! 그런 것이 실제로 있다고 믿는 것이오?"

"일전에 장백산(白頭山)에 오른 적이 있었지. 그곳의 정상에는 큰 호수가 자리 잡고 있는데, 이를 천지(天池)라 부르더군."

"천지?"

장문영에게는 얼토당토않다는 식으로 말을 하던 진사백이었지만, 고원월이 입을 열자 목소리를 낮출 수밖에 없었다.

단순한 유람담을 말하려 했던 것이 아니었다는 것은, 이어지는 고원월의 말로써 확인되었다.

"천지라 부르는 그 호수가 화산 폭발 과정에서 형성된 것이라고 그곳의 주민들은 믿고 있더군. 그 천지와 부근의 흰 바위들 때문에 인접해 있는 해동에서는 머리가 하얀 산이라 하여 백두산(白頭山)이라 부른다던가 하더군. 하여간, 이곳이 그곳과 비슷한 영향으로 만들어졌다는 말인가?"

설명으로 시작하여 질문으로 끝을 맺는 고원월의 말에 위해원이 확신에 찬 어조로 대답했다.

"그렇습니다. 일반적인 동굴과는 다르게 너무 매끄러운 벽면과 그 재질 등을 보았을 때, 화산이 폭발하면서 흘러내린 용암이 만들어낸 통로라고 보는 것이 거의 맞을 것 같습니다."

"용암의 길이라?"

신기한 얘기에 고원월이 속으로 되뇌듯 중얼거리며 그 의미를 음미했다.

그러나 여전히 진사백 등이 의심스러운 눈길을 보내고 있자, 위해원은 자신의 말에 대한 근거를 설명하기 시작했다.

"용암이 흘러갈 때는 공기와 만나는 외측(外側)은 딱딱하게 굳어 벽면을 형성하지만, 안쪽에 있는 용암은 뜨거운 물과 같은 상태이기 때문에 계속 경사를 따라 움직이게 된다고 합니다. 그리고 분출(噴出)이 멈춰져 용암이 더 이상 공급이 안 되면 후위인, 이미 지나온 곳은 용암이 빠져나간 상태 그대로 텅 빈 공간으로 남게 되는데, 이것이 용암 동굴이라고 한다고 하더군요. 이때 용암이 얼마나 멀리 흐르며, 그 식는 속도에 따라 동굴 생성에 차이를 가진다고 하는데, 이 성질을 갖는 것이 현무암질이라고 합니다."

마방진을 설명하던 때 그것을 듣던 것과 같은 어색한 얼굴
이 된 모두를 바라보며, 위해원 역시 그때와 같이 쓰게 웃었
다.

위해원이 숨을 고른 뒤 간략하게 얘기했다.

"화산 폭발 때 생긴 것이라고 생각하시면 됩니다."

"화산 폭발!"

그제야 알아들은 진사백이 아연한 얼굴이 되어 부르짖었
다.

세상에서 가장 많은 지식을 알고 있는 자가 반드시 세상에
서 가장 훌륭한 스승이 될 수 있는 것은 아니니, 자신이 익히
는 것과 남에게 그것을 전달하는 것은 별개의 문제일 터이다.

이는 가르치는 자의 문제일 수도, 받아들이는 자의 문제일
수도 있겠지만, 그 둘은 모두 서로의 탓으로 돌리는 것이 당
연하지 않겠는가.

위해원의 장황한 설명에는 시큰둥했지만 짤막한 한마디에
는 화들짝 놀란 진사백은 이제야 그 존재를 믿겠다는 듯 몸을
움츠리며 주위를 둘러보았다.

자신이 있는 곳이 화산의 일부라는 말에 그 누가 담담할 수
있을까!

일행에게 흐르는 팽팽한 긴장의 끈은 이어지는 위해원의
말이 있고서야 어느 정도 느슨해질 수 있었다.

"걱정 안 하셔도 될 것 같군요. 최소한 수백에서 수천 년 이전의 흔적일 것입니다. 벼락도 한 번 친 자리에는 잘 안 친다지 않습니까."

적절한 비유는 아니었지만, 일행을 안심시키기 위한 의도였으리라.

"그렇다면 계속 전진해도 되겠군. 앞쪽으로도 꽤 길게 이어진 것 같은데. 굳이 관람하고 싶은 사람은 다음에 다과라도 준비해서 다시 와서 보도록 하지."

한편에서 지켜보고 있던 독고음이 눈을 빛내며 말했다.

"정말… 아름답군요."

"흥! 하여간 여자들이란!"

몽롱한 분위기에 한껏 취해 있던 지부용이 날카롭게 진사백을 쏘아보았다.

그러나 이미 딴청 피우고 있는 천연덕스러운 진사백의 모습에 더 이상 아무런 말도 하지 못하고 가던 길을 걸을 수밖에 없었다.

처음의 밝은 회색의 암벽들은 행군을 계속하면서 점차 붉은빛이 맴도는 짙은 갈색의 벽으로 모습을 바뀌어갔다.

그에 따라 넓은 동부를 연상시키던 공간은 점차 작아졌다 커지기를 반복하면서, 이곳이 사람의 손길이 닿지 않은 천연으로 형성된 사실을 제 스스로 입증하고 있었다.

이미 이곳이 사람의 손이 탔다는 증거인, 처음의 묵빛 번들거리는 어두운 문과 곳곳에 박혀 있는 쪽빛 반짝이는 야명주가 아니었다면, 일행이 자신들이 처음으로 이곳에 발을 내디뎠다고 생각했으리라.

야명주가 내뿜는 은은한 빛무리와 맞닿아 더욱 신비한 분위기를 만들어내는, 동굴이 흘리고 있는 현실과는 다른 몽롱함이 아직 사랑의 묘약에 취해 있는 시기의 연인들의 달콤한 숨 내음처럼 모두를 부드럽게 애무하듯 에워싸고 있었다.

지부용이 저도 모르게 감탄을 흘렸던 것도 무리는 아니었으리라.

"어떻게 된 것이 갈수록 더워지는군. 좀 쉬었다 가지!"

고원월이 짧게 외쳤다.

그리고는 평평하게 생긴 바위를 찾아 지금껏 손잡고 걷고 있던 대소와 함께 걸터앉았다.

"우오아우!"

쉬는 것이 좋은지 대소가 즐거운 소리를 우물거렸고, 그것을 지켜본 고원월의 얼굴에 오랜만에 작은 웃음꽃이 살짝 피어났다.

위해원이 고개를 끄덕이며 자리를 잡자, 장문영도 곁에 다가와 등 뒤의 남궁대수를 조심스럽게 내려놓았다.

　지부용과 정월명이 한쪽 벽면으로 가는 동안에도 진사백은 엉거주춤하게 서서 우뚝 멈춰 서 있는 독고음의 눈치를 살피고 있었다.

　독고음은 일행을 천천히 둘러보며 빠르게 계산을 시작해나갔다.

　천의라 불리는 장문영의 조치가 빠르게 취해졌다고는 하지만, 부상을 입고 있는 자가 태반인 상황.

　이대로 계속가면 낙오자가 생길지도 모르는 일이었고, 그들을 버리고 갈 수 없다고 필사적으로 주장할 만한 인물은 일행 중에 충분히 있다는 것을 이미 경험한 터였다.

　그리고 그자들은 독고음 자신에게 아직 필요한 존재들이었다.

　물론 힘으로 윽박지르면 되겠지만, 이런 일로 마찰까지 일으킬 필요는 없었다.

　마찰이 일어나면 뜨거운 열이 발생하는 것이 당연한 법이었으니, 독고음이 원하는 열기는 그런 것이 아니었다.

　아직까지는… 계산을 끝낸 독고음이 최종 수락을 발하였다.

　"차 한 잔 마실 시간이면 충분하겠지."

　마침내 독고음의 허락의 뜻이 명확한 음성이 되어 떨어지자, 비로소 진사백은 그 자리에 털썩 주저앉았다.

"언니는 밖에서 무슨 일을 했죠?"

"원래 그런 건 동생이 먼저 말하는 것이 예의 아닌가?"

구 인 중 여인이 단둘이라서일까.

아니면 지금껏 함께 걸어와서일까.

다른 사람과는 거의 말을 섞지 않았고, 나눴던 약간의 대화에도 가시가 돋친 두 사람이었으나, 서로에게는 어느덧 호칭을 언니 동생 하고 있는 지부용과 정월명이었다.

지부용은 정말 궁금해서라기보다 다분히 현 상황을 잊기 위해 툭하고 던져 본 말에 불과했으나, 정월명이 대답 대신 웃으며 반문하자 정말로 궁금해지는 자신의 마음을 느낄 수 있었다.

긴박했던 지난 순간에는 미처 느낄 새가 없었던 것들이, 물속에서의 단조로웠던 삶을 마감한 해파리가 스스로의 의지와 상관없이 수면 위로 자연스럽게 모습을 드러내기 시작하는 것이었다.

'이곳에 모인 자들은 과연 누구일까.'

지부용은 새삼스레 주위를 둘러보았다.

고원월과 독고음은 말할 것도 없고, 장문영, 진사백, 남궁대수의 신분은 비교적 명확한 것이었다.

물론 그 각자의 숨겨진 내력이야 알 수 없는 일이었지만, 겉으로 드러나 있는 모습과 수많은 풍문을 통하여 모두가 어느 정도 예상할 수 있는 사실이었다.

이에 반하여 대소라고 이름 지어진 저 바보사내는 제외한다고 하더라도, 정월명의 신분이 추측조차 되지 않는 것은 비단 자신만이 아니리라.

그러나 다른 이들이 생각할 때는 오히려 지부용 자신도 두꺼운 장막 뒤편에 숨어 있는 것이 정월명을 능가하면 했지 부족하지는 않은 모습으로 보일 것이었다.

그 때문에 지부용은 쉽게 대답할 수도, 어렵게 물을 수도 없었다.

자신이 물어보고 싶은 내용과 같은 질문을 자신이 받는다면 어떠한 경우라도 대답하기 어렵기 때문이다.

자신의 신분에 대하여 솔직히 대답할 수는 절대로 없었다.

그러나 대강 거짓을 말하지 못하는 것은, 자신을 바라보는 정월명의 눈 때문이었다.

어떤 말로도 속일 수 없을 것 같은 기분이 들어 고개를 돌려보면 막연한 예감을 확고한 확신으로 만들어주는 그녀의 깊은 눈빛을 마주해야만 했다.

그녀는 무엇 때문에 자신을 이런 눈길로 주시하고 있단 말인가.

난감해하는 지부용을 바라보며 처음부터 그럴 줄 알았다는 듯 별다른 거부감도 없이 정월명은 낮게 웃었다.

“우리 그런 복잡한 것은 서로 알려 하지 말기로 해. 지금은 이렇게 이런 곳에서 함께 어려움을 이겨내야 하는 처지이니 밖에서 무엇을 했든 그게 무슨 상관있겠어.”

“그래요. 언니 말이 맞아요. 그깟 신분 따위…….”

지부용은 정월명의 말에 동감의 뜻을 내비치며 자신도 모르게 고개를 슬쩍 돌렸다.

다른 사람들이 자신을 추궁하며 달려들지 않았던 것도, 지금 정월명이 말속에 내비친 의미와 연관이 있으리라.

자신과 저 사람 역시 다른 사람의 숨겨진 정체 따위는 아무래도 상관없지 않은가!

아니, 차라리 이것이 좋은 상태일 수 있었으니, 신분을 밝혀 혹시 있을지 모를 복잡한 은원에 휩싸이는 것보다 단순하게 한 배를 타고 있는 처지 정도로 생각하는 것이 모두에게 이로운 일일 수도 있었다.

또한 적어도 이곳에서만은 세상의 눈을 의식할 필요가 없었으니…….

지부용은 자신도 모르게 힐끔 눈동자를 돌려 잠시 ‘그’를 바라본 뒤 나직하게 한숨을 내쉬고는 눈을 감았다.

만약 그녀가 복잡한 심사에 눈을 감지 않았더라도 말을 마친 뒤 자신을 살펴보던 정월명의 두 눈이 반짝였던 것을 알아차리지 못했으리라.

그녀 정월명 역시 이내 눈을 감았으니.

지부용의 눈동자가 누군가를 향해 흔들렸던 것은 찰나에 불과했으나, 정월명은 지부용의 시선이 닿는 곳에 누가 있을지를 충분히 짐작하고 있었다.

모두들 각자만이 만들어내고 있는 생각의 미로에서 헤매고 있을 뿐 누구도 입을 열려 하지 않자, 동굴 속은 또다시 찾아온 정적이라는 이름의 조용한 지배자가 한동안 군림하기 시작했다.

그러나 그 소리없는 지배는 오래가지 못했다.

한 사람을 너무나 부끄럽게 만들고 여덟 사람을 순간 유쾌하게 만든 후, 곧이어 다시 암담함 속으로 밀어 넣는 소리가 들려왔기 때문이다.

꼬르륵—

지부용의 얼굴에 초저녁의 노을이 곱게 내려앉았다.

부끄러워서 어쩔 줄 몰라 하는 지부용의 모습에 다른 사람들은 내심 실소를 금치 못했지만, 곧 지금의 상황을 떠올리고는 깊은 침울함을 느껴야 했다.

처음 석실에 갇혀 있을 동안에도 겨우 허기만 면할 정도로, 목이 부어 음식을 제대로 삼키지 못하는 세 살배기 아이의 식사량보다 적으면 적었지, 결코 많지 않을 양의 벽곡단만을 조심스럽게 먹어온 일행이었다.

그리고 만 하루가 지난 지금까지 신체에 어떤 것을 넣는 것은 고사하고, 오히려 신체에 있는 것을 밖으로 꺼낸 이가 대부분이었다.

뜨겁게 몸속을 흐르는 선혈이나 내공 등을 바닥에 뿌려왔던 것이다.

평소라면 하루 이틀쯤의 굶주림은 가볍게 버틸 수도 있었으리라.

만약 격전에 의한 신체의 학대와 극심한 정신적 피로가 아니었다면.

그럼에도 무공을 익혀 단련된 몸과 일반인보다 월등한 신체 제어 능력으로 얼마간은 버틸 수 있긴 할 터였다.

그러나 인간의 영역에 발을 담고 있는 이상 무공만으로는 살아갈 수 없다.

육신의 탈을 벗어던지고 우화등선(羽化登仙)이라도 하지 않는다면 그것은 분명한 사실이었다.

이 굶주림이 계속된다면 결국 모두가 다른 방식으로 우화등선하게 되리라.

아사(餓死)라는 원인의 결과로써 반드시 그렇게 될 것이다.

"좀 들지요."

"……!"

지부용은 눈앞에 펼쳐진 손을 먼저 바라보고는 고개를 들어 그 손의 임자를 다시 바라보았다.

"아까 석실을 나오기 전에 벽곡단을 좀 챙겨왔소. 벽곡단이라는 것이 원래 배를 채우는 음식은 아니지만, 일단 급한 허기 정도는 면할 수 있을 것이니 일단 이걸로 참아보시오."

자신에게 하는 것도 아닌 위해원의 말에 진사백이 허겁지겁 달려왔으나, 그 게걸스러운 모습이 우습게만 보이지는 않는 것은 삼 일을 굶어 남의 집 담벼락을 넘지 않을 자가 없다는 말에서 찾을 수 있을 것이었다.

그러나 지부용은 선뜻 그의 손에 놓인 벽곡단을 잡지 못했다.

네 개의 눈이 쉴 새 없이 흔들거렸으니, 진사백의 희번덕거리는 두 개의 눈과 지부용의 면사로 가려진 두 개의 눈이 출렁이고 있는 모양은 같으나 그 까닭은 다를 터였다.

망설이는 지부용을 바라보던 위해원이 그녀의 손을 냉큼 잡더니 그 손에 벽곡단을 들려주고 돌아섰다.

지부용의 면사가 파르르 떨렸다.

"저도 좀 주시지요."

"나도, 나도 다오!"

하나는 낮게, 하나는 크게 정월명과 진사백이 동시에 말했다.

"얼마나 남았지?"

“앞으로 한 번 먹을 것 정도는 되겠군요.”

“음… 한 번이라……. 어쨌든 과연 대단하군. 그 상황에서도 그것이나마 챙겨올 생각을 다 했었다니…….”

위해원이 일행 모두에게 각자 반 움큼도 안 되는 벽곡단을 나눠 주고 나서야 행군은 다시 시작되었다.

그리고 난 뒤 얼마 되지 않아 독고음이 다가서며 물었고, 위해원이 짤막하게 대답했으며, 그 옆에 있던 고원월이 나직하게 침음성을 흘렸다.

“정 안 되면 돌아가지요. 고기 음식[肉飮食]이 산(山)을 이루고 있지 않습니까.”

전진하던 발을 멈추지도 않은 채로 위해원이 평온한 음성으로 한마디 툭하니 던졌다.

그러나 잔잔했던 음성이 만들어낸 파장은 마치 무심코 호숫가에 던진 작은 돌멩이가 제 몸뚱이의 몇 배 크기의 파문을 몇 겹이나 말들어내는 것처럼 격렬한 반응을 이끌어 냈다.

어디에 음식이 있단 말인가!

그것도 산이라니!!

잠시 어리둥절해 있던 고원월은 이내 처음 깨어났던 석실의 바닥을 구르고 있을 벽곡단을 떠올리며 나직이 한숨을 내쉬었다

“고기 음식, 산? 아, 석실 안의 벽곡단을 말하는 건가? 벌꿀

향이 좀 난다고 고기라고까지 하다니 자네도 농담을 다 하는
군."

"음……."

위해원이 만든 의아함에서 겨우 빠져나오고 있던 고원월
은 또다시 다른 이가 만들어내는 의아함에 빠져야만 했다.

이번에는 독고음이 낮은 신음 소리를 내며 걸음을 멈추고
위해원의 등을 쏘아보았기 때문이다.

겨우 벽곡단을 말했을 뿐인데 저런 살기 어린 눈빛이라니!

그렇게 왔던 길을 되돌아가는 것이 싫다는 말일까. 무엇 때
문에 독고음은 이렇게 서둘러 전진을 주장하고 있는 것일까.

그러나 이내 들려오는 독고음의 싸늘한 음성에 담긴 속뜻
은 천하의 고원월조차 몸서리치게 만들었으며, 그 역시 위해
원의 등을 쏘아보지 않을 수 없게 만들었다.

"대전에 남아 있는 시체들을 말하는 것인가?"

독고음이 나직하게 위해원의 등에 대고 물었다.

'시체? 대전? 음식, 고기의 산! 인육(人肉)!!'

부르르르—

위해원은 진정 도산지옥의 '도의 산'을 이제 '고기의 산'
이라 말하고 있는 것이란 말인가!

등 뒤의 두 사람이 어떤 생각을 하고 있는지는 상관없다는
듯 위해원은 긍정도 부정도 하지 않고 묵묵히 걸음을 옮길 뿐

이었다.

파앗—!

"도대체 네놈 정체가 뭐냐?!"

독고음이 위해원과의 거리를 단 한 번의 도약으로 무(無)로 만들고, 그의 뒷목을 움켜잡으며 노성을 터뜨렸다.

"네놈이 누군지 확실하게 알아야겠다!"

"갈!! 놓아라!"

잠시 망념(妄念)에 빠져 독고음의 행동을 놓쳤던 고원월이 퍼뜩 깨어나 외마디 소리를 지르며 뛰어들었다.

"흥! 감히 그 몸으로 본좌에게!!"

천하의 그 누구도 아직까지 보지 못했지만, 천하의 그 누구도 앞으로는 보고 싶어할 것이 분명할 대결!

신의 자리에 올라선 칠천무신 간의 격돌!!

장왕 고원월과 귀성 독고음의 대결은 그렇게 너무도 쉽게 시작되었다.

쉬쉬쉬식—!

파바바밧—!

독고음은 한 손으로는 위해원의 목을 움켜쥐고, 자유로운 다른 한 손만으로 고원월을 상대하고 있었다.

고원월 역시 직접적으로 독고음과 손속을 겨루려는 것은 아닌지, 위해원의 목을 잡고 있는 손만을 치열하게 노리며 공격해 들어가고 있었다.

금나수(擒拏手) 대 금나수(擒拏手)!

병기를 제외한 맨몸뚱이 육신끼리의 근접전에 있어서 박투를 얘기하니 이는 다시 척(踢), 타(打), 솔(摔), 나(拏)로 집약될 수 있다.

발로써 휘두르고 내차고, 손으로 찌르고 잡아서 던지며 꺾고 비트니, 이중 나(拏)가 중점이 되는 수법을 일컬어 흔히 금나수라 부르곤 한다.

명칭에 따른 각각의 행위는 별개를 이루는 듯 보이지만, 비틀기 위해서는 잡아야 하며, 잡기 위해서는 찌르고 휘둘러야 하니, 금나수란 이 모든 것들을 망라한 총체(總體)라 할 수 있다.

장왕 고원월의 본신 무공인 장법은 두 개의 손에서 시작되는 것이고, 귀성 독고음의 본신 무공인 기이한 술법들은 신체 곳곳에서 나타나는 것이니, 본래대로라면 장왕의 금나술이 귀성의 금나술보다 우위에 있다고 예상할 수 있으리라.

더욱이 한 손의 귀성과 두 손의 장왕이라면.

그러나 사태는 일반전인 예상과는 조금 다른 양상을 띠어가고 있었다.

무수한 잔영이 위해원의 눈앞에서 바람 비집는 소리와 함께 그려지고 사라지기를 반복하고 있었다.

뒤집히고 웅크리고, 펼쳐져 있는 듯 접혀져 있는 다양한 손의 모양만 희끗거리며 환상처럼 눈 바로 앞에서 움직였고, 아찔한 소리만 귓가를 맴돌며 어지러이 간질였지만 위해원은 그것들을 느낄 여유가 없었다.

쉭쉭!

파바밧—

조금의 시간이 지나자, 소리가 눈에 보이고 모습이 귀에 들리는 듯 오감이 마구 뒤틀리고 속이 울렁거려 왔다.

따가워지는 눈을 부릅뜨며 어지러워지는 머릿속 의식을 잡아보려 했지만, 아찔한 현기증과 함께 모든 것이 사라지며 어둠에 물든 것이 위해원의 의식에 마지막으로 기억되는 장면이었다.

"잡귀! 끝을 보자는 것이냐!"

"결자해지(結者解之)니, 시작한 자가 먼저 물러나는 것이 도리 아니겠느냐, 오리야!"

팟!

허공에서 스친 손끝에서 번쩍이는 섬전이 일었다.

세 개의 손이 교차하며 만들어낸 잔상이 지나간 자리를 더

빠른 잔상이 채우고, 불꽃이 진 자리에 더 큰 불꽃이 피어올랐다.

비록 창망 중에 대결을 시작하게 되었지만, 고원월과 독고음 둘 모두의 내심은 이곳에서 승부를 보기 서로 곤란한 것이었다.

그 증거로, 둘 중 누구도 내력(內力)을 운영하지 않고 초식으로만 손속을 교환하고 있지 않은가!

고원월은 자신의 내상과 인질의 신세가 된 위해원 때문에 꺼려 하는 바가 있었고, 독고음은 이곳에서 고원월을 상대하는 것은 득(得)보다 실(失)이 훨씬 크다는 계산이 손을 뻗히는 순간 이미 끝나고 있었다.

물론 불가피한 상황이라면 어쩔 수 없지만, 이번 대결은 그 시작의 이유가 너무도 약했던 것이다.

독고음으로서는 그답지 않은 실태였던 것이다.

자신의 예상을 벗어나는 것은 극도로 싫어하는 그로서는 부지불식간에 뇌리에서 울린 위해원에 대한 지독한 경고성을 무시할 수 없었고, 자신도 모르게 손을 쓰고 말았다.

그러나 그렇다고 해서 이제 와서 '실수였네. 미안하니 그만 하지' 라는 말 따위는 할 수도 없지 않은가!

차라리 남궁대수가 자신에게 덤벼왔다면 미소를 머금고 여유롭게 '내 실수였네' 라고 할 수 있었으리라.

길을 걷다 부딪친 이가 아이라면 먼저 건넨 '미안하다' 라는 한마디에 대하여 사람들은 '군자' 라 우러를 것이나, 부딪친 이가 어른이라면 먼저 건넨 '미안하다' 를 '겁쟁이' 라 깔보는 것이 세상사였다.

상대가 돼야 맘이 상할 것이니, 그 누구도 독고음이 남궁대수가 무서워서 물러난다고 생각하지는 않으리라.

하지만 고원월은 달랐으니, 그는 자신과 같은 반열에 올라서 있는 자였다.

그가 내 실수였네 따위의 소리를 농담으로라도 입 밖에 내는 순간, 그것은 진정한 그의 실수로 생명을 부여받는 것이었다.

손을 쓰고 있는 누구도 원치는 않았지만, 그 누구도 뺄 수 없는 공방이 정신을 잃은 위해원의 머리를 사이에 두고 빠르게 진행되고 있었다.

그리고 너무도 쉽게 시작했던 둘의 짧은 대결은, 또한 너무도 어이없이 막을 내리고 말았다.

"네 이놈!! 당장 그 손 당장 놓지 못할까!!"

슈우우웅—!!

"멈춰!! 이런—!"

쫘앙!!

먼저 날아든 날카로운 목소리와는 전혀 다른, 웅장한 폭음을 동반한 묵직한 도가 독고음을 좌우로 양단하려는 기세로 공격해 들어왔다.

일순간에 사방의 모든 것을 먹어치운 먼지가 다시 서서히 사물들을 토해내자, 상반된 두 개의 소리를 내지르고 만들어 낸 지부용과 그녀 자신보다도 크게 보이는 거대한 도가 칙칙한 빛깔을 뿜내며 모습을 나타냈다.

주위를 둘러보는 지부용의 두 눈에서 번뜩이는 안광이 면사를 뚫을 듯 줄기줄기 뻗어 나오고 있었다.

그러나 거대한 도에서 뿜어져 나온 강맹한 위력도, 가냘픈 지부용에게서 뿜어져 나온 날카로운 기운도 독고음이 온몸을 진서리치며 숨 막히도록 놀란 원인의 종범(從犯)은 되었으나 주범(主犯)은 되지 못했으니, 미칠 것 같은 기분이 된 것은 하나의 수법 때문이었다.

"참마격(斬魔格)!! 너, 네 이년! 연 늙은이와 무슨 관계냐?!"

독고음의 가늘게 떨리는 음성이 천지간을 잠시 맴돌다가 갑자기 폭발한 것도 그 순간이었다.

'그때!'

독고음은 잊고 있던 장면이 불현듯 뇌리를 강타하듯 떠오르는 것을 느낄 수 있었으니, 석실에서 청색 문이 있는 구멍으로 들어올 때 지부용이 보였던 신법 속에 녹아 있던 낯익은 움직임의 정체를 드디어 밝혀낼 수 있었던 것이다.

'틀림없이 연 늙은이의 신법의 묘리!!'

챵—!

신선은 간데없고 귀신만이 남아 있는 얼굴을 하고 있는 독고음의 소매에서 한 쌍의 륜이 튀어나왔다.

소매를 스치는 소리조차 나지 않던 두 개의 륜이 가늘게 떨리며 울리는 소리를 내는 것은, 저도 모르게 손에 힘이 들어간 독고음의 분노를 대변하는 음성이었으리라!

고원월 대 독고음은 끝났지만, 지부용 대 독고음은 이제 시작되려 하고 있었다.

이미 위해원은 고원월의 품속에 들어와 있었다.

지부용의 거대한 도기가 공중에서 대기를 통째로 찍어 누르며 날아들자, 독고음이 부득이 위해원을 밀치며 뒤로 몸을 튕겨 공세에서 벗어났고, 고원월이 그 순간을 놓치지 않고 잡아 챈 것이었다.

고원월은 자신에게 기대어 정신을 잃고 있는 위해원을 바라보며, 처음의 목표인 위해원을 탈환하는 것에는 성공했다는 기쁨을 만끽해야만 했지만, 현실은 그럴 수 없다고 목청껏 외치고 있는 것만 같았다.

사태가 점점 걷잡을 수 없게 흘러가고 있는 것을, 자신의 눈앞에서 펼쳐지는 장면을 봄으로써 절감할 수 있었기 때문이다.

"안 돼!!"

다급한 외침이 고원월의 목에서 작살 맞은 물고기마냥 파닥거리며 튀어 올랐다.

우르르릉—!

"이얍! 탓—!"

부우우웅—

음뢰육장 중 일장이 벼락 치는 소리와 함께 실현됨과 동시에, 지부용은 날카로운 교성과 함께 도를 허공으로 휘둘렀다.

그러나 그 진광대왕조차 제대로 받지 않고 몸을 피했던 음뢰육장이거늘 어찌 저 지부용이 받아내려 하고 있는 것인가!

고원월이 자신도 모르게 다급성을 지른 것은 이 때문이었고, 예상대로 지부용의 비명 소리가 하늘을 갈라온 것도 그 때문이리라.

"꺄악—!"

꽈앙!!

한줄기 비명 소리가 울려 퍼지고 자욱한 먼지가 시선을 가리는 순간, 고원월은 침울한 표정으로 위해원을 바닥에 내려놓으며 적파신공을 운영하기 시작했다.

그의 괴로운 심사를 대변하듯 눈가의 주름이 굵게 찌푸려졌다.

돌이키기에는 이미 늦어버린 것이다.

지부용이 죽어 구 인의 결집(結集)이 깨진 순간, 독고음과의 살얼음판을 걷는 것같이 아슬아슬한 동맹도 깨진 것이었다.

그러나 고원월은 눈앞에 펼쳐진 장면에 작아졌던 눈을 원래 보다 더욱 크게 움켜 떠야만 했다.

"이, 이년이!!"

사태를 지켜본 고원월의 큰 놀람도 당사자인 독고음만은 못하리라!

행동은 어찌하였든 간에 풍모는 산속 신선이요, 말투는 궁중 학자였던 그가 뒤골목 파락호와 다름없이 거칠어지고 있는 것에서 그 격분의 크기를 짐작할 수 있었다.

면사 아래로 보이는 둥근 턱 선에 한줄기 혈선이 흘러내리고는 있었지만, 지부용은 음뢰육장 중 제일장을 거대한 도의 옆면으로 막아내고 있었다.

그 도를 찍어 누르고 있는 독고음의 좌수에 힘줄이 푸드득거리며 피부 위로 솟아올랐다.

뿌득─ 푹!

"이이익─"

반 자가량 키가 줄어든 지부용의 악다문 이빨 사이로 고통의 신음이 비집고 나오고 있었다.

위에서 내리꽂히는 힘을 이기지 못하고 지부용의 작은 발이 내딛고 서 있는 땅이 조금씩 파여 들어갔다.

"네 이년! 말해라! 연 늙은이와 무슨 관계란 말이냐?!"

독고음이 핏발 선 눈으로 무시무시하게 쏘아보며 고함을 지르고 소리쳤지만, 지부용은 대답하지 않았다.

아니, 대답할 수 없었으리라.

신병(神兵)의 도움으로 독고음의 강맹한 내력이 실린 일장을 받아내기는 했지만, 입을 여는 순간 몸 안에서 외부의 힘과 저항하고 있는 내기가 흔들려 단숨에 피로 만든 떡 신세가 될 것이니.

독고음이 기대했던 음성은 다른 곳에서 들려왔다.

그것이 비록 독고음이 자신이 내뱉은 물음에 대하여 그가 기대했던 대답은 아니었지만.

"그 손 놓으셔야겠군요."

독고음이 시선이 들려온 소리의 주인을 향해 휙 돌려졌다.

궁장이 팽팽하게 부풀어 오른 정월명이 방금 전 그 음성보다 더욱 싸늘한 시선을 보내오고 있었다.

팽팽하게 부풀어 오른 궁장이 무엇을 의미하겠는가!

이는 정월명이 일전(一戰)을 불사하겠다는 무언의 압력을 독고음에게 가하고 있었던 것이다.

온몸에 자연스럽게 흐르고 있던 내력이 인위적으로 한 점

단전에 집중되면서 외부로 뻗어 나오고자 꿈틀거리는 모습이었으리라.

난데없이 정월명이 나선 이유!

그것은 거대한 도를 휘두르던 지부용의 수법 때문이었다.

지부용의 손에서 전개될 수 있다고는 누구도 예상하지 못한 것이었으니, 독고음을 광분하게 만들고 정월명의 참가를 이끌어낸 것!

바로 도왕(刀王)의 독문절기인 참마격이었다.

도(刀)로써 대지를 가르니 이가 도왕이라!

칠천무신의 또 다른 일인이자, 태산이 세 번 바뀔 시간이 지나도록 그 종적만이 묘연하기만 했던 도왕 연위문의 수법이 지부용이라는 어린 여인에게서 펼쳐진 것이었다.

누구나 할 수 있다면 왜 누구도 흉내 낼 수 없는 자신만의 수법이라는 독문절기란 수식어가 필요하겠는가.

그 참마격을 펼쳐 내는 지부용을 보고 가슴이 터질 듯 격양된 것은 정월명이 독고음보다 더하면 더했지 못하지 않았으니……

지금 이 순간 정월명의 머릿속에서는 하나의 생각이 떠올랐다가 이미 사라진 뒤였다.

"흐흐, 감히 이것들이 보자 보자 하니까 잘들 노는구나!"
푸우욱―!!
"컥―!"
지부용의 무릎까지 땅으로 꺼지면서 면사를 들썩이는 거
친 피 기침이 쏟아져 나왔다.
그 장면을 바라보던 정월명이 흔들림없는 목소리로 말했
다.
"저 아가씨는 도왕과 아무런 관계도 없다고 할 수 있어요.
제가 보증하죠!"
정월명의 입에서 나온 한마디에 독고음의 눈동자가 급격
하게 흔들거렸다.
도왕!
도왕 연휘문!
이미 삼십여 년 동안 그 흔적조차 찾을 길 없지만, 흔적을
찾을 길 없었던 잠적의 시간이 다시 두 번이 아니라 세 번이
더 지나도록 길어진다고 해도 독고음은 그 이름 앞에 감정을
추스르지 못할 것이다.
진광대왕과의 싸움 때 찢긴 옷 사이로 언뜻 내비쳤던 흉터,
도왕 연휘문이 비웃으며 자신의 가슴에 새겨놓은 십자 모양

의 흉터가 말끔히 사라진다 할지라도.

푸욱—!

"으으윽—!"

독고음이 가슴의 흉터가 아려온다고 느끼며 반사적으로
몸을 움찔하며 힘을 주는 순간, 지부용의 허벅지까지 땅이 삼
켜버렸다.

정월명이 다시 입을 열었다.

"그리고… 그 손을 놓으셔야 한다는 것은 저 혼자만의 생
각이 아닌 것 같군요."

흥분에 물들어 달뜬 광채를 뿜어내고 있는 독고음의 눈이,
분노로 인했던 진동이 서서히 잦아들고 조금씩 냉정을 회복
하고 있었다.

그의 몸에 뜨겁게 흐르는 무인의 피가, 차가운 경고음을 발
하고 있었던 것이다.

궁장이 부풀어 오른 것도 모자라 정월명의 발밑에 구르던
돌조각들이 흔들거리는 것이 보이기 시작했다.

그리고 두 손을 붉게 물들인 고원월이 정월명 옆으로 다가
와 서며 차가운 눈빛으로 자신을 쏘아보는 것 역시 두 눈 깊
이 들어왔던 것이다.

"이, 이것들이 감히……!"

"잡귀야, 손녀뻘도 안 될 아이를 가지고 장난이 심하구나.

그 정도면 말귀 알아들었을 테니 그만 하지 그러냐. 그리고 저 아이와 연 노인은 아무 관계가 없다고 정 부인이 장담한다지 않느냐.”

“으… 으으으!”

독고음의 참기 힘든 심사를 대변하는 듯, 금방이라도 터져 피가 흐를 것같이 악다문 입술 사이로 짐승의 울부짖음과 같은 신음 소리가 흘러나왔다.

그렇게 얼마가 지났을까.

“흐흐, 흐, 하하핫!”

탁—

독고음이 한줄기 광소를 터뜨리고는 신형을 뒤로 박차 올랐다.

“그래, 내가 장난이 좀 심했지. 오리야, 다른 아해들은 장난인 줄도 모르고 오해라도 한 것 같구나. 하하핫!”

진짜로 장난이라도 쳤다고 말하고 있는 입과는 달리, 그 눈은 피라도 배어 나올 듯 붉게 물들어 있었다.

고원월의 안색이 더욱 무거워졌다.

자신이 내세운 말도 안 되는 명분에 따라 뒤로 물러서기는 했지만, 독고음의 가슴에는 더 큰 비수가 날을 세우며 자리 잡고 있으리라는 것이 손에 잡힐 듯 분명했기 때문이다.

“괜찮습… 괜찮아요?”

황급히 정월명이 다가와 지부용을 부축했다.

"큭—!"

입을 여는 것 대신 머리를 흔드는 것으로 힘없이 대답하며 땅에 박힌 발을 끄집어내던 지부용은, 끝내 굳게 다물고 있던 입을 열며 한줄기 피를 바닥에 뿌리고, 불현듯 번개라도 맞은 사람처럼 소리쳤다.

"유숙은! 유숙은 어떻게 됐지요?! 괜찮나요?!"

"네?"

지부용은 정월명을 밀치며 위해원에게 뛰어갔다.

그 모습을 바라보는 정월명의 두 눈에 뜻 모를 고뇌의 흔적이 배어 나오고 있었다.

"걱정하지 않아도 될 것 같소이다. 뒷목을 잡힐 때 순간적으로 동맥이 수축되며 피의 흐름이 원활치 못해 기절한 것뿐이요. 그보다 지 소저가 더욱 걱정되는구려."

위해원 곁에 있던 장문영의 말을 듣고야 지부용은 긴장이 풀린 듯 자리에 털썩 주저앉았다.

"후, 아니에요. 전 됐어요. 입술이 터지면서 피가 난 것뿐이에요."

"유숙이 누구지?

"예?"

진사백이 다가와 뚱한 표정으로 물었다.

"뭘 그리 놀라. 유숙은 어찌 됐냐며? 여기 유가가 있던가?"

지부용의 몸이 풍이라도 맞은 듯 가늘게 흔들거렸다.

"그, 그건… 제가 언제 유숙이라고 그랬나요. 전 그런 적 없어요. 혹시 그랬더라도 순간적으로 제 유모와 헷갈려서 그렇게 불렀었나 보죠."

"그래? 그러고 보니 석실 안에서도 천장의 기관이 작동할 때 유숙이라고 누군가 외쳤던 것 같은데, 그것도 당신인가 보군. 아, 당신에게 마방진을 가르쳤다는 그 유모의 이름인가? 푸하하! 그래, 아직 위급할 땐 저도 모르게 유모를 찾을 나이이긴 하지. 흐흐."

"……!"

진사백이 조롱가득한 눈으로 지난 기억들까지 끄집어내며 지부용을 비웃었다.

자신에게는 두려움의 대상이 되는 이에게 겁도 없이 달려든 여인에 대한 그의 응징이었으니, 마음 한구석에서 피어오르려 하는 자격지심이라는 꽃봉오리를 감추려는 발버둥이었을 것이다.

지부용의 면사가 살아 있는 것처럼 파닥거리기 시작했다.

그러나 진사백은 지부용의 숨소리가 거칠어지는 것을 무시하고 말을 이어나갔다.

"유모가 누구한테 목 졸려 죽기라도 한 모양이지? 아니면

저 위가 놈에게 반하기라도 한 건가? 그렇게 눈에 불을 켜고 덤벼드는 걸 보니까 말이야. 하여간 다시는 귀성 어르신이 하는 일에 나서지…….”

“네 이놈!! 감히 지금 네놈이 날 희롱하는 거냐!”

“어, 어어―!”

순간적으로 일변한 태도가 얼마나 서릿발 같았는지, 벌떡 일어나 소리치며 도를 잡아가는 지부용에게 순간적으로 당황한 진사백이 뒤로 한 발 물러섰다.

여인답지 않은 말투에 어려 있는 좌중을 압도하는 힘이란, 애써 흉내 내려 해서도, 그 누가 가르쳐서도 얻을 수 없는 것이었으니, 바로 타고나는 천성이 그것이었다.

과연 지부용의 신분은 무엇이건대 이런 모습을 보일 수 있는 것이란 말인가!

잠시 주춤한 진사백은, 그러나 이내 자신 앞에 서 있는 것이 어린 여자라는 사실을 깨달고는 안색을 붉히며 노갈을 터뜨렸다.

“이 계집이 감히 누구에게!”

“조용히들 못하겠는가!”

고원월이 노성을 터뜨렸지만, 상황을 종식시킨 것은 그의 우렁찬 음성만이 전부가 아니었다.

고원월과는 반대로 아주 작고 힘없는 음성으로도 팽팽하

게 부풀어 오른 긴장감을 일소(一掃)시킬 수 있었던 것이다.

"여, 여기는……."

모두의 시선이 모아졌다.

그곳에는 깨어난 남궁대수가 몸을 일으키려 미약하게 버둥대고 있었다.

"정신이 들었는가? 괜찮은가!"

고원월이 다급히 말했지만, 그 말보다 먼저 장문영이 남궁대수에게 도착했다.

"괜찮습, 으윽—!"

옆구리를 부여잡은 손 사이로는 피가 배어 나오고, 악다문 이빨 사이로는 신음이 흘러나왔다.

"말을 아끼게."

장문영이 짧게 말하며 악사가 악기를 다루듯 남궁대수의 몸을 빠르게 훑어나가기 시작했다.

잠시 후, 운기에 들어간 남궁대수의 정수리에서 한줄기 연기가 솟아오르는 것을 본 후에야 장문영은 나직한 한숨과 함께 뒤로 물러났다.

장문영이 고개를 끄덕거린 뒤에야, 걱정으로 색칠해져 있던 고원월의 얼굴은 제 모습을 찾을 수 있었다.

수염을 잡아당겨도 빙그레 웃기만 할 것 같던 할아비의 모습은 간데없고, 눈도 마주칠 엄두를 내지 못할 기운이 퍼져

나갔다.

무정하기만 한 세월이 머리 위에 하얀 눈을 뿌리기만 한 것은 아니니, 연륜이라는 선물이 만들어내고 있는 장중함이었다.

"여기 있는 그 누구도 분쟁을 원하는 사람은 없을 것이오. 모두의 신경이 예민해진 것은 충분히 이해하지만, 지금은 같은 배를 타고 가는 사람들이지 않소. 자신이 원하는 것만을 고집하고 서로 갈 길을 다툰다면, 배가 흔들려 결국에는 전복되는 것이 당연한 수순! 밖에 있었던 자신의 모습은 이미 죽었다 생각하는 것이, 이 안에서 살아 나갈 수 있는 길이라고 생각되오만!"

장문영은 온화하기만 하던 평소의 모습과는 다르게 엄중한 모습으로 모두를 둘러보며 말했다.

"나 역시 더 이상의 소란은 용서치 않을 것이다! 이 무슨 추태들이란 말인가! 저 모습을 보고도 지금 그런 짓들을 할 여유가 있다는 말이더냐! 그 힘을 아껴 다른 데 쓰는 것이 마땅하거늘!"

고원월의 손이 가리키고 있는 곳에는 남궁대수가 있었다.

파리한 얼굴을 찡그리고 운기에 들어가 땀을 쏟고 있는 남궁대수의 모습은, 진사백과 지부용에게 현실을 직시하도록 하기에 충분한 것이었다.

거기에 더해 눈을 부릅뜬 고원월이 장인(匠人)이 하다 만 못질의 마무리를 하듯 더 이상의 다툼을 좌시하지 않겠다는 뜻을 단호하게 선언하자, 들끓던 장내의 분위기는 조용히 가라앉았다.

엄숙함만이 세상을 지배하고 있었다.

한밤중 같았던 그 속으로 첫닭의 움음소리마냥, 잠들어 있던 자의 목소리가 기지개를 펴고 깨어나 끼어들어 왔다.

"어르신, 그 정도면 모두 충분히 알아들은 것 같군요."

"자네, 이제 정신이 좀 드는가? 몸은 괜찮은가?"

장문영이 황급히 다가와 팔을 부축하려 했지만, 위해원은 사양의 뜻을 내비친 뒤 아무 일도 없었던 사람처럼 옷에 묻은 흙먼지를 툭툭 털어내고 일어났다.

제법 오래전부터 깨어 있었는지, 일행을 표류하는 배에 비유했던 장문영의 그림에 위해원이 덧칠을 했다.

"태풍을 만난 한 사람을 구출하는 것은 쉽다고 할 수 없지만, 격정이라는 풍랑 속에 빠진 마음을 다스리기는 일보다는 쉽다고 할 수 있지요."

위해원이 독고음을 바라보았지만, 그는 무표정한 얼굴로 눈을 감고 있었다.

"제법 오래 쉰 것 같군요. 슬슬 출발하도록 하시지요."

일다경.

한 잔의 차가 가져다주는 향긋한 다향을 음미하며 지친 몸을 추스리는 정도의 시간.

그러나 휴식이 끝나고 다시 시작하는 지금, 동굴 안을 헤매고 있는 아홉 사람의 몸과 마음은 더욱 큰 피로만이 가득 똬리를 틀고 앉아 있는 것처럼 무겁게만 보였다.

마치 방금 전 의자 삼아 앉아 있던 돌들을 각자 마음에 매달고 다시 길을 나서는 것처럼.

폭풍전야(暴風前夜)

　비가 오기 전 먹구름이 끼고, 우레가 치기 전 번개가 치고, 하나의 현상이 명확한 실체화되기 전에 미리 그것을 예고하는 것이 있으니, 이를 징조라 한다.

　마른하늘의 날벼락이란 말이 있다는 것 자체가 매우 희귀하고 전혀 예상하지 못했던 일이라는 뜻으로 사용되니, 일반적으로 어떤 현상은 그에 선행하는 다른 현상을 미리 동반하는 것이 사실이다.

　속칭 폭풍전야라 하는 말 또한 이와 같은 맥락에서 이해할 수 있으니, 거대한 소란이 벌어지기 전에는 오히려 무거운 정적이 그 징조로 나타난다고 하는 의미로 사용되고 있다.

난데없이 찾아온 고요한 안락에 무작정 기뻐하지 말지니, 그 뒤를 귀를 멀게 할 환란이 웅크리고 뒤따르고 있는지도 모를 일이었다.

"무, 울, 물, 물!! 물이닷!!"

첨벙―!

작은 날벌레가 세숫물이 담긴 대야에 빠질지라도 파문이라는 제 흔적을 남기는 법인데, 진사백이라는 커다란 인간이 달려들어 덥석 안기니 호수는 거대한 물 기침을 내뿜을 수밖에 없었으리라.

진사백이 미친 망아지마냥 날뛰며 사방으로 물을 튀기며 물속으로 뛰어들었다.

그 모습에 장문영과 고원월이 서로를 마주 보며 오랜만에 옅지만 기분 좋은 미소를 지어 보였다.

휴식이 끝난 뒤, 반 시진.

그 누구 한 사람 입을 열지 않고 어색함만이 감도는 침묵의 행렬은, 그 앞에 모습을 드러낸 거대한 호수에 이르러 마침내 정적의 종지부를 찍었다.

호수, 그것은 호수라고밖에 표현할 길 없는 거대한 물의 웅

덩이였다.

반짝거리며 빛을 반사하는 수면은 비록 제 속내를 보여줄 만큼 투명하지는 않았지만, 평온함을 느끼기에는 충분히 잔잔하게 흔들리고 있었다.

어디선가 살랑거리며 불어오는 따스한 미풍에 호응하듯, 한줄기 청량함이 모두의 폐부를 부드럽게 맴돌고 있었다.

자욱한 안개가 주위를 떠돌고 있는 데서 오는 신비한 안락감까지 더해서, 무릉도원 같은 분위기마저 자아내고 있는 호수.

지치고 지친 일행에게는 비록 어두운 동굴 한가운에 나타난 호수일지라도 사막에서 만난 오아시스만큼 달콤한 활력을 불어넣을 것이다.

"앗!"

"왜 그러지? 뭐라도 있는가?"

"흠, 뜨겁군요. 아니, 미지근한 건가?"

제일 처음 뛰어들었던 진사백이 물에 닿자마자 부뚜막에 앉은 어린 송아지마냥 뛰어오르며 외쳤고, 그에 놀란 고원월이 묻는 동안 위해원이 호수로 다가가 손끝을 적시며 고개를 돌려 말했다.

"뜨겁다고?"

뜨거운 호수라는 말에 고원월이 의아한 얼굴이 되어 살펴
보니, 그제야 후끈한 주변 열기가 느껴지지 않는가.

이것 때문이었을까, 길을 지날수록 점점 더워진다고 느꼈
던 것은?

위해원이 고개를 들어 주위에 엷게 깔린 수증기의 운무를
바라보며 코를 킁킁거렸다.

"처음 동굴에 들어왔을 때 느꼈던, 공기 중에 섞여 있던 이
질적인 존재의 해답이 이곳인 것 같군요."

"그렇군. 냄새가 더욱 심해진 것 같아."

호수의 등장으로 들떠 무의식적으로 잠시나마 마음을 놓
고 있었는지, 이제야 주변에 흐르는 심상치 않은 기류를 모두
들 감지할 수 있었다.

"데일 정도는 아닌 온도입니다. 목욕물 정도라 생각하면
될 것 같군요."

"목욕물? 정말이군요."

어느 정도 상세의 차도가 있는지, 여전히 창백한 얼굴이나
마 약간의 미소까지 머금고 남궁대수가 말했다.

그는 위해원이 하는 행동을 따라 이미 손을 호수에 담그고
있었다.

"조심하게! 어떤 물인지도 모르는데!"

시큼한 냄새와 반투명한 수면에 뜨거운 기운까지 갖추었

으니 경계하는 것도 무리는 아니었다.

세상의 경험으로 쌓은 지혜에 있어서는 원로라 불러도 충분할 고원월이 기겁하듯 외쳤지만, 어디서 익힌 것인지 근원 모를 지식의 방대함에 있어서 신성(新星)라 불러도 모자랄 것만 같은 위해원은 담담하게 웃으며 고원월을 안심시켰다.

"괜찮을 것 같습니다. 이 호수는 아마도 유황온천인 것 같군요."

"유황온천? 온천이란 말인가?"

고원월이 호수를 바라보며 눈을 동그랗게 만들었다.

"잘됐군. 유황온천은 회복에 좋지."

장문영은 온천이라는 위해원의 말에 기분 좋은 미소를 지으며 고개를 크게 끄덕거렸다.

그러나 반대로 진사백은 울 듯한 얼굴이 되어 자신과는 정반대의 표정을 짓고 있는 장문영을 얄밉다는 의미를 담아 쳐다보며 외쳤다.

"아니! 지금 웃음이 나옵니까! 유황온천이라지 않습니까, 유황! 흥! 독으로도 쓰인다는 사실을 모른다는 말입니까! 아니, 마실 수도 없는데 그깟 목욕이 문제란 말입니까!"

'말입니까'를 연발하며, 어디선가 들은 유황에 대한 풍월을 은근히 자랑하듯 내뱉는 진사백은 장문영과 위해원이 물에 독이라도 탄 이로 보는 것같이 분개해 있었다.

그 모습에 장문영이 너털웃음을 지어 보이며 위해원을 바라보았다.

위해원은 손을 둥글게 말아 온천물을 살짝 뜨더니 코에 가져가 냄새를 잠시 맡은 후 혀끝을 물에 대었다.

천하의 다시없는 미주(美酒)를 맛보는 이태백이라도 된 것처럼 눈을 감고 음미하듯 입맛을 몇 번 다시고는, 천하의 다시없는 시정잡배가 죽엽청 마시는 것마냥 거침없이 물을 벌컥벌컥 마시기 시작했다.

꿀꺽꿀꺽―!

머리를 처박고 마시는 그 모습이 얼마나 호쾌하게 보였던지, 모두의 귀에는 위해원의 목젖 울렁이는 소리가 실제 들리는 양 느껴질 정도였다.

위해원이 물에 젖은 앞머리를 쓸어 올리며 장문영에게 말했다.

"괜찮을 것 같군요."

"껄껄, 그렇다는군. 어디 나도 목 좀 축여볼까?"

평소 진중한 모습답지 않게 껄껄거리며 온천에 다가가는 장문영을 보면서도 진사백의 여전히 의심스럽다는 듯 치켜세워진 눈은 내려올 줄 몰랐다.

"아간 황이라며! 유황이라고 했으면서 마셔도 된단 말입니까?"

"우에아아아아—"

첨벙—

"아니, 이놈이!"

이미 피로 물든 옷에 몇 방울 물이 얼룩진 정도였지만, 독이라도 묻은 것처럼 진사백이 화들짝 놀라 소리쳤다.

진사백의 음성 속에는 아무런 의미도 들어 있지 않다는 듯, 장문영이 잡고 있던 팔을 놓아주자 대소가 마구 소리를 지르며 호수로 뛰어든 것이었다.

그 모습이 얼마 전에 자신의 모습이었다는 것을 아는지 모르는지 진사백의 미간이 거칠게 구겨지며 주름이 잡혔다.

오랜만에 미소를 머금은 고원월과 지부용, 장문영 등이 물가로 다가서고 있는데도 진사백은 주춤거리며 악을 썼다.

"천하에 모르는 것이 없어 보이는 놈과 신의라 칭송받는 이가 보증하는데 먹지 못한다면 그 어떤 것을 먹을 수 있을까."

독고음조차 잔뜩 거칠어지고 황폐했던 마음이 오랜만에 물을 보자 조금은 풀리기라도 하는지, 진사백을 스쳐 지나가며 조롱의 한마디를 툭 던지고 물가로 다가갔다.

제일 먼저 물에 뛰어들었으나 제일 마지막까지 먹지 못하고 악을 쓰는 진사백이 불쌍하기라도 한 것이었을까.

한 모금 물을 삼킨 후에야 장문영이 고개를 돌려 설명해 주었다.

"물론 일반적인 황을 먹는 것은 인체에 좋을 리가 없겠지. 오히려 치명적인 독이 된다고 알고 있는 것도 틀리지 않고, 또한 유황물은 그 황이 녹아 있는 물이 맞기도 하지."

"이것 봐! 독이라잖아!"

자신은 갈증에 몸부림치는데 모두들 물속에 몸까지 담그려 하니 악이 오를 대로 오른 진사백이 소리쳤다.

그러나 이어지는 장문영의 말은 진사백의 뻗친 악다구니를 슬며시 꼬리 말게 만들기에 충분했다.

"그러나 민간요법에는 이 유황물을 생강이나 무와 삶아 제독(制毒)의 과정을 거치고 나면 양기를 보충하고 방광염, 냉증, 변비, 두통 등, 각종 질병에 효과가 있는 것으로 알려지고 있기도 하지요. 또 그 가루를 돼지기름이나 송진에 개어서 바르거나 태워서 연기를 쐬면 무종이나 종창에도 효과가 있다고도 하고."

"그, 그게 정말이요?"

호수로 다가가지도, 그렇다고 떨어지지도 못하는 엉거주춤한 자세가 된 진사백이 더듬거렸다.

"아, 좋구나―!"

어느새 상의까지 벗어젖히고 몸을 수면에 감춘 고원월이 누군가를 놀리려 하는 것처럼 긴 탄성까지 내질렀다.

"열독성(熱毒性)이 강한 유황이지만 그 과정만 잘 거치면 좋은 약으로 쓰인다는 것이지요. 아, 유황오리라고 못 들어봤소이까? 껄껄."

육체적으로는 둘째 치고, 정신적으로 누적되었던 피로가 극심했으리라.

그리고 이제 따뜻한 물을 대하고 나자 긴장이 풀리며 그 피로도 어느 정도 해소된 것일 터였다.

기분이 좋아 보이는 장문영은 그답지 않게 농이라도 거는 것처럼 확실하게 말해주지 않고 말을 빙빙 돌렸다.

진사백의 얼굴은 마지막이라 다짐했던 과거에 또다시 실패한 낙방 서생이 구겨 버린 책처럼 일그러져 있었다.

그것이 더욱 재미있던 듯, 장문영이 또다시 껄껄거린 뒤에야 말을 맺었다.

"미안하군요. 기분이 너무 좋아 늙은이가 주책을 부린 것 같군요. 결론만 말하자면 유황온천에 있는 물 중에는 마셔도 되는 것과 그렇지 않은 것이 있네만, 이 물은 마셔도 될 것 같소. 오히려 잘 음용하면 변비에 좋고 간 기능까지 좋아질 수도 있지요."

풍덩—!

장문영의 '오히려 잘' 이란 말이 나오기 전에 '마셔도 될 것 같소' 에서 진사백은 이미 물에 뛰어들었다.

다른 사람들이 그 많은 온천물을 다 마셔 버리기 전에 먼저 마셔 버리겠다고 덤비는 듯이.

조금 전 휴식 시간이라고 이름 붙여졌던 시간과는 다르게, 이번에는 그 누구의 말도 없었지만 진정한 휴식 속으로 모두의 몸이 서서히 잠겨갔다.

정월명과 지부용도 머뭇거리는 듯하더니, 끝내는 일행과 조금 떨어진 자리에 가서 신을 벗고 발을 물속으로 담갔다.

유객청평사(有客淸平寺)
춘산임의유(春山任意遊)
조제고탑정(鳥濟孤塔瀞)
화락소계류(花落小溪流)
가채지시수(佳採智時秀)
향균과우유(香菌過雨柔)
행음입선동(行吟入仙洞)
소아백년우(消我百年憂)

청평사의 나그네,
봄 산에 마음대로 놂이라.
외로운 탑은 고요한데 산새만 지저귀고,
작은 시냇물에 꽃잎이 떨어져 흐르네.

아름다운 나물은 때를 아는 듯 돋아나고,
향기로운 버섯은 비를 맞아 부드럽노라.
길 가며 읊조리며 신선의 계곡에 들어서니,
나의 백 년 근심이 녹아지도다.

"좋구나."

위해원이 시를 낮게 읊조리는 음성이 싫지 않았다는 것은, 장문영의 낮은 탄성을 떠나서 언제나 빈정거리던 진사백이 아무런 빈정거림도 내비치지 않고 있다는 사실만으로도 증명하기에 충분했다.

그러나 일장춘몽(一場春夢)이라 했으니, 깨어나지 않는 꿈이란 없을 것이다.

빛은 어둠이 있기에 그 의미를 부여받은 것이니, 휴식이란 이름은 노동이란 이름이 있기에 존재할 수 있는 법일까.

일행의 짧은 휴식은 그 앞에서 기다리고 있을 길고 긴 여행의 단어 앞에 얼굴 가득 심술을 붙인 아이의 손에 들린 새총의 과녁으로 조준당한 장독대같이 쉽게 깨어질 듯 위태롭기만 하였다.

"제길, 또 배가 고파오기 시작하는군."

서면 앉고 싶고 앉으면 눕고 싶다고 했다.

인간이란 동물의 천성이 원래 그렇다는 것을 증명하기라

도 하듯이, 포근한 휴식을 제공했던 온천은 이제 일행이 풀어
야 할 하나의 과제(課題)와 다른 이름이 아니었다.

"얼마나 될까요?"

"아마 백 장은 족히 되지 싶군."

온천욕이 효과가 있었는지 기운을 차린 듯 양 볼에 은근한
홍조를 띤 남궁대수가 잠긴 목소리로 묻자, 가늘게 눈을 뜨고
강 저편을 바라본 고원월이 대답해 주었다.

그 폭이 백 장은 족히 되어 보이는 온천은, 실로 거대하다
고밖에는 달리 표현할 길이 없는 위용을 뽐내고 있었다.

"제가 가보고 오지요! 자맥질이라면 자신있습니다!"

진사백이 호기롭게 외치며 나섰다.

"좋은 생각 같지 않군요. 무시해서가 아니라, 다리가 회복
되지 않은 진 대협보다는 신법을 펼치는 것에 있어 다른 사람
이 나을 것 같은데."

모두의 주치의가 된 장문영이 우회적으로 진사백의 만용
을 만류했다.

"내가 다녀오지."

"아니야. 내가 가지."

의외의 목소리에 모두의 시선이 집중되었다.

먼저 나선 고원월을 제치고 입을 연 독고음이 어깨를 으쓱
거려 보였다.

"내가 미운털이 단단히 박힌 모양이군. 그 털을 좀 뽑는 의미에서 이번엔 내가 다녀옴세. 좋으나 싫으나 우린 같은 길을 가는 일행이 아닌가."

무슨 생각을 하고 있는 것일까.

일행 중 그 누구도 독고음의 말을 곧이곧대로 듣지는 않았지만, 그 숨겨진 이유는 아무도 알 수 없었다.

"왜, 다들 싫은가? 그럼 오리 네가 가던가."

"아니야. 오래 알고 지낸 사이에 그럴 순 없지. 내 이번엔 양보하지."

독고음은 비릿한 웃음을 머금고 주의를 둘러본 뒤, 천천히 걸어가기 시작했다.

그리고 물 앞에 잠시 선 뒤 전면을 응시하는가 싶더니 이내 발을 굴렀다.

탁—!

대전에서 보였던 둥실거림이 깃든 공중부양이 아닌, 낮고 긴 포물선을 그리며 독고음의 신형이 호반 위를 비행하는 제비마냥 쏘아져 갔다.

파아아—!

일 장, 이 장, 삼 장…….

빠르게 공간을 단축하며 전진하는 독고음의 신형 밑으로 물이 좌우로 갈라지며 긴 흔적을 만들어 나갔다.

안개 속을 가르며 물 위를 날아가는 한 마리의 야조여, 그대 이름은 독고음이 되었나니!

십 장쯤 이렀을까. 잠시 멈칫하는 기색도 없이 가볍게 수면을 발끝으로 튕기고는 또다시 빠르지만 부드러운 비행을 전개해 나갔다.

"멋진 등평도수(登萍渡水)로군요!"

남궁대수가 눈을 빛내며 감탄을 내뱄었다.

그 자신도 못하는 바 아니지만 독고음의 부드러운 모습에 서려 있는 자연스러움을 표현하기는 아직까지 요원한 일이었다.

그러나 유유히 흘러가던 독고음의 신형이 갑작스럽게 허공중에서 흔들거렸다.

"어, 어랏?"

진사백의 이어진 탄성은 남궁대수의 감탄과는 다른 의미를 담고 있었으니, 오십여 장에 이른 독고음의 신형이 빠르게 뒤로 튕겨지고 있었기 때문이다.

"왜 되돌아오지요?"

"음, 물속에서 뭔가가 튀어나왔네!"

고원월이 두 눈을 부릅뜨며 말했다.

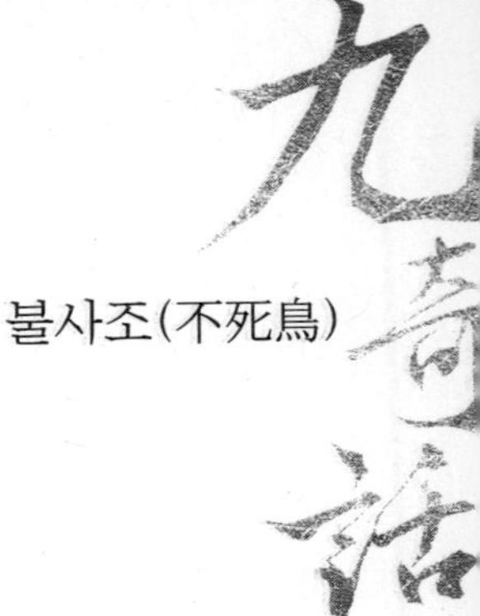

불사조(不死鳥)

공룡(恐龍).

두려워할 공(恐) 자에 임금 용(龍) 자를 쓰는 이름 공룡이니, 두려움의 제왕(帝王)이라!

거인을 우습다 할 모습과 전쟁을 비웃을 생활 속에서 살아가던 존재여!

자연의 힘이 아니라면 그 무엇이 이들을 세상의 정상에서 내려오게 할 수 있었을까.

애석하구나. 오래전 천지의 주인이여, 이제는 전설로만 남은 그 이야기여!

누구나 상상 속의 기물(奇物)들을 떠올리면, 짜릿한 두려움과 은근한 동경(憧憬)이 떠오를 것이리라.

인간이란 그런 동물이니.

그러나 그 막연한 호기심의 감정은, 그 전설이 현실이 될 때 저주로 바뀔지도 모르는 것이리라!

"음, 물속에서 뭔가가 튀어나왔네."

진사백은 고원월 묵직한 음성에 눈을 가늘게 좁히고 안력을 돋우어 독고음을 바라보았지만, 먼 거리와 더불어 시야를 방해하는 자욱한 운무 속을 고속으로 이동하는 신형을 정확하게 포착하기는 쉽지 않은 일이었다.

안력을 돋우어 힘을 집중하길 몇 차례, 드디어 어렴풋하게나마 그 형체를 잡아낼 수 있었다.

과연 독고음의 주변으로 흐릿한 무엇인가 빠르게 맴돌며 그의 신형에 붙었다 떨어졌다를 반복하고 있었다.

흐린 회색빛의 자욱한 안개 사이를 가르는 붉은 빛깔의 덩어리들.

녹의를 입고 있는 독고음까지 가세하여 백, 적, 회의 세 가지 빛깔이 아름답게까지 보이는 장면을 연출해 내고 있었지만, 결코 보이는 것과 같지 않음은 곧 명확해졌다.

독고음의 신형이 수직으로 솟구쳐 오르며 은은한 뇌성을

동반한 장력을 뿜어낸 것이다.

으르릉—!

파앙—!

장력에 맞은 수면이 고통에 몸부림치며 삼 장 가까운 물기둥을 거칠게 토해냈다.

그 물기둥이 솟아오르며 만들어내는 미약한 상승기류를 이용해 방향을 전환하여 동굴의 천정까지 올랐던 독고음이, 곧이어 빙글 몸을 돌리며 그 끝을 박차고 올라갈 때보다 두 배는 빠른 속도로 수면을 찢으며 물속으로 빨려 들어가듯 사라졌다.

퐁—!

거대한 독고음의 신형이 들어갔음에도 어울리지 않는 미약한 소리만이 그가 있었던 증거를 나타낼 뿐이었다.

독고음을 집어삼킨 수면 위로 수십 겹의 원으로 이루어진 파문이 끝없이 그려지고 지워지기를 반복했다.

조금씩 작아지더니 이제는 보이지 않을 정도로 사라져 가고 있는 물 위에 그려졌던 원을 제외하고는 어떤 움직임이나 소리도 존재하지 않고 있었다.

무슨 일이 일어난 것일까.

방금 전까지 방바닥을 뒹굴다가 시어미가 들어오자 어느새 점잔 빼는 새색시의 다소곳함같이 방금 전의 소란이 무색하게 어느덧 처음 도착했던 순간과 마찬가지로 고요해진 호숫가였지만, 그때와는 다른 베일 것 같은 날카로운 긴장감이 웅클웅클 피어오르고 있었다.

뽀글— 톡!

독고음이 들어간 수면 위로 한줄기 기포가 올라와 반쪽짜리 풍선마냥 부풀어 오르는가 싶더니 곧 작은 단말마를 내며 터져 버렸다.

그리고 다시 침묵.

뽀글— 톡!

뽀글— 톡!

"도대체 이게 무슨……?"

연이어 몇 개의 기포가 수면 위로 올라와 터지자, 답답함을 참지 못한 진사백이 고원월에게 고개를 휙 돌리며 물었다.

"새… 새(鳥)였던 것 같은데……."

"새? 새란 말입니까? 그 물가에 끼룩끼룩거리며 날아다니는 물새 말입니까?"

매사에 호방하기만 했던 고원월조차 그 어조에 망설임이란 기운이 깃들만 하리라.

천하의 귀성 독고음이 새를 상대로 싸우다 강 속으로 뛰어들었다니!

어처구니없다는 진사백의 말이 끝나기도 전, 수십 개의 기포가 거품처럼 피어오르고 터져 나갔다.

부글부글, 부글부글.

탁, 탁, 탁, 탁탁!!

물을 올려놓고 옆집 아낙과 수다를 떨러 나간 아낙의 부엌에서 저를 보아달라며 고함 지르는 끓는 가마솥이 지르는 소리가 이보다 시끄러울까.

독고음이 입수한 지점을 중심으로 반경 삼 장 내의 호수가 맹렬하게 끓어오르기 시작했다.

수천 개의 게거품을 토해내며 푸른빛이 감도는 한줄기 수증기마저 뿜어내면서.

파앗―!!

독고음의 신형이 거대한 물보라를 일으키고, 수면을 뚫고 튀어나온 것도 그때였다.

허공에서 한 바퀴 빙글 돈 독고음은 쏘아진 화살처럼 빠르게 일행이 서 있는 곳으로 되돌아오기 시작했다.

그 뒤를 이어 붉은 덩어리들도 빠른 속도로 물밖으로 튀어나와 추격에 박차를 가하고 있었다.

독고음의 속도는 보고도 믿을 수 없을 정도였지만, 붉은 덩어리들의 속도는 잘 보이지도 않을 정도로 가공한 것이어서, 이내 독고음을 둘러쌀 수 있었다.

붉은 덩어리가 맴돌고 있는 독고음의 두 손은 끊임없이 휘둘러지고 있었다.

천수관음(千手觀音)이라도 된 것일까.

얼마나 빠르게 휘둘러지는지, 그 지나간 자리를 환영이 메우고 있었고, 그 손끝에는 거칠기만 한 소리가 매달려 있었다.

타타다닥, 탁탁—

탁!!

끼아악—!

모두의 모굴을 송연케 하는 소리가 호수를 진동시켰다.

독고음의 신형이 점에서 면으로 보일 크기가 된 후에야, 진사백 등은 안개에 시야를 방해받지 않고 그의 주위를 맴돌고 있는 붉은 물체를 볼 수 있었다.

눈에 띠는 붉은색이 아니었다면 볼 수 없었을 정도로 그 형체가 흐릿할 정도로 빠른 속도의 물체들.

"핫—!"

쐐에에엥—!!

짧은 기합성과 함께 정월명이 갑작스럽게 뛰어올랐다.

놀랍게도 그녀의 속도는 독고음에 비해 전혀 뒤처지지 않는 듯 보였다.

"이럴 수가!"

"헉!"

독고음을 향해 공력을 끌어올렸던 정월명의 무위를 기절한 상태에 있었기에 못 봤던 남궁대수가 공기를 찢어발기며 나아가는 그녀의 가공할 속도에 놀라움을 터뜨렸다.

그 기세를 조금이나마 견식한 바 있는 진사백 역시 목구멍을 삐져 나오는 탄성을 감추지 못함은 마찬가지였을 정도이니…….

공중으로 뛰어오르며 동시에 손을 쭉 뻗자, 그녀의 궁장에 나풀거리며 매달려 있던 두 개의 끈 중 홍색의 끈이 그 끝도 없는 듯 긴 거리를 격해 있는 독고음을 향해 쏘아져 갔다.

피이이잉—

그녀의 몸이 쏘아지는 신법의 속도를 무색하게 할 가공할 속도!

"좌로!!"

팟—

정월명의 입에서 쏟아진, 추상같은 위엄이 서린 음성이 호수를 진동시켰다.

짤막하기만 한 그 말뜻을 알아들은 것일까.

독고음의 신형이 공기를 때리는 소리만을 여운으로 남기고 허공에서 급속도로 꺾여 사라졌다.

그리고 그 자리를 정월명의 붉은 궁장 끈이 차지했다.

파바박!

난데없이 날아온 방해자에 놀란 듯이 붉은 물체가 빠르게 튕겨 나갔다.

붉은 선(線) 대 붉은 점(點)의 대결!

동색의 싸움이 이루어지는 동안 독고음은 잽싸게 수면을 박차고는 수면 위를 발밑으로 스치며 빠르게 정월명과의 거리를 좁혀 나갔다.

쉬이이익—

호수 건너편에서 처음 출발 지점으로 되돌아오는 모양이 된 독고음은 이내 허공에 떠서 전진하고 있는 정월명과 서로 반대 방향을 마주 보며 서로를 겨냥한 시위를 떠난 활같이 쏘아져나갔다.

쐐엥— 타다다닥!

끼아아아—

붉은 먹으로 난을 치는 듯 사방에 휘날리는 궁장 끈과 난에서 떨어진 꽃잎인 듯 점점이 찍혀 있는 붉은 덩어리들이 어울려 허공에 그림을 그리고 있었다.

화공이 된 정월명이 소리를 질렀다.

"다리를!!"

이것은 또 무엇을 말하는 것일까.

그러나 독고음은 이번에도 알아들었는지 쏘아지던 모습 그대로 번쩍 두 손을 치켜 올렸다.

덜커—!

두두둑—!

교차점에 이르러, 만세를 부르는 독고음의 양손 안으로 정월명의 다리가 걸렸다.

서로 엇갈리는 방향으로 쏘아 나가고 있었으니, 순간적으로 마주친 둘의 신형이 서로가 나아가던 힘이 상쇄되며 허공에서 멈칫거리는 것은 당연한 일이었다.

또한 팔다리에 미리 방비하고 내공을 운영하고는 있었으나, 가공할 속도를 이기지 못하고 각자의 팔과 다리에서 은은하게 울려 퍼지는 진동에 둘의 미간이 찡그려지는 것 역시 당연한 일이었다.

"합!!"

후우욱—

그러나 그 진동의 아픔은 눈앞의 위협적인 적에 비하면 차라리 감사한 것이었다.

정월명이 우렁찬 일갈과 함께 너풀거리는 궁장 소매를 크게 한번 휘두르자, 그녀의 끈에서 경기(驚氣)에 휩싸인 거친 나선형의 바람이 휘몰아쳐 나갔다.

궁장 끈이라는 방해자에 막힌 붉은 물체라는 사냥꾼은 다시 추적을 시작하려고 허공을 선회하다가, 갑작스럽게 몰려오는 폭풍을 뚫지 못하고 뒤로 크게 반원을 그리며 또다시 후

퇴할 수밖에 없었다.

그 사이를 놓치지 않고 허공에서 멈추었던 정월명이 빙글 회전하며 반원을 그리고 몸을 꺾었다.

그와 동시에 그녀는 독고음이 뻗고 있는 손을 박차고 그 탄력으로 튀어 올랐고, 독고음은 자신의 왼 발등을 오른발로 가볍게 차며 신형을 날렸다.

각자가 한 몸같이 하루가 쌓여 일 년이 되도록 연습한다 해도 쉽지 않을 만큼 깨끗한 연수(練修) 움직임!

차좌착—!

부드러운 물과의 마찰음과는 다른, 땅과의 만남을 환영하는 둔탁한 소리가 울려 퍼졌다.

그렇게 정월명과 독고음은 짧은 비행을 마치고 일행에게 되돌아왔다.

"뭐였지?"

부르르르—!

독고음의 녹의가 부풀어 오르는가 싶더니, 비에 젖은 강아지가 온몸을 도리질 치듯이 제 몸에 묻은 물방울을 공중에 거칠게 털어버리고 제자리로 가라앉았다.

"눈이 있으니 보지 않았나."

불편한 마음에서 좋은 말이 나오기는 어려웠음이라.

그러나 고원월은 그것을 트집 잡을 여유가 없었으니, 이로써 분명하게 확인된, 보고도 믿어지지 않는 사실 때문이었다.

"음, 정말 새였단 말인가."

독고음이 목이 벼락같이 돌려졌다.

"새? 하하하! 새라고! 내 장력을 맞고도 견뎌내는 몸뚱이에, 아까 그 진광대왕이니 하는 놈이 휘두르던 편법에 버금가는 속도로 날 수 있는 날개, 그것도 모자라 내 호신강기를 뚫고 들어와 자국을 남기는 부리와 발톱을 가지고 있기는 하지만, 그 모양새를 모두 합하면 분명 새라고밖에 말할 수 없겠군! 새? 새란 말이지! 으하하하!"

새삼 분이 받치는지 독고음이 칼칼한 음성으로 사납게 웃었다.

그 어찌 이러지 아니할 수 있겠는가.

동상이몽의 말과 같이 함께 걷고는 있으나 서로 별개의 생각으로 움직이던 일행이다.

그러나 외란(外亂)이 일어나면 내란(內亂)은 종결된다 한 것같이, 독고음 자신을 견제하기 위하여 하나로 뭉치려고 하는 일행의 움직임을 보고는 그 마음을 흔들기 위하여 자청하여 나선 것이었다.

그럼에도 오히려 도움까지 받은 모양새가 되었으니…….

"아니지. 물가에 사니 물새[水鳥]인가? 하하핫!"

뜨겁게 끓어오르는 자조적인 마음을 감추기 위한 냉막한

웃음이었을 것이다.

실제로 독고음의 팔 부근 찢긴 옷 틈으로는 붉은 점이 군데 군데 찍힌 살이 모습을 드러내고 있었다.

열이 온몸 가득이 뻗힐 만도 하리라.

새에 쫓겨 되돌아온 귀성 독고음이라니!

지금 이곳에 모인 모두가 아연한 기색이 되어 긴 부리를 가진 해오라기를 만난 조개마냥 입을 굳게 다물고 있는 것도 무리는 아니리라.

그러나 단 한 명은 예외로 쳐야 할 것이다.

"가루라(迦樓羅)면 금시조(金翅鳥)……. 아니야. 그렇다면……."

전설을 중얼거리는 위해원에게 진사백의 시선이 박혔고, 의당 뒤따르던 곱지 못한 소리가 뒤따랐다.

"뭐라는 거야?"

"대붕(大鵬)인가? 흠……."

"이놈이 드디어 미쳤나 보구나! 뭐? 금시조에 대붕이라? 흥! 이곳이 진정 무릉도원이라도 되는 줄 아는 거냐?"

"아니지. 전설 속의 모습과 꼭 같다고는 말할 수 없으니……."

자신의 말에도 아랑곳하지 않는 위해원을 노려보던 진사백이 결국에는 포기한 듯 신경질적으로 고개를 돌리고 말았다.

그러나 한마디 비아냥거림을 자신의 마음의 징표로 남겨 두는 것을 잊지 않았다.

"미친놈, 잘하면 불사조도 나오겠군. 흥!

"불사조? 불사조… 불사조라……. 그래, 불사조!!"

자신이 했던 말이 지금껏 위해원에게 이렇게 큰 반향을 불러온 적이 있었을까.

언제나 자신의 말을 무(無) 대꾸로 씹어 삼키던 것과 다르게, 감탄하여 부르짖듯 외치는 위해원을 멍한 눈으로 바라보던 진사백이 다시 악을 써댔다.

"불사조? 불사조라……! 흐흐, 흥! 천재와 바보는 백지장 하나 차이라더니 머리를 너무 굴렸더니 그 백지장이 다 타버리기라도 한 것이냐, 차이를 없애고 저 바보 놈처럼 되기라도 한 것이냐! 불사조라니? 대붕이라니?"

석실에 있을 때부터 지금까지 진새백의 거침없는 말에 고삐를 쥐곤 했던 고원월이, 이번에는 아무런 행동을 하지 않고 있다는 것은 모두의 심정이 진사백과 다름없다는 반증이나 마찬가지였다.

너무도 허황된 소리라 대부분 여기고 있을 터였지만, 홀로 된 위해원은 위축되지 않았다.

"백일홍의 이름도 나왔고, 실혼인은 직접 보기까지 했지. 이곳에 오기 전까지만 해도 그런 것의 이름과 불사조나 대붕

의 이름이 다를 것이 무엇일까! 난 그 이름들 외에 손에서 번
개를 쏘고 사람을 터져 죽게 만들며, 하늘을 날아다니는 독고
음 선배의 발걸음을 되돌릴 새의 이름을 알지 못하오."

위해원이 고개를 흔들며 단호하게 말했다.

"……!"

이 말에 또다시 벌어지려 했던 진사백의 입이 몰래 서당을
빠져나가려 빼꼼히 문을 열었다가 막 들어오는 훈장을 발견
한 아이 손에 잡혀 있던 문처럼 황급히 닫혔다.

새삼 귀성 독고음이 가던 길을 되돌아왔다는 사실을 깨달
기라도 한 것일까.

위해원의 말은 여전히 믿을 수 없었지만, 그가 독고음의 이
름을 함께 놓고 이야기하는데 어찌 진사백이 말끝에 토씨를
달 수 있으리라!

"가루라… 대붕이라……. 그 모양새가 전해지는 얘기들과
좀 다른 거 같은데?"

자신을 후퇴시킨 새의 이름을 전설 속의 영조(靈鳥)들에게
서 찾고 있는 위해원의 말이 조금이나마 위안이 되었던지, 독
고음이 아까의 뾰족함이 박혀 있던 날카로운 음성과는 다른,
어느 정도 진정된 뭉툭한 말투로 되물었다.

위해원은 주위를 둘러보았다.

진사백은 논외로 치더라도, 장문영과 고원월조차 불신의

뜻이 눈가에 접힌 주름 속에 가득 담겨 있었다.

당연한 것이리라.

죽지 않는 새, 불사조와 바다를 뒤엎을 만한 크기를 갖고 있는 대붕 따위의 이름을 거론하고 있으니…….

위해원이 호흡을 가다듬으며 입을 열었다.

"전설이란 완전히 상상 속에서 나온 것들이 많다고는 하지만, 옛날 사람들이 당시에는 이해할 수 없었거나 감탄을 금치 못했던 것들을 부풀려 말하고, 그것이 지금까지 전해져 전설의 형태가 되기도 한다고 생각합니다."

잠시 말을 멈추고 위해원이 온천을 쳐다보았다.

독고음과 정월명을 놓친 정체를 알 수 없는 새들은 허공을 몇 바퀴 돌더니 이내 온천 중앙 부근의 물속으로 빨리듯 사라져 들어간 뒤였다.

이제 잔잔한 수면에는 작은 파문조차 일지 않고 있어, 조금 전에 일어났던 모든 일이 꿈이었던 양 시침을 떼고 있었다.

"예를 들어, 황하(黃河) 근처에는 옛 문명의 자국들이 지금도 심심치 않게 남아 있습니다. 이름 붙인다면 황하문명이라고 할까요?"

"황하라……. 저도 하남(河南) 부근에서 옛날에 사용되었다는 낡은 제기(祭器)나 쇠[金]가 아닌 동(銅)으로 만들어진 무기와 알 수 없는 문자가 새겨진 귀갑(龜甲) 등을 구경한 적이 있지요.”

남궁대수가 위해원의 말을 조금이나마 수긍하는 모습으로 자신의 경험담을 말했다.

고원월과 장문영도 그런 옛 물건들을 본 적이 있는지, 이내 고개를 조금씩 끄덕거렸다.

그러나 그것은 지금도 사용하는 물건들의 옛 모습일 뿐, 그렇다고 불사조의 존재라니!

흔들거리는 머리와는 달리, 굽어져 주름 잡힌 미간은 그런 그들의 뜻을 나타내고 있는 것이리라.

동조의 분위기는 여전히 조성되지 않았지만, 위해원은 침착하게 말을 이어나갔다.

“남궁 형이 말하는 것뿐이 아닙니다. 그 밖에도 쉽게 알려지지 않은 곳에서 발견되는 동굴 속에는 지금은 찾아볼 수 없는 동물들이 사방을 메우고 있지요.”

“찾아볼 수 없는 동물이라……. 허, 그런 것이 실제로 있다는 말인가?”

말하기 좋아하는 자는 어디에나 있는 법이어서, 주워들은 풍문만을 가지고 제가 직접 본 것처럼 침을 튀기는 자가 있기는 하지만, 잠시나마 겪어본 위해원은 그런 종류의 사람이 아닌 것으로 보였다.

없는 것을 있다고 하지는 않았으리라.

그러나 세상을 정처없이 반백 년 떠돌아다닌 고원월 그 자신조차 그런 짐승을 본 적이 없기에 놀란 눈으로 되묻지 않을 수도 없었다.

호기심은 인간의 죄악이요 축복이라 했으니, 이곳에 모인 모두가 위해원의 다음 말을 기다리는 것은 당연한 일이었다.

"물론 살아 있는 것은 아닙니다. 벽이나 돌 속에 박혀 있는 형태나 뼈 조각들을 맞춰보니 지금은 찾을 길 없는 모습을 하고 있는 것이었죠."

"용골(龍骨)처럼 말인가?"

"용골? 용의 뼈란 말인가? 장 형도 실제로 그런 것을 보았단 말이오?"

'용골' 이라는 장문영의 말에 고원월이 믿기지 않는다는 심정을 감추지 않고 되물었다.

"실제 용의 뼈를 말하는 것은 아니겠지요. 황하에서 흘러내리는 토사(土砂)에 섞여 내려오는 뼈 조각을 말하는 것인데, 그 거대함으로 미루어보았을 때 상상 속의 용(龍) 정도 크기의 짐승 것으로 추정되어 그렇게 부르는 것뿐이지요. 만병에 효과가 있는 것으로 알려져 예로부터 귀한 약재로 사용되고 있는 것이 용골이라 하지요. 혹자는 공룡(恐龍)이란 상고시대(上古時代)에 존재했던 동물의 뼈라 하기도 하고요."

잘 알려져 있지는 않았지만, 천의라 불리는 장문영이 용골

이란 약재에 대해 익히 알고 있는 것은 이상한 일이 아니었
다.

위해원이 고개를 끄덕였다.

"그것과 같은 맥락입니다. 기다란 송곳니가 옆으로 길게
나 있는 범이나, 송아지와 비슷한 크기로 하늘을 날고 있는
새, 그리고 두 다리를 땅에 딛고 우뚝하니 삼층 누각만 한 거
대한 짐승까지 그 흔적이 아직도 많이 남아 있습니다."

"흥! 그런 것이 실제로 있었다고 믿다니 어리석기가 짝을
찾을 수 없군! 사기꾼들이 여행객을 이용하기 위하여 만들어
놓은 것들 아닌가!"

진사백은 이런 얘기를 진지하게 하고 있는 위해원이 천하
에 짝을 찾을 수 없을 정도로 어리석다는 듯 빈정거림을 다시
시작했다.

"그 정도를 간파(看破)할 눈은 가지고 있소."

짧은 일침(一鍼)을 가하고, 주위를 둘러본 위해원이 자신의
의견을 피력했다.

"물론 가상의 동물을 그려놓은 것일 수도 있지요. 하지만 그
당시에는 있었고 지금은 사라진 동물들일 수도 있습니다. 지
금은 뒷산에서 쉽게 볼 수 있는 웅묘(熊猫:판다)나 범(虎:호랑
이)도 계속 잡아 나가거나 어떤 환경의 변화가 생긴다면 천 년,
아니, 몇백 년 후에는 전설 속의 동물로 남을 수도 있겠죠."

“그래서 방금 그 새가 지금 우리가 전해 듣는 대붕이란 말이오?”

신비한 이야기에 도취되었는지 남궁대수가 흥분한 얼굴로 끼어들며 물었다.

“아닙니다. 아무리 시간이 지나면서 이야기가 변형되었다고는 하지만, 대붕은 그 날개가 하늘을 덮는다는 것으로 보아 최소한 일반 새와는 비교도 안 될 정도로 큰 몸통을 가진 새를 말했던 것이라고 보여집니다. 저 새는 차라리 불사조의 전설과 유사한 점이 많아 보이는군요.”

“불사조?!”

일행 중 몇 명이 합창하듯 동시에 외쳤다.

불사조!

하늘과 땅을 뒤엎을 크기와 하루에 구만 리를 난다는 대붕도 믿기 어렵지만, 죽지 않는다는 새, 불사조 또한 거기서 거기가 아니던가!

그런데 지금 저 새를 불사조라 하다니!

위해원이 상상 속에서만 가능할 뿐 현실에서는 논리적이지 못할 것 같은 얘기에 대한 추론의 증거를 제시하기 시작했다.

“불사조의 전설은 몇 가지 특징으로 요약할 수 있을 것 같군요. 첫째 화염, 혹은 화산(火山) 깊은 곳의 용암 등에서 산다는 것입니다."

"용암이라……. 유황온천!"

위해원이 고원월을 향해 고개를 끄덕여 보였다.

"화염이나 용암 따위를 뜨거운 곳이라고 해석했을 때, 용암 동굴 끝에 있는 유황온천에 서식하는 새는 그 조건에 일단 맞는다고 할 수 있습니다."

"그리고?"

독고음이 자신의 탐스러운 수염을 쓰다듬으며 다음을 재촉했다.

"지금 우리는 실제로 그런 새를 보고 있습니다. 또한 불사조의 색은 붉은색이라고 전해지고 있죠."

전설 속의 새 불사조.

영원히 죽지 않는다는 그 전설의 새가 정녕 등장한 것이란 말인가!

"음, 죽지 않는 새라……."

신기한 듯 중얼거리는 남궁대수의 목소리에 위해원이 다시 말했다.

"왜 불사조라 이름 붙였을까요. 실제로 죽지 않는다? 아니, 쉽게 죽일 수 없었다고 보는 것이 맞을 것 같군요. 벽도 쉽게 허물어뜨리는 독고음 선배님의 공격을 맞고도 살아 있는 새입니다. 옛 사람들의 눈에는 죽지 않는다고 생각한 것도 무리는 아니라고 보여지는군요. 이것이 제가 불사조라고 생각하는 이유입니다. 그리고……."

"그리고 또 무어란 말이요?"

옛이야기 속의 신비로움에 빠진 남궁대수가 재촉하며 물어왔지만, 위해원은 생각에 잠긴 듯 눈을 감고 입을 열지 않았다.

잠시 후, 위해원의 눈이 떠지고 그 입이 열리는 순간, 옛이야기가 들려주던 평온한 분위기는 산산이 깨어지고 말았다.

"화탕지옥(火湯地獄)에는 불사조가 살고 있다고 전해지고 있습니다."

"화탕지옥!"

진사백이 몸을 부르르 떨며 주위를 둘러보았다.

도산지옥에 이어 화탕지옥이라니!

그렇다면 이 유황온천이 그곳이란 말이던가? 조금 전까지 목욕하듯 그 속에서 몸을 뉘이고 있지 않았는가!

위해원의 말이 사실이라면, 지옥의 유황불로 끓여진 가마솥 안에서 웃으며 있었던 것과 마찬가지였다.

"정말 불사조란 말인가? 그 불사조를 뚫고 가야 한다는 말이더냐?!"

갈라지는 목소리로 고함치는 진사백의 암담한 기분은 침묵하고 있는 다른 이들도 다를 리 없었다.

무(武)로써 인간의 정점에 근접한 귀성 독고음조차 발이 묶였던 상황이니!

전진 불가!

그것이 의미하는 것은 생(生)과 사(死) 중 어떤 것인지 모두가 알고 있었다.

"그래서? 그 정체를 알고 있으니 죽일 수 있는 방법도 알고 있겠군."

독고음의 목소리에 엉겨 붙어 있는 끈끈한 감정이 무엇을 말하는지 모르지 않을 것이건만, 위해원은 생각하는 시늉도 하지 않고 바로 대답했다.

그리고 그 대답은 모두를 죽음과도 같은 절망의 늪에 빠뜨리기에 충분했다.

"아니요. 모릅니다."

짤막한 자신의 말에 아연해하는 모두를 보며 위해원이 일말의 헛된 희망도 허용하지 않겠다는 듯 다시 단호하게 말했다.

"여기 있는 그 누구도 혼자서 이곳을 절대로 빠져나갈 수 없습니다."

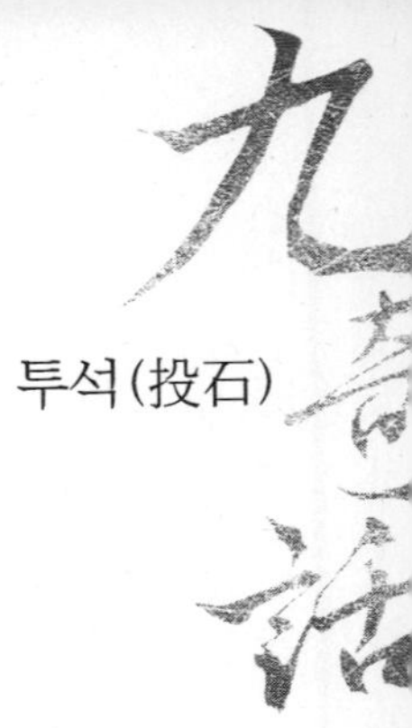

투석(投石)

　손무(孫武)의 『손자병법(孫子兵法)』에는, 전쟁에 있어서 공격과 수비를 다음과 같이 소개하고 있다.

　"적이 나를 이길 수 없는 것은 내가 수비(守備)하기 때문이며, 내가 적을 이길 수 있는 까닭은 내가 공격(攻擊)할 틈이 있기 때문이다. 수비한다는 것은 공격하기에는 힘이 부족하기 때문이며, 공격한다는 것은 수비를 하고도 힘의 여유가 있기 때문이다. 수비를 잘하는 자는 깊은 지하에 숨은 것과 같고, 공격을 잘하는 자는 높은 하늘에 오른 것과 같다."

　공(攻)과 수(守).

그렇다면 막다른 곳에 물린 쥐가 고양이를 문다고는 했을 때, 공격은 누구고 수비는 누구란 말인가?

수비가 힘이 부족한 것이고 공격이 힘의 여유가 있는 것이라 한다면, 배수진(背水陣)의 의미는 어떻게 되는 것이란 말인가?

몇 가지 의문에도 최고의 병법서로 손꼽기를 주저하지 않는 까닭은, 쥐에게 물려 도망치는 고양이를 아직까지 본 적 없는 까닭이기 때문이다.

공격도 수비도 할 수 없는 기묘한 대치만이 구 인의 발을 묶어놓고 있었다.

"모른다? 그렇게 쉽게 나올 말이 아닌 것 같은데?"

"모르는 것을 안다고 할 수는 없지요."

"그 말은 자네가 더 이상 쓸모없다는 뜻으로 받아들여도 되겠는가?"

독고음이 위협적으로 한 걸음 다가섰다.

그리고 위해원에 앞에 인의 장막이 펼쳐졌다.

고원월, 장문영, 남궁대수, 그리고 지부용.

"오리 네놈, 결국 끝을 보겠다는 건가? 아직은 안 될 텐데?"

독고음이 고원월을 바라보며 대수롭지 않다는 낮은 목소

리로 자신의 성대를 울렸다.

"온천이 제법 효력이 좋군. 거기다가 장 형이 준 갈색 단환도 나쁘지 않아. 자네는 좀 어떤가? 새 떼의 공격을 받으면서 이곳저곳 쪼인 것 같던데, 특별한 이상은 없었으면 좋겠군."

고원월 또한 지나가는 말투로 독고음의 말을 가볍게 받아 되돌려 주었다.

장문영이 갖고 있던 세 알의 신단 중 하나는 남궁대수에게, 그리고 또 하나가 고원월에게 은밀히 건네진 것이 사실이었다.

그러나 그 덕분에 몸 상태가 급속도로 좋아지고는 있었으나, 아직 완치에 이르지는 못한 것 역시 또 다른 사실이었다.

고원월과 독고음 같은 초절정의 고수들 간에는, 그날의 몸 상태와 주변 환경이 가져오는 작은 요건에도 승부가 뒤바뀔 수 있는데, 하물며 내상이 미치는 영향이야!

하지만 고원월이 넘겨짚듯 말한 마지막 대목 또한 무시할 수 없었으니.

단지 피부를 쪼였다고는 하지만 그 흔적이 아직까지 독고음의 몸에 남아 있다는 것은, 어떤 형태로든 불사조라 부르고 있는 저 새들의 공격이 심상치 않은 영향을 미쳤다는 것을 의미하고 있었다.

실제로 막강한 극양의 기운 속에서 태어나고 자란 저 새들은 기운은 음의 기운을 바탕으로 하는 독고음에게는 상극에 이르는 것이어서, 독고음은 적지 않은 영향을 받은 상태라 할 수 있었다.

이 또한 평소라면 지극히 미미한 부분이라고 치부할 수도 있지만, 눈앞에 둔 상대가 고원월이라면…….

독고음이 고원월의 상세를 알아보는 것이 가능하다면 그 반대 역시 능히 충분했으리라.

팽팽한 기 싸움이 그보다 더 치열한 눈치 싸움과 합쳐져 주변을 급속도로 냉각시키고 있었다.

그러나 달이 차면 기울고, 기울면 다시 차는 것처럼 팽팽해진 공기는 이내 허탈함과 함께 흩어져 버렸다.

사람으로 만들어졌던 장막을 거두고, 위해원이 모습을 드러냈기 때문이었다.

"제 말은 죽이는 방법은 모른다는 것입니다. 하지만 좀 생각해 보면 통과 정도는 할 수 있을 것도 같군요."

"……!"

"감히 나랑 장난하는 거냐!"

분통을 터뜨리는 독고음을 바라보며 위해원이 여유롭게 말했다.

"제가 분명히 말했습니다. '혼.자.서.'는 이라고."

“힘을 합치면 가능하다는 말인가?”

서둘러 말을 받아주는 것은, 위해원에게 몰리는 독고음의 분노를 분산시키려는 장문영의 의도였으리라.

그러나 위해원은 장문영의 성의를 받지 않고 독고음을 바라보며 분명한 어조로 말을 이어갔다.

“저는 단지 현재 모든 상황이 독고음 선배님이 뜻하는 바대로 흘러가지 않을 가능성도 있다는 것을 말하고 싶었을 뿐입니다.”

이것은 위해원에게 있어서는 목숨을 건 또 다른 도박이었다.

독고음에게 넘어간 주도권을 확실하게 되찾기 위한 방법!

도산지옥에서 고원월이 부상을 입고, 독고음이 새롭게 일행의 운명을 쥔 자로 부상하기 시작할 무렵부터 고민해 왔었다.

그리고 화탕지옥에 오기 전 용암관에서 있었던 독고음과 일행의 내분을 알게 된 후부터 계획하고 있었던 일인 것이다.

자신이 정신을 잃었던 동안 있었던, 지부용과 정월명의 가세를 장문영에게 듣는 순간부터 계획하고 있었던!

“그럼 여기서 그만 하는 것으로 봐도 되겠지?”

고원월이 날카로운 눈으로 독고음을 향해서 말했다.

독고음은 위해원을 뚫어져라 쳐다보고는 휙하니 고개를 돌려 온천 쪽으로 자리를 옮겼다.

"휴—"

중간에 서서 땀을 비칠거리며 쏟고 있던 진사백이 한숨을 내쉬며 얼굴을 닦았다.

"자네, 너무 무리하는군. 저 노괴를 너무 자극하지 말게나."

고원월은 등 뒤를 흐르는 차가운 땀방울의 움직임을 느끼며 위해원에게 소곤거리며 충고했다.

보일 듯 말 듯 고개를 끄덕여 보인 위해원이 새들이 튀어나왔던 자리 쪽으로 시선을 돌렸다.

'불사조라……'

독고음이 한 발 물러났으니, 이제는 통과할 방법을 찾는 것이 시급했다.

지금 이 순간, 위해원의 머릿속에 어떤 확실한 방법이 떠올라 있는 것은 아니었다.

그의 두뇌가 만천하에서 맞수를 찾기 힘들 정도라 하더라도 이름만 알고 있고, 처음 본 괴조(怪鳥)를 상대할 만한 대책을 순식간에 만들어내는 것은 무리였던 것이다.

그러나 머릿속을 맴돌던 조각난 생각들은 어떤 가능성의 빛을 이미 열어주고 있었으리라.

바로 불사조라는 그 저주받은 이름에서.

'불사조라……. 조, 불사, 불… 음…….'

인간들의 고민 따위는 아랑곳하지 않고 시간은 유유히 제 갈 길대로 흘러가고 있음을, 찰랑거리는 물결의 흐름이 대변하고 있는 것만 같았다.

"도움을 좀 청해도 되겠소?"

"나? 나 말인가?"

"네, 진 형께 부탁드리고 있는 겁니다."

진사백은 실로 놀라지 않을 수 없었으니, 눈앞의 자에게서는 처음 듣는 말투와 그 속에 담겨 있는 의미 때문이었다.

여태껏 자신을 본체만체하던 위해원이 먼저 도움을 청하다니……!

무공도 모르는 주제에 은연중 무리를 이끌고 있는 것 같아 진사백으로서는 그 꼴조차 보기 싫은 위해원이었다.

또한 그 주제에 감히 귀성에게 겁도 없이 대드는 분위기까지 연출해 험악한 상황을 이끌어내고 있는 위해원이었던 것이다.

그 위해원이 자신에게 고개를 숙이며 들어오고 있다는 사실은, 자부심이 상할 대로 상해 있던 진사백으로서는 실로 감격적인 순간이었으리라.

여인이 말하는 '싫다'를 한 번쯤 튕겨보는, '좋다'라고 해석하는 풍류공자가 생각하는 것처럼 자신의 가치를 좀 더 높여보려 했던 것일까.

"썩 내키지는 않는군. 어… 어, 이보게!"

횐―

아무런 미련도 없다는 듯 소리나게 몸을 돌리던 위해원은 다급한 진사백의 말에 고개만 반쯤 돌렸다.

"이, 이―!"

놀림당했다고 생각한 것일까.

진사백이 아무런 말도 못하고 붉어진 얼굴로 바닥을 노려보았다.

이 정도면 되었으리라.

더 이상 자존심을 긁을 필요는 없었다.

이쯤에서 체면을 살려줘야 진사백에게도 명분이 생길 것이다.

이제 진사백으로서는 다음부터 자신이 말을 하면 괜히 튕기듯 한 번이라도 거절의 소리는 쉽게 하지 못하리라.

위해원이 속으로만 미소를 지은 채 겉으로는 약간의 정중한 태도까지 보이며 진사백을 향해 입을 열었다.

"진 형의 부상이 완치되지도 않았는데, 그 높은 무공만 믿고 부탁을 하려 했으니 제가 생각이 짧았구려. 장 어른도 무공을 좀 익히신 듯 보이니 장 어른께 부탁하도록 하겠소."

"아, 그… 괜찮네. 내 비록 완치되지는 않았으나, 자네의 부탁이 뭔지 일단 들어는 봐야 할 것 아닌가."

급격하게 밝아진 얼굴로 진사백은 이번엔 자신이 위해원에게 하는 말투가 바뀐 것조차 알지 못하고 급하게 다가섰다.

"오륙십 장 정도 돌을 던질 수 있으시겠소?"

"돌? 돌을 던진다고? 돌팔매질?"

"그렇소. 매우 중요한 일이오."

화난 얼굴에 앞서 의아한 얼굴이 된 진사백이 묻자, 위해원은 얼굴을 굳히고 고개를 끄덕거렸다.

그 모습에 장난의 기운이 묻어 있지 않음을 안 진사백이, 올망졸망한 아이들을 모아놓고 제 힘자랑하려는 골목대장처럼 제 가슴을 탕탕 치며 호기롭게 말했다.

"중요한 일? 당연하지. 내 아무리 위중한 부상을 입었다고는 하나 돌팔매질 따위는 백 장도 문제없지!"

사실 일반 사람이라면 이십 장도 넘기기 힘든 돌팔매질이었으나, 무공을 익힌 진사백이라면 별반 어려운 일도 아니었다.

"비단 멀리 던지는 것뿐만이 아니라, 내가 말하는 곳에 정확하게 던져야 하오. 그것도 열 번이 될지 백 번이 될지 알 수 없다는 것을 미리 말하겠소."

"걱정 말게!"

암기 쓰는 법을 익히지 못한 보통의 무인이라면 어려울 수도 있는 주문이었으나, 절정의 경지에 다다른 진사백에게는 단지 귀찮은 일, 그 이상은 아니었다.

그러나 귀찮은 일, 그 이하도 아니었음은 물론이었지만.

무엇을 하려고 하는지 알 수는 없었으나, 우는 아이를 달래다가 다시 뺨을 치는 것과 같이 능수능란하게 진사백을 다루는 위해원의 모습을 본 다른 일행은 긴박한 상황 가운데서도 내심 웃음을 참을 수 없었다.

둘이 하는 말을 듣고 있던 다른 일행은, 위해원이 뭔가 방법을 찾았거나 최소한 찾으려 시도할 무엇인가를 생각하고 있다는 것을 깨달을 수 있었다.

위해원이 돌조각을 모으려 주변을 서성거리자 고원월이 나섰다.

"비키게. 어떤 크기로 얼마나 필요하지?"

"주먹을 말아 쥔 크기로 일단 백여 개 정도면 되겠군요."

고원월이 발끝으로 힘을 주며 천천히 지면에 원을 그렸다.

슥슥슥―

쿵―!

반듯하게 완성된 원의 옆을 발로 강하게 구르니, 원 모양의 땅이 깎여 나가며 허공으로 '통' 하고 튕겨 올랐다.

짜짝!

눈높이에 오른 돌이 얄미운 놈의 뺨이라도 되듯이 고원월은 양손으로 후려치듯 잡았다.

"어디에 놓으면 되지?"

비록 무공을 모르는 위해원이었지만 고원월의 신위를 여러 차례 경험한 바, 그것이 뭐 하는 거냐고 되묻는 우를 범하진 않았다.

"저 온천물이 시작되는 부분쯤 놓으면 되겠군요. 감사합니다."

사람 몸통만 한 돌덩어리를 밑으로 받치는 것도 아니고, 양손바닥으로 옆에서 누르는 형태로 조금의 흔들림도 없이 성큼성큼 걸은 고원월은 위해원이 가리킨 부근의 바닥에 돌덩어리를 내려놓았다.

쿵!

좌르르륵―

바닥에 떨어진 돌덩어리는 처음부터 돌조각의 파편들을 억지로 꿰맞춰놓고 있었기라도 한 듯, 제각기 비슷한 크기로 부서져 바닥에 나뒹굴었다.

그것을 보고 움찔하는 기색이 완연한 진사백을 옆에 세운 위해원이 시작을 명했다.

"우선 삼십 장부터 시작하도록 하죠."

"삼십 장?"

단숨에 백 장을 던져 자신의 실력을 과시하고 싶었는지, 진사백이 조금은 실망스러운 목소리로 위해원을 바라보았다.

그러나 위해원은 이미 진사백을 바라보지 않고 있었다.

"정면으로 삼십 장 앞부분의 수면으로 돌이 들어가도록 던지면 되오."

"끙."

연승하고 있는 노름꾼의 손안에 들어 있는 골패를 바라보는 것처럼 진사백이 의심스럽다는 얼굴로 뭔가 말을 하려고 했으나 정면을 주시하고 있는 위해원의 얼굴에 서려 있는 단호함에 입을 다물고 돌을 들어 던지기 시작했다.

퐁―!

워낙에 조용한 동굴인지라 돌을 던진 잠시 뒤에 청량한 입수음(入水音)을 모두가 들을 수 있었다.

지기지우(知己之友)라 했으나, 진사백이 백아(伯牙)가 아니고 돌멩이가 거문고가 아닐진대 위해원은 그의 친구 종자기(鍾子期)라도 된 듯 소리의 여운마저 끝나 버린 뒤까지 아무런 말이 없었다.

"흠, 흠."

자신이 실수라도 해서 그런 것으로 느꼈는지, 진사백이 어색한 헛기침을 해댔다.

그제야 잠에서 깬 듯 위해원이 느릿하게 말을 이어나갔다.

"다음은 방금보다 오 장 앞, 그러니까 여기서부터 삼십오 장. 그렇게 그만 하라고 할 때까지 계속 오 장씩 늘여가면서 던지시오."

"계속?"

"……."

벌써 질려 버린 것 같은 진사백의 엄살 섞인 목소리가 들리지 않는지 위해원은 묵묵부답이었다.

"이거 정말 중요한 일 맞겠지?"

약간은 귀찮음이 배어 있는 음성으로 위해원이 다시 확인시켜 주었다.

"물론이오. 우리가 앞으로 나가기 위해서 꼭 필요한 일이요."

진사백은 어쩔 수 없이 돌을 던질 수밖에 없었다.

삼십오 장, 휙— 퐁—!

사십 장, 휙— 퐁—!

사십오 장, 휙— 퐁—!

오십 장, 휙—!

두어 번을 더 던지면서부터 급속도로 일그러지기 시작했던 진사백의 얼굴이 의아함으로 활짝 펴졌다.

오십 장 근처를 던지는 차례에 이르러 돌이 빠지는 소리가 들리지 않았던 것이다.

그리고 위해원이 고개를 끄덕거렸다.

"다시 던져 보게."

자신이 방해라도 될까 물러나 있던 고원월이 무엇에라도 놀란 듯 다가서며 전면을 주시한 상태로 말했다.

휙―

…….

그리고 이번에도 그 어떤 소리도 들리지 않았다.

위해원이 밑도 끝도 없이 심각한 표정으로 옆에 선 고원월에게 물어왔다.

"보셨습니까?"

"음, 오십 장이 경계인 것 같군. 통과하며 날아가던 돌을 낚아채고 물속으로 들어갔네. 입수하는 소리조차 거의 나질 않는군."

"몇 개까지 동시에 던질 수 있소?"

고원월과 위해원이 하는 대화의 의미를 그제야 깨달은 진사백이 황급히 대답했다.

"한… 네 개? 아니, 여섯 개!"

"던지시오."

명을 하는 자와 그것을 받드는 자가 있을 뿐이었다. 물론 받드는 자는 자신의 처지도 깨닫지 못하고 있는 것 같았지만.

"이익― 얍!"

휙— 휙— 휙—

주먹 크기의 돌이란 주먹 하나라는 의미와 다르지 않은 바, 암기술을 배운 것도 아닌 진사백이 손끝의 압력만으로 양손에 각기 세 개씩 돌을 잡고 오십 장을 던진다는 것은 생각보다 쉬운 일이 아니었다.

그러나 필생의 명예가 달려 있다고 생각하는지, 이를 악다물고 기합까지 넣은 보람이 있어 여섯 개의 돌멩이는 빠른 속도로 거의 동시에 날아가고 있었다.

그리고 이번에도 마찬가지로 어떤 소리도 들리지 않았다.

"보셨습니까?"

위해원이 조금 전과 같은 질문을 다시 던졌지만, 조금 전과는 다른 대답이 돌아왔다.

"흠, 여섯 마리군."

잠시 생각의 우물에 잠기는 것 같던 위해원의 눈에 샛별의 반짝거림이 떠올랐다.

"남궁 형, 가능하겠습니까?"

"물론이오. 걱정 마시오."

남궁대수까지 끌어들인 위해원은 이번에는 남궁대수 뒤쪽의 정월명을 향해 같은 의미를 전달하였다.

"정 부인, 부인도 좀 도와주시지요."

"몇 개나 필요하죠?"

정월명은 그동안 일행과는 겉돌며 지내고 있었지만, 이번에는 의외로 선선히 다가와 돌멩이를 집으며 물었다.

마음먹으면 여섯 개 이상도 충분하다는 말인가.

"세 명이니 각각 여섯 개씩이면 충분하겠군요. 다른 사람들이랑 시간 차가 나지 않게, 되도록 거리는 비슷하도록, 그리고 공간은 양옆으로 퍼지게 던져 주시지요. 이번에는 오십 장을 던지는 것이 아니라 백 장을 던진다고 생각하고 전력으로 던져 주시오!"

파리한 안색의 남궁대수가 다가와 돌을 잡았다.

마찬가지로 양손에 세 개씩.

진사백은 질 수 없다는 듯 얼른 돌멩이를 집어 들고는 이미 던질 준비를 끝내고 눈을 빛내고 있었다.

"던지시오!"

발포 명령이 사령관에게로부터 떨어졌다.

"합—"

휫휫휫휫휫—

우렁찬 기합 소리가 울려 퍼지며 하늘을 향해 돌의 화살이 쏘아져 올랐다.

퐁—! 퐁—!

두 번의 물소리가 돌의 비[雨]에 화답하여 신호를 보냈다.

이번엔 위해원이 묻기 전에 고원월이 말했다.

"열두 마리일세! 네 마리가 돌을 두 개씩 쳐냈고, 가장 양 끝으로 나가던 두 개의 돌이 그대로 물에 빠졌군!"

"열두 마리라……. 예상했던 대로군요. 재미없게 너무 원본에 충실한걸."

"뭐가 말인가?"

중얼거리는 위해원에게 장문영이 물어왔다.

"화탕지옥의 열두 마리 불사조는 이미 전해지는 바이지요. 혹시나 했는데, 이것으로 이곳이 화탕지옥이며 저들을 불사조라 칭하고 있다는 것은 분명해진 것 같군요. 그리고 그 경계는 오십여 장!"

"……!"

지금껏 위해원의 말을 반신반의하던 사람들도 이제는 '이곳'이 또 다른 관문인 화탕지옥이라는 것과 '저것'이 그것을 지키는 불사조라는 것을 인정할 수밖에 없었다.

피의 향연이 펼쳐졌던 도산지옥에 이은 화탕지옥!

구 인의 인간 새[鳥]가 온천이라는 견고한 조롱 속에서, 그들을 지키는 파수꾼이 된 불사조라는 새에게서 지금 탈출을 꾀하고 있었다.

그 작전의 지휘관이 다음 명을 전달했다.

"이번에는 정 부인은 우측 제일 외곽으로, 남궁 형은 좌측 외곽으로, 진 형은 중앙으로 던져 주시지요."

의도는 알 수 없었지만 그 누구도 이의를 제기하지 않고 충실히 움직였다.

휘휘휘휘―

퐁― 퐁― 퐁― 퐁―!

"어떻습니까?"

"흠, 이번에도 열두 마리일세. 외곽에 각기 두 개씩 빠지고 중앙 부근에 한 개가 떨어졌군."

"정 부인, 지금보다 속도를 어느 정도 더 높일 수 있지요? 한 번에 하나씩이면 됩니다."

"한… 두 배 조금 넘는 정도 되겠군요."

진사백과 남궁대수가 거의 동시에 각기 다른 감정을 담아 정월명을 바라보았다.

진사백의 눈에는 불신이, 남궁대수의 눈에는 감탄의 기색이 어려 있었다.

그러나 위해원은 그 어떤 기색도 내비치지 않고 무덤덤하게 입만을 열 뿐이었다.

"부탁드립니다. 아마 저쪽 석벽 중앙 부근일 것입니다. 물가를 스칠 정도부터 시작해서 일 장 간격으로 높게 해서 천장까지, 그리고 특별한 반응이 없으면 옆으로 일 장 정도 옮겨서 다시 반복하도록 하지요."

"특별한 반응?"

정월명이 물었지만 명확한 대답은 들을 수 없었다.

"해보시면 알게 될 것입니다. 아마도……."

위해원의 말을 듣는 모두의 머릿속에 있는 상념의 바다에서는, 지금 무수한 의문이 노를 저어가고 있었다.

그러나 분명한 목적을 갖고 행하는, 어떤 의미가 위해원에게 있으리라.

지금껏 이런저런 상황을 돌파해 나가는 것에 있어서 위해원이 보여줬던 것들은 그런 믿음을 갖게 하기에 부족하지 않았다.

능력은 마음에 드나 사람은 마음에 들지 않는다고 할 수도 있으니, 그에 대한 개인적인 감정은 어떨지 모르는 일이었지만.

정월명은 이내 돌을 들어 날카롭게 전면을 주시하더니 손을 허공으로 흩뿌렸다.

팟—!

공기를 가르는 소리가 아니라, 순간적으로 공기가 응축되었다가 터져 나가는 소리가 울려 퍼졌다.

그러나 그뿐, 그리고는 그 어떤 소리도 나지 않았다.

위해원이 고원월을 바라보았고, 고원월은 침음성을 내며 대답했다.

"음… 불사조들에게 잡혔군."

“두 배 조금 넘는다고 하지 않으셨나요? 조금 전 속도를 단네 마리만이 두 개씩 쳐냈으니, 두 배 이상의 속도라면 뚫고 지나갈 만도 할 텐데요.”

“…….”

“내가 하지.”

“아닙니다. 이 운무를 뚫고 정확히 살펴보고 오차없이 말해줄 분이 필요합니다.”

“그 정도라면 함께… 알았네. 자네 말대로 하지.”

나서는 고원월을 간단하게 만류하고, 위해원이 발 앞에 뒹구는 돌멩이 하나를 발로 톡 차서 호수에 빠뜨렸다.

포옹―!

일견하기에는 타당한 말처럼 들렸으나, 고원월에게는 타당하지 않은 말이었다.

자신이라면 던지면서도, 지금 하고 있는 첨병의 역할 정도는 겸해서 해결할 능력이 충분히 되었던 것이다.

자신의 능력을 잘 모르는 데서 오는 것인지 그 어떤 의도가 있는 행동인지는 알 수 없었지만, 고원월은 왠지 후자가 맞을 것 같은 감이 들어 하던 말을 중간에 멈추고 이렇게 서 있을 수밖에 없었다.

지금껏 위해원은 의미없는 행동을 하지 않는다는 것이 머릿속에 떠올랐기 때문이었다.

어색함이 둘러싸고 있는 공간 속에서 위해원이 또다시 발로 돌을 차 올렸다.

포옹―!

그 어떤 무인이 만인이 보고 있는 가운데 자신의 내력 수위를 측정 가능케 하는 행위를 하겠는가.

고원월은 그 사실을 분명히 알고 정월명을 감싸주려 대신 나섰지만, 위해원은 그 사실을 막연하게 추측하고 오히려 정월명을 사람들 앞에서 까발리고 있었다.

그리고 정월명은 입술을 질끈 깨물고는 위해원을 쏘아보았다.

하지만 돕겠다고 자신이 먼저 했던 말이고 하니 이미 어쩔 수 없는 일이었다.

지금껏 이미 봐온 것들에서 고원월과 독고음 정도는 이미 자신의 무위를 어느 정도 추정하고 있을 것이다.

때문에 단번에 탄로 날 거짓을 말하는 것은 오히려 의심을 깊게 하는 행위였고, 이로 인해 두 배라는 말을 하지 않을 수 없었다.

사실 세 배까지도 가능했으니 그녀로는 크게 손해 보는 장사는 아니었다.

이윽고, 마음을 굳히고 또 다른 돌을 잡아들었다.

정월명이 숨을 고르고 내력을 조절했다.

핏—

픽!

소리는 오히려 더욱 가늘어진 가운데, 온천을 가로질러 반대쪽 석벽에 부딪치는 소리가 곧이어 들려왔다.

던지는 소리와 백 장 밖에서 부서지는 소리가 거의 동시에 들렸으니, 그 속도의 엄청남을 상상할 수 있으리라.

진사백과 남궁대수, 그리고 지부용이 새삼스런 눈으로 정월명을 응시했다.

복장은 궁장이었으되, 너무도 평범한 얼굴의 중년 여인이 보인 위력은 절정의 수준에 있는 그들로도 주목할 만한 것이었기 때문이다.

만약 근거리에서 암기를 던진다면 절정의 고수라 할지라도 쉽게 피한다고는 장담하지 못하리라.

늘 꾸지람만 받다가 난생처음 천자문을 한 번에 외고 훈장의 입에서 흘러나올 평을 기다리는 악을 품은 소동마냥, 정월명이 '이 정도면 만족하였느냐' 란 눈으로 위해원을 쳐다봤으나, 위해원은 전면을 주시한 채 아무 말이 없었다.

아마도 이것은 자신이 말한 특별한 반응이 아니니 계속하라는 뜻일 것이리라.

그 뒤로도 정월명은 조금씩 방향을 바꾸면서 열네 번의 돌팔매질을 계속해야 했다.

그리고 마침내 위해원이 말한 특별한 반응이 저 너머에서 모습을 나타냈다.

핏—

탁!

열네 번 연속해서 울린 '퍽' 이 아닌 '탁' 이 갖고 있는 의미는 무엇일까.

열여섯 개의 눈동자가 집중된 위해원의 머리가 앞뒤로 흔들렸다.

드디어 마침내 신호가 온 것이었다.

"방금 그곳이 다음 방향으로 진행되는 통로가 있는 곳이군요. 자, 그럼 마지막 대미는 독고음 선배님이 장식해 주셔야겠습니다."

"……!"

몇 걸음 떨어진 곳에 있던 독고음이 난데없는 지명에 위해원을 바라보았다.

"무슨 말이지? 통로라니!"

지금껏 이유도 알지 못하고 노동했으니 이제는 품삯을 받아야겠다는 듯 진사백이 침을 튀겼다.

위해원은 주위를 둘러보며 서서히 입을 열었다.

모두가 납득할 설명이 뒤따라야, 의미없어 보이는 행동을 또다시 명해도 복종을 이끌어낼 수 있으리라!

"지키는 자, 불사조가 있습니다. 간단합니다. 지킬 것이 있 겠군요. 바로 통로입니다. 물 위를 걸어 다닐 수 있는 분도 있 지만, 방해가 있으니 처음부터 분명한 목적지를 잡아야 했습 니다. 벽 전체로 만들지는 않았을 테니, 이질적인 소리가 들 리는 그곳이 되겠군요. 입구가 벽면의 좌우로 치우쳐 있다면 불사조가 중앙 부근에서 서식하고 있을 이유가 없습니다."

"과연 그렇군. 하지만 호수 측면의 좌우로 던졌던 돌들에 도 반응하지 않았는가?"

설명에 대한 깨우침과 의문을 동시에 담아 고원월이 질문 을 만들어냈다.

그러나 이번에도 위해원의 말문은 막힐 줄 몰랐다.

"그렇습니다. 불사조라 해서 전설처럼 만능은 아니니, 보 신 바대로 모든 돌들을 낚아챈 것은 아니었습니다. 그리고 호 수로 빠진 돌들의 빈도는 중앙보다 외각이 두 배가량 높았지 요. 모여 있는 곳에서부터의 거리 차가 만들어낸 장면이었을 것입니다."

"이런 의미가 담겨 있었군……."

장문영이 나직한 탄성을 터뜨렸다.

돌팔매질이 만들어내고 있었던 것은 경계와 범위, 그리고 진행 방향을 파악하고 그에 따른 대책을 세우기 위한 포석이 었던 것이었다.

그러나 이것이 끝은 아니었으나, 위해원을 제외하고는 아직 누구도 알 수 없는 일이었다.

조용히 듣고만 있었던, 그러나 위해원에게 마무리를 부탁하는 지목을 당했었던 독고음이 그제야 입을 열었다.

"더 할 일이 남았던가?"

"맨 처음 온천을 건너기 전에 그러셨지요. 좋으나 싫으나 우리는 같은 길을 가는 일행(一行)이라고. 독고음 선배님의 도움이 없다면 아마도 이 방법은 힘들 것 같군요."

독고음의 눈동자가 미약하게 흔들거렸다.

그로서는 흔치 않은 일이었으리라.

그것은 이어진 그의 우울한 음색에서 분명하게 알 수 있었다.

"하―! 이번엔 정말일세. 자네를 인정하지 않을 수 없군. 나라도 이렇게까지 하진 못할 걸세. 그래, 무엇을 해줘야 하는가?"

독고음이 장탄식을 내뿜었다.

그 어떤 사람이 있어서 철저하게 다른 사람에 대한 주관적인 감정을 배재한 채 주어진 상황에 따라 움직일 수 있을까!

자신을 죽이고 싶어하는 독고음임을 모르지 않으며, 또한 실제로 몇 번이나 죽을 위기를 넘기고도 이렇게 담담하게 부탁을 해오다니…….

독고음은 진정으로 위해원에게 탄복하지 않을 수 없었다.

비록 그를 높게 볼수록 또 다른 감정 역시 높게 솟아오르고는 있었을지라도.

위해원이 몸을 돌려 시선은 호수 너머로 던지며 질문은 등 뒤의 독고음에게 던졌다.

"아까 진광대왕의 몸을 내부로부터 터뜨렸던 힘, 기압(氣壓)의 차(差)를 이용한 현상으로 보이더군요. 아마도 종류는 음기라고 여겨지고. 맞습니까?"

"흠……."

천하가 알고 있을지라도 그 스스로의 입으로 자신의 무공의 특성을 말하기는 쉽지 않은 법이리라.

그것이 제아무리 귀성 독고음이라 할지라도.

부정을 말한다 해도 자기 편할 대로 긍정으로 해석하고 싶어하는 것이 사람의 심리일진대 침묵을 긍정으로 해석하는 것은 여반장(如反掌)처럼 쉬운 일이었다.

모두들 어렴풋이 독고음의 무공의 실체를 짐작하는 가운데, 오히려 위해원이 한발 물러서며 다시 말했다.

"하여간 음의 기운을 운용할 수 있으십니까?"

고원월의 기운은 양(陽), 그리고 독고음의 기운은 음(陰).

이미 모두들 눈치 채고 있는 사실을 굳이 부인하여 체면 상할 필요는 없었다.

"맞네."

마침내 독고음이 어렵사리 입을 열었지만, 위해원은 책을 읽듯이 고저없는 목소리로 입술을 달싹일 뿐이었다.

"그 음의 기운을 돌에 실어 되도록 느린 속도로 새들이 출몰하는 지역으로 부탁드립니다."

"느리게라…… . 그래, 그러지."

마음을 굳혔음인지 그답지 않은 시원한 대답이었다.

독고음이 가볍게 손짓하자 허공으로 돌멩이 하나가 떠올랐으니, 물 흐르듯 자연스러운 능공섭물(綾空攝物)의 묘라.

허공에서 멈칫거리며 흔들리는 돌멩이를 검지와 중지로 가볍게 튕기니 '팽—' 하는 날카로운 소리와 어울리지 않게 부드럽고 낮은 포물선을 그리며 천천히 날아가기 시작했다.

물체가 날아가는 거리에 대한 자연의 법칙은 속도에 비례한다는 상식을 비웃기라도 하듯이, 떨어질 듯 느릿한 돌멩이는 사십 장을 넘어 어느덧 오십 장에 이르고 있었다.

그리고 입수.

파앙—!

지금껏 만들어낸 것 중에서 가장 큰 물보라를 생성하며 돌멩이는 소멸해 버렸다.

손가락에 부딪친 돌이 튀어나갈 때 들린 '팽—' 하는 소리는, 거대한 음기로 이루어진 힘에 의해 고속으로 돌이 회전하고 있던 사실을 말하는 것이었으리라.

그리고 수면과 만나는 순간, 그 회전력이 만들어낸 힘이 폭발한 것이었다.

이것은 독고음의 말없는 시위(示威)였다.

위해원의 운명에 대한 그의 판결이 확실해졌다는 의미의…….

"새 한 마리가 튀어나와 지금까지와 마찬가지로 물 듯하더니 건드리지 않고 스치며 그냥 들어가 버렸군."

비록 위력이 강맹하다 하더라도, 독고음의 장력까지 받아냈던 새들이 천천히 날아드는 돌멩이를 받지 못할 리는 없었다.

의외의 상황에 위해원이 묻기도 전에 고원월이 미리 말해주었다.

자욱하게 올랐던 물의 파편이 다시 제 고향 속으로 합쳐지며 사라지고 있었다.

그리고 위해원이 말했다.

"이제 건너도록 하지요."

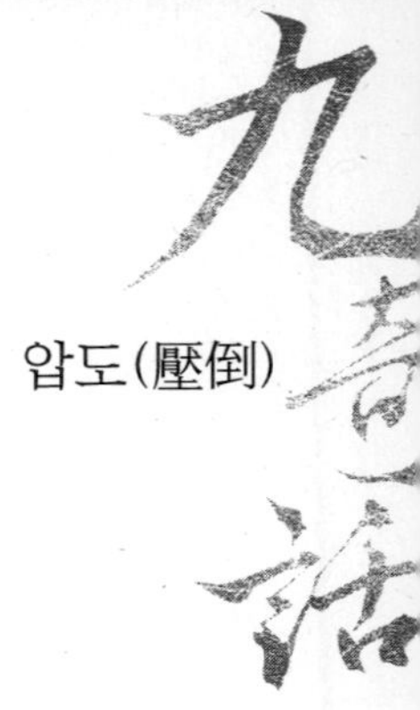

압도(壓倒)

　『손자병법(孫子兵法)』에서는 또 이렇게 말하고 있으니, 이는 전쟁의 승패를 결정하는 다섯 가지의 계산에 대한 것이다.

　첫째는 지형의 길고 짧음을 앎이요, 둘째는 전쟁이 치러지는 범위를 파악하는 것이다.

　그 셋째는 군사의 숫자를 헤아리는 것이며, 넷째는 전력의 강약을 비교하는 것이라 주장하고 있다.

　이상의 것들에 대한 명찰이 끝난 뒤에야, 비로소 다섯 번째인 승리에 대한 계산이 이루어진다고 손무는 말하고 있는 것이다.

글만 읽을 줄 안다면 누구나 알 수 있도록 명확하게 이루어진 다섯 가지 요소.

그러나 환경을 읽어내고 아와 적에 대한 치우치지 않는 분석을 넘치지도 모자라지도 않게 해낼 수 있는 이가 세상천지에 몇이나 될 것이란 말인가.

만약 그러한 자가 있다면 그는 천하를 군림하게 되리라!

"건너자고? 호수 위를 건넌단 말인가?"

"그렇습니다. 돌팔매질로 상황을 파악하는 것은 마쳤으니, 이제 타개할 순서입니다. 해결책을 내놓지 못할 고민 따위, 아니한 만 못하지요."

석공이 돌을 쪼듯 위해원은 자신감 가득한 음성을 모두의 가슴에 새기고 싶어하는 것 같았다.

"먼저, 사각(死角)은 없습니다."

"사각은 없다? 그렇다면 돌아갈 길이 없다는 말인가?"

고원월은 회피를 통한 우회를 예상하고 있었는지 확인이라도 받는 듯 다시 물어왔다.

위해원은 모두가 현실을 직시하기를 원하는 모양으로 단정적으로 말했다.

"그렇습니다. 호수의 길이는 백 장. 양옆은 석벽으로 막혀 있으니 어떤 방법이든 호수를 지나갈 수밖에 없다는 결론이 먼저 대전제로 나옵니다.”

“어떤 방식으로든 수면 위를 지나쳐야 한다는 것인가?”

“중앙을 피해서 벽으로, 외벽을 타고 넘어가는 건 어떻겠습니까!”

침울한 목소리로 중얼거리는 남궁대수와 다르게, 마치 엄청난 발견을 한 것 같은 들뜬 목소리로 진사백이 소리쳤다.

그러나 그 음성은 그 누구도 호응하지 않는 가운데, 짧은 생명을 잃어갈 것만 같았다.

하지만 그 꺼져 가는 불씨는 의외의 인물, 고원월에 의해 다시 타올랐다.

“벽이라……. 생각보다 나쁘지 않을 것도 같은데. 공격당하는 방향이 꽤 줄어들겠군.”

아마도 도산지옥에서 벽과 모서리를 이용해 녹의인들의 공격 면적을 줄였던 것에서 착안한 것이리라.

그러나 위해원은 고개를 내저었다.

“진 형의 말대로 벽을 타지 않는 것은 좀 전에 확인한 것처럼 중앙뿐 아니라 좌, 우측 외곽까지 모두 그들의 영역이기 때문입니다. 또한 그렇게 되면 동선이 너무 길어집니다. 이 때문에 중앙 부근에 입구를 만들어놓은 것이겠지요. 즉, 다음 통로가 호수 중앙 부근에 있기 때문에 벽을 탄다면 반 바퀴나 돌아가야 하는 위험을 감수해야 한다는 것입니다. 그리고 사람이 아닌 새의 존재입니다. 공격받는 면적이 줄어들기는커녕, 작은 만큼 오히려 힘을 집중시키는 사태를 가져올 가능성도 배재할 수 없습니다."

"잠수는?"

포기하지 않고 진사백이 또 다른 의견을 내놓았다.

그러나 이번의 안건도 위해원에게 채택되기에는 무리가 있었다.

"저들은 뜨거운 온천 속을 둥지로 틀고 있소. 말한 대로 물새나 마찬가지지. 물속에서는 상대가 될 수 없을 것 같군."

이번에는 고원월이 위해원의 마음을 읽은 것처럼 입을 열었다.

"결국 분산해서 가자는 소린가? 좌, 우, 중앙, 세 방향으로 나눠서 돌을 던졌던 것처럼? 그때 돌멩이 네 개를 저 불사조들도 잡지 못했지."

남은 가능성의 길이 거의 다 나오고 있음에도 불구하고, 위해원은 긍정의 뜻을 보일 줄 몰랐다.

"아닙니다. 그것은 그들의 영역을 확인하기 위한 것이었을 뿐입니다. 실제로 저 돌멩이처럼 모두가 속도를 낼 수 없을뿐더러, 우리의 목표는 물속에 빠지는 것이 아니니까요."

제기된 모든 방법이 막혀오는 것에서 답답한 마음을 참을 수 없었는지 차분히 기다리고 있던 장문영마저 한마디 던지고야 말았다.

"따라잡지 못할 속도로 돌파하자는 건가?"

이번엔 위해원에 앞서 고원월이 먼저 고개를 흔들었다.

장문영도 무리라는 사실을 알면서도 입을 열지 않고는 견딜 수 없기에 해본 말이리라.

"그것도 아닙니다. 정 부인의 돌의 속도는 되어야 통과할 수 있는데, 아무리 사람의 속도가 빨라도 그것은 무리일 것 같군요. 더욱이 이 모든 인원이 그 속도를 낼 수도 없을 것 같고요."

"도대체 그럼 어떻게 하자는 거야?!"

진사백이 머리를 마구 흔들며 미친 듯 소리를 질렀다.

"중앙 돌파입니다."

"중앙 돌파?"

처음에는 가장 손쉬운 방법으로 보였으나, 이제는 가장 어려운 방법이 되어버린 것을 위해원은 주장하고 있었다.

모두가 혼란한 음성을 토해낼 수밖에 없었으며, 이제는 이 방법을 말하지 않았던 것은 귀성 독고음이 제일 먼저 해보았지만 통하지 않았던 이유에서이리라.

그 독고음도 해내지 못했는데, 어떻게 모든 이가 그 방법으로 건너자는 말인가!

"미쳤군! 제 혼자 잘난 척하더니 겨우 한다는 소리가 그거

란 말이냐!"

진사백이 삿대질까지 하면서 침을 튀겼다.

그러나 위해원은 소신을 굽히지 않은 모습으로 진지하기만 했다.

"그렇습니다. 중앙 돌파입니다. 아까 반대편 뚫린 공간이 있던 곳까지 최단 거리로."

"무턱대고 달리잔 말인가?"

토론에 끼지 않고 방관자가 되어 있던 독고음마저 나서며 불가능의 뜻을 내비쳤다. 그러나 모두가 오른쪽을 볼 때 저 혼자서라도 기어이 왼쪽을 보는 이는 있는 법. 아무리 큰 주류가 흘러도 세류(細流)는 존재하게 마련이니, 위해원은 모두의 한결같은 압력에도 굴하지 않았다.

"아까 말씀드린 대로입니다. 그 누구도 혼자서는 건널 수 없지만, 모두가 힘을 합치면 가능성이 있습니다."

"수긍할 수 없군. 모이면 이기는 줄다리기와는 얘기가 달라. 오히려 짐이 될 것 같은데."

냉정한 말이었지만 고원월조차 독고음의 말을 부정하지 못했다.

하지만 위해원은 물러서지 않았다.

만약 처음부터 이 주장을 펼치고 그 이유를 말했다면 그 누구도 납득하지 못했을 것이며, 지금보타 더욱 큰 반발을 예상하고 있었던 것이다.

오히려 지금 이 상황은 오히려 위해원이 애초부터 의도한 바였다.

서로 방법을 논하는 과정에서 막다른 길에 몰린 후에야 그 이유를 설명하면 설득력이 높아질 터였고, 그가 원하는 단합이 비로소 이루어질 것이기 때문에.

그 모여진 힘이 성사를 가름할 것이었다.

그리고 밑그림이 그려진 지금 모두를 납득시켜 거대한 작품을 완성해야만 했다.

"아니, 줄다리기와 다르지 않습니다. 오히려 일과 일의 합을 이가 아닌 삼으로 만들 수 있습니다!"

"특성을 맞춘다는 것이 무슨 뜻이지?"

성공에 대한 뚜렷한 확신이 깃든 단호한 위해원의 음성은 마침내 모두의 귀를 기울이게 만들었다.

"일종의 진(陣)을 형성하자는 것입니다."

"진? 흐흐! 흥! 진이라니?! 네놈이 진에 대하여 알고나 하는 소리냐?!"

진사백의 음성이 힘을 얻는 것은 진의 구축이 단순하게 머리로만 이루어질 성질의 것이 아니었기 때문이다.

동문(同門)의 인물들 간에도 부단한 수련과 오랜 합격의 시간이 선행되어야만 비로소 얻을 수 있는 것이 진이었으니 진사백에 비웃는 것도 무리는 아닐 것이다.

다른 인물들도 진사백과 비슷한 생각을 하고 있는 까닭 역시 어설픈 진은 오히려 서로의 힘을 감퇴시키는 방해막이 될 뿐이라는 것을 알고 있기 때문이었다.

"찬물을 뿌리는 것 같아서 미안하지만, 지금에 와서 진을 형성하자는 것은 힘든 생각인 것 같군."

주춤거리던 고원월이 떨어지지 않는 입을 달싹여 어렵사리 말을 꺼냈다.

제아무리 일행의 갈 길을 제시해 줬던 위해원이라 하지만 이번만은 따르기 힘들었으리라.

섶을 짊어지고 불에 뛰어들 수는 없지 않은가!

그러나 회의적인 분위기가 명확함에도 불구하고, 여전히 위해원은 주춤거리는 기색조차 없어 보였다.

"오해들 하시는 것 같군요. 진이란 생각만큼 어려운 것이 아닙니다. 각자의 특성을 고려해서 배치와 역할을 분담한다면 그것이 바로 진입니다. 이는 순간이라도 만들어낼 수 있다는 뜻이지요."

"오호, 여기 제갈량이 강림(降臨)하셨군! 난 빠지겠어!"

"할 수 없지요. 좋습니다."

"뭐─? 뭐라?!"

"모두들 안 하시겠다는데 할 수 없죠. 뭉쳐도 힘든 일이거

늘 흩어지면 시도할 가치조차 없습니다."

고려할 가치도 없다는 식으로 말을 맺어버리는 위해원의 태도는 여유롭게만 보였던 이제까지 볼 수 없었던 비장함이 감돌고 있었다.

"모두 다 함께 여기서 평생 온천이나 즐기며 살도록 하지요."

"……!"

위해원이 내린 결정의 한마디는 모두의 머리를 둔기가 되어 내려쳤다.

"정말 멍청하군요!"

모두의 시선이 지부용에게 한 점이 되어 모아졌다.

"지금껏 위 대협의 말을 들어서 잘못된 일이 있었나요? 그런데 이제 와서 좀 어려워 보이니까 해보지도 않고 안 될 것만 생각하다니! 그러고도 사내라 할 수 있나요? 아니면 진정 이곳에서 눌러살 작정이라도 한 건가요? 흥! 못난이들 같으니라고!"

여인과 말을 다투는 것이 대장부(大丈夫)가 할 일이 아니라 한다면, 분명히 대장부는커녕 소장부(小丈夫)도 되지 못할 진사백이 나섰다.

"그게 말처럼 쉬운 일인지 아나? 그렇다면 너랑 둘이라도 가지 그래! 안 그렇습니까, 고원월 어르신?"

"나도 같이 가지요."

이번엔 정월명이 동조하며 나섰다.

정월명이 유독 지부용에게만은 관대한 것 같은 모습을 보이고 있다고 모두가 스치듯 언뜻 생각된 것은 착각이었을까.

"그, 그래. 가버려! 다들 물귀신이나 돼버리라고! 흥! 남궁 형, 이래서 아녀자들은 장부가 가는 길에 방해만 된다고 하는 모양이오!"

"고원월아, 고원월아, 미안하군. 미리부터 겁을 먹는 꼴이 되었군. 한번 해보도록 하지."

지부용과 정월명의 모습에 자극되어 원래의 장왕다운 호기를 되찾은 고원월까지 가세하자, 진사백은 황급히 주위를 둘러보았다.

하지만 이미 남궁대수와 장문영 역시 결심을 굳힌 것 같은 비장한 얼굴이지 않은가!

진사백이 하얗게 질린 얼굴이 되어 일행의 얼굴을 황급히 살펴보고는, 기어들어 가는 목소리로 입을 열었다.

"귀, 귀성 어르신, 설마……?"

"얘기나 마저 들어보도록 하지."

마지막으로 독고음이 말하자 진사백은 끝도 없이 펼쳐져 타오르는 사막에 홀로 서 있는 듯한 아찔한 어지러움에 제 머리를 짚어야 했다.

“아까 말한 대로입니다. 각자 맡은 위치에서 제 역할만 하면 충분합니다.”

“계속하게.”

고원월이 위해원에게 힘을 실어주며, 이제는 그 누구도 반대를 표하지 않을 것이라는 뜻을 강하게 내비쳤다.

“독고음 선배님이 최선두를 맡아주서야겠습니다.”

위해원의 말에는 그 어떤 항명도 허용하지 않겠다는 기상이 들어 있었지만, 독고음이 누군데 순순히 그것을 받아들이겠는가.

“날 방패로 삼겠다는 뜻인가?”

“맞습니다.”

주저함없이 단호하게 날아드는 대답에, 오히려 독고음은 화낼 기회조차 놓치고 말았다.

“단, 가만히 서서 날아드는 공격을 막아내는 방패가 아닌, 휘두르고 찍어 내려치는 방패가 되어야 합니다.”

방패가 방어가 아니라 전쟁터에서 얼마나 커다란 공격용 무기가 되는지는 군인이 아닌 무인들로서는 가슴에 와 닿지 않았지만, 그 말에 담긴 뜻이 무엇을 말하는지를 독고음은 이해할 수 있었다.

위해원이 독고음이란 방패가 해야 할 역할에 대하여 구체적으로 설명하기 시작했다.

"대전에서 십 인의 녹의인의 머리를 터뜨렸던 것, 음파가 맞습니까?"

하늘에서 아지랑이처럼 일렁거리던 독고음의 동조진동파 음공을 말하고 있는 것이리라.

"비슷하네."

"그 음파에 음의 기운을 실어 정면으로 쏘아 보내는 것이 독고음 선배님의 역할입니다."

무공을 익혀본 적 없는 위해원이기에 가능한 발상이었으리라.

독고음은 내심 고소를 금치 못하며, 엉뚱한 답을 내놓은 아이를 훈계하듯 입을 열었다.

"그건 그런 식으로 무턱대고 사용하는 것이 아니야. 사용하는 기운의 종류도 전혀 다르고 여러 가지 조건이 따르지. 고속으로 움직이는 새들에게는 아무런 의미가 없네. 저 불사조인가 하는 새들은 아마 그 근처도 들어서지 않을 걸세."

"바로 그것입니다!"

"그래, 그거군!"

고원월이 저도 모르게 득도한 승려가 기쁨을 참지 못하는 것처럼 두 손을 마주치며 박수를 쳤다.

"말씀드렸지 않습니까. 죽이려는 것이 아닙니다. 방향을 제한하는 것입니다. 즉, 우리의 정면에서 새 떼를 쫓아버리는 거지요.”

“그걸로 쫓을 수 있다는 말인가?”

“불사조의 조(鳥), 즉 새입니다. 새의 청각은 인간이 잡아내지 못하는 영역인 공기의 파동에 오히려 더욱 민감하게 반응합니다.”

“흥! 만약 저것들이 좋아하는 소리라면 어쩔 것이지?”

소외된 진사백이 딴죽을 걸어왔지만, 위해원은 그에 대한 설명이 준비되어 있었다.

“불사조의 불은 아닐 부(不)가 되는 동시에 불(火)도 됩니다. 즉, 양(陽)입니다. 아마 저 새들은 본질적으로 양의 기운이 충만한 상태일 것입니다. 아니, 양의 기운에서만 서식한다고 보는 것이 더 맞겠군요. 그렇다면 상극(相剋)인 음(陰)의 기운을 피하려 드는 것이 당연합니다.”

“한참 희망에 부풀어 오르는데 이런 말 해서 미안하지만, 아까 내 장력을 받고도 멀쩡했던 것 기억 안 나나?”

말과는 달리 별반 미안한 기색도 없이 독고음이 위해원의 질주에 제동을 걸어왔다.

그러나 달리기 시작한 위해원은 멈춘다는 말 자체를 모르고 있는 것처럼 보였다.

“맞습니다. 불사조의 사(死)가 그 마지막입니다. 불사(不死)라 하지만, 실제로 죽지 않는다는 것은 있을 수 없습니다. 알지 못하는 부분이 있다고밖에 생각할 수 없지요."

"그 부분을 모르니 이러고 있는 것 아닌가."

원래가 신중한 성격의 독고음인데, 하물며 위험을 맞아 선두에 선다는 것은 탐탁지 않은 것이었으리라.

위해원을 따르기로 마음을 정했다고는 하지만, 의혹을 남기고 무작정 쫓을 수는 없는 일이었다.

이 부분은 위해원 역시 마찬가지였으니, 최대한 모두를 납득시키지 않으면 안 되는 임무를 갖고 있는 그였다.

구성원이 일말의 의심이라도 갖고 있다면 십 년을 수련한 진이라도 제 위력을 갖지 못하는 것은 자명한 일.

"그 부분의 전부를 알지는 못하지만, 일부는 예상할 수 있지요!"

위해원이 가슴을 펴며 호기롭게 말했다.

"불사! 불사조는 상처를 입으면 불속에 들어가 재생을 한다고 전설은 말합니다. 즉, 어떤 식으로든 음기에 영향을 받는다는 것이지요. 아마 그걸 온천 속 양의 기운으로 들어가 중화시킨다고 봐야겠군요."

"가능성이 있겠군. 아까 잡귀는 물속과 밖을 번갈아가며 싸웠어. 아무런 타격도 받지 않은 것이 아니라 그것을 해소하는 장소에 살고, 그 근처에서 싸우고 있는 것이로군."

일반적으로 음과 양의 기운을 함께 수련하는 무공이 아닌,

한쪽으로 극단적으로 치우친 무공을 익히고 있는 고원월과 독고음은 위해원이 말하는 무리가 상당한 설득력이 있다는 것을 인정하지 않을 수 없었다.

실제로 그들 역시 그러한 종류의 상반된 경험을 겪어본 것이다.

고원월은 온천에서 상세를 치료하고, 독고음은 불사조의 공격에 예상치 못한 피해를 당하고.

"그렇습니다. 마지막 돌팔매질, 독고음 선배님이 음기를 담아 던진 돌멩이는 다른 것들과 비할 수 없이 느렸지만 불사조의 방해를 받지 않았음을 모두가 보았습니다. 이것이 최종 확인 작업이었습니다."

위해원은 독고음을 확고부동한 의지를 담아 바라보았다.

"그 말이 맞는다고 치지. 하지만 중화할 수 있다면 아무런 의미가 없지 않은가."

흔들리는 독고음을 느낀 위해원이 쐐기를 박듯이 말했다.

"오히려 중화시켰다고는 하나, 처음 겪어보는 음의 기운에 본능적으로 두려움을 갖고 있을 것입니다. 마치 화로에 놓인 달궈진 부지깽이를 멋모르고 잡아본 경험이 있는 아이가 싸늘하게 식은 부지깽이에도 겁을 먹는 것처럼."

모두를 설득하기 위해 열과 성을 다하는 동안, 어느새 자신의 상기된 얼굴과 흐트러진 호흡을 느꼈음인지 위해원은 잠시 말을 멈추고 심호흡을 했다.

마음을 가다듬는 동시에 모두의 주의를 다시 모으기 위함이었으리라.

한 명 한 명의 얼굴을 천천히 바라보며, 낮지만 힘이 깃든 목소리로 말을 이었다.

"그래서 기회는 한 번뿐입니다. 이번에 실패하면 음의 기운을 온천 속에 들어갔다 나오는 것으로 해소할 수 있다는 것을 본능적으로 깨달을 것입니다. 그렇게 되면 다음부터는 사용할 수 없는 방법이지요. 차가운 부지깽이는 무섭지 않다는 것을 아이가 언젠가는 알아차리는 것처럼 말입니다."

논리정연함으로 무장한 위해원도 대단해 보였지만, 그의 상대 독고음 역시 만만지 않았다.

최대한 몸을 사리려는 '의지' 라는 이름의 거함(巨艦)은 마지막 사력을 쥐어짜 항해를 계속하려 했다.

"솔직하게 말하지. 자네의 말이 다 옳다고 해도 이 온천을 건널 때까지 고속으로 이동하면서 음기를 음파로 변형할 수는 없네. 음기를 가지고 있고, 음파를 쓸 줄 안다고 하더라도 두 개를 동시에 사용하는 것은 전혀 다른 문제야. 검을 가지고 있고 도법을 알고 있다고 하더라도 검으로 도법을 펼치는 것이 제 짝이 아닌 것처럼."

"검이 아니라 나뭇가지로도 도법을 펼칠 수 있는 능력이 있지 않으십니까?”

위해원이 일말의 망설임도 없이 말을 내뿜었다.

잠시 주춤거리는 것 같던 독고음이 다시 입을 열었다.

“그렇다고 해두지. 하지만 능력이 감소되는 것이 당연하니 계속 내뿜을 수는 없네. 더욱이 전진하는 방향으로 내뿜으려면 맞바람을 맞는 셈이어서 그 범위도 줄어들 것일세. 더욱이 백 장이라……. 진기와 호흡(呼吸)이 딸릴 거야.”

“대전에서 보아 알고 있습니다. 공중에서 음파를 쏟아내신 후 힘들어하는 기색을 보이시더군요. 그것에 대한 대비책은 세워놓았습니다. 확인된 결과 사십오 장입니다. 그 이전에는 나오지 않습니다. 그때까지 힘을 모았다가 오십 장만 버티시면 됩니다.”

거함의 의지에도 불구하고 위해원이라는 풍랑은 마침내 독고음을 침몰시키고 그를 선두에 배정하였다.

“흠, 그렇다면 정면은 차단했군. 다음은 좌우와 후위인가?”

“아니지. 저들은 새 아닌가. 불사조라 하나 엄연히 물에서 살고 있는 물새. 위와 아래를 추가해야겠군.”

남궁대수가 혼잣말하듯 중얼거렸지만, 고원월이 그것을 정정하였다.

그리고 위해원이 다시 고원월의 틀린 점을 고쳐 주었다.

"맞습니다. 좌, 우측은 진 형과 남궁 형이 각각 맡아주셔야 겠습니다. 그리고 고 어르신이 그것을 보충해 주시면서 공중을 막아주셔야겠습니다. 하지만 아래는 고려할 필요 없습니다. 말한 대로 물속에 들어갔다 나오면 그걸로 끝이라고 생각하셔야 합니다."

그 말을 듣고 고원월이 머뭇거리다가 안색을 굳히며 말했다.

"알았네."

"그럼 저는요?"

지부용이 자신이 할 일에 대하여 물어오자, 위해원이 그녀의 자리를 잡아주었다.

"지 소저는 최후미(最後尾)에서 두 번째입니다. 후방을 맡아주시지요."

"이 방법엔 문제가 있어!"

한동안 골똘히 생각하던 진사백이 의기양양한 표정으로 위해원을 노려보았다.

"전(前), 후(後), 좌(左), 우(友), 상(上). 그래도 하(下)가 남는군."

"당신, 바보예요? 계속 말하고 있잖아요! 하의 방위는 무시하는 것으로!"

지부용이 계속 거치적거린다는 식으로 진사백을 쏘아붙였

지만, 진사백은 그답지 않게 화를 내지 않고 오히려 득의의 웃음마저 가볍게 흘렸다.

"바보냐고? 호호, 그 무시무시한 속도 기억 안 나나? 과연 그 새들이 우리 주변을 돌지 않고 그 범위를 벗어나 물속으로 들어갔다 나오면 어떻게 할 것이지? 이제 말해보시지. 과연 누가 바보인지. 흥! 호호호."

"그… 그건……."

"그만 하게. 이제 그런 말이 무슨 소용이 있겠는가. 지금은 해보는 수밖에 없네."

말문이 막힌 지부용이 더듬거리자 고원월이 한숨과 함께 남은 말이 있다는 듯 입을 달싹거리는 진사백을 저지하며 나섰다.

말문은 막았으나 진사백이 하는 얘기는 사실 고원월 자신 역시 생각하고 있는 문제였다.

그러나 이미 내친걸음이라 여기고 말을 하려다가 말았던 것인데, 괜한 불안감을 심어주지 않으려 했건만 진사백답지 않게 예리한 지적을 하고 나선 것이었다.

"그에 대한 대책은 이미 세워져 있습니다."

또다시 위해원이 앞으로 나섰다.

"대책? 흥! 나는 믿을 수 없다. 과연 그 누가 그 일을 한단 말이냐!"

"제일 어려운 일입니다. 사실 물속에서 튀어 오르는 공격을 받는다면 설사 중화되지 않았다고 하더라도 별다른 방도가 없습니다."

자신이 지적했던 부분을 순순히 인정하는 위해원의 말에 진사백은 승리의 미소를 지어 보였다.

"흐흐, 이제야 네놈이 사실을 말하는구나. 결국 그렇다면 지금껏 한 얘기 모두가 아무 의미가 없지 않지 않느냐!"

"몇 번이나 말했지. 물속에 안 들어가게 하겠다고."

중얼거리는 것처럼 나직한 음성으로 말하는 위해원의 눈은 이미 한 사람을 바라보고 있었다.

"저를 말하는 것 같군요."

위해원의 시선이 끝나는 곳에는 정월명이 서 있었다.

그녀는 모두의 시선을 받으며 그중 최초의 시선에게 눈을 맞추며 말했다.

"저만 지금껏 아무런 언급이 없었으니 최후미가 제 자리, 그리고 물속으로 입수하지 못하도록 하는 것이 제 역할이 되겠군요. 맞나요?"

위해원이 말없이 고개를 끄덕거렸다.

승리의 도취감에 빠져 있던 진사백이 담담한 둘의 모습을 번갈아 쳐다보다가 갑작스럽게 소리쳤다.

"안 돼! 저 여자를 믿고 내 뒤를 맡기라고? 그런 모험을 할 수는 없지!"

 이어지는 위해원의 목소리에 이상한 분위기가 서려 있었지만, 아직까지 그것을 눈치 챈 자는 없어 보였다.

 "…정 부인은 하의 방위를 없애는 것에 집중하시면 됩니다."

 "방위를 없앤다?"

 위해원이 청산유수(青山流水)로 흐르는 언변을 가진 그답지 않게 고개를 숙이고 말을 더듬거렸다.

 그러나 머뭇거림과는 다른 것이었으니, 마치 뭔가를 참기 위해 애쓰는 자가 있다면 그 모습이 이와 같으리라.

 "분, 분명히 처음에는 열두 마리 모두 뛰어오를 것입니다. 아까의 돌, 돌멩이질에서 확인한 대로. 그 뒤 그들이 입수하는 것을 막는 것이 정 부인의 역할입니다. 조금 전 보니까 궁장의 끈을 무기로 사용할 수 있으신 것 같더군요. 제법 먼 거리까지 차단(遮斷) 가능해 보였습니다. 물론 후의 방위를 지키는 지 소저의 방위도 보충해 주서야합니다."

 "절 너무 과대평가하시는군요."

 지금껏 말을 듣고 있던 정월명이 결국 기대를 외면하며 고개를 돌렸다.

 "제가 여러분의 능력을 잘못 본, 잘못 생각한 것이 있다면 실패하겠지요."

"……."

"실패할 거야! 실패해서 모두가 물속에서 퉁퉁 불어서 새 먹이나 될 거라고!!"

진사백이 자신의 머리를 잡으며 비통(悲痛)이 가득한 고함을 지르는 순간, 한줄기 폭풍이 위해원으로부터 시작되었다.

"아직도 모르겠나!!"

"헉—!"

천하무림의 삼대세력 중 한곳의 중심 속에서 자라난 진사백이 헛바람을 집어 삼키며 움찔거릴 정도의 알 수 없는 위엄이 위해원의 몸에서 뭉실거리며 피어올랐다.

무(武)와는 다른, 만인을 압도하는 군림의 기운!!

주위에서 보았을 때 빛나 보이는 자가 있다고 하였으나, 어디까지나 그 사람의 군계일학(群鷄一鶴) 격의 뛰어남을 후광으로 비유하는 것이었으리라.

하지만 지금 위해원은 진정 온몸으로 빛을 내고 있는 것만 같았으니, 얼굴의 잔 근육이 일렁거리고 있는 위해원을 바라보는 모두의 눈에 이채가 떠올랐다.

그것은 경의의 빛깔을 가지고 있었다.

후천적인 배양을 통해서 익힐 수 있는 것이 아닌, 선천적으로 타고나는 종류의 기운!

마치 독고음과의 대치 상태 가운데 지부용이 보였던 것과 비슷한 종류 같았으나, 그보다 훨씬 패도적인 기운이 마른 건초 더미를 집어삼키는 화마의 숨결처럼 위해원에게서 넘실거리고 있었다.

그러나 그 기운은 나타난 사실이 처음부터 없었던 것처럼 빠르게 소멸하더니 이내 환상 속으로 사라져 흔적도 찾을 길이 없어졌다.

고개를 숙이고 머리를 몇 번 휘저은 뒤 들린 위해원의 얼굴은 원래의 평온함이 다시 물들어 있었다.

차분해진 목소리로 위해원이 모두를 둘러보며 입을 열었다.

"제가 좀 흥분한 것 같군요. 죄송합니다. 제가 정 부인에게 굳이 돌을 던지도록 한 것도 이 때문이었습니다. 처음 독고음 선배님을 마중 나갈 때 보니까 옷을 말고 있는 긴 천을 무기로 쓰시는 것 같더군요. 맞습니까?"

"…맞다고 해두죠."

방금 전 위해원의 모습을 머릿속으로 그리며 정월명이 은은하게 떨리는 입을 겨우 달싹거렸다.

정월명이 생각하기에는, 그 엄청난 기운은 지부용에게는 몰라도 위해원에게는 결코 있어서는 절대로 안 되는 것이었다.

그러나 만약 정말로 위해원의 신분이 그것이라면!

정월명은 지금껏 자신이 맞춰놨던 모든 조각들이 한순간에 허공으로 흩어져 뿌려지는 장면을 목격하는 것 같은 어지러움을 느껴야만 했다.

이런 복잡한 심사를 모르는지 위해원은 담담히 말을 이어 나갔다.

"가벼운 천 조각을 빛살처럼 쏘시는 분인데, 돌멩이를 던지는 것은 손바닥 뒤집는 것처럼 쉬울 것이라고 생각했습니다. 그리고 모두에게 그 사실을 직접 확인시켜 줄 필요가 있었습니다. 결과는 보신 그대로입니다. 제 생각에 장거리 공격에 대해서는 그 누구에게도 뒤처지지 않으실 것 같군요."

"제 얼굴에 금을 칠하시는군요."

겨우 마음을 진정시키고 원래의 차가운 어투를 회복한 정월명의 말에도 위해원은 진지하기만 했다.

"이 일은 서로에 대한 신뢰가 뒷받침되지 않으면 안 됩니다. 옆을 맡은 자가 뒤를 신경 쓴다면 이미 틀어진 일이라 할 수 있죠. 지금껏 장황한 설명을 한 것도, 정 부인이 모두 앞에 돌을 던지도록 유인한 것도 서로에 대한 믿음을 심기 위함이었습니다."

"무식한 방법이로군. 하나씩 자리를 맡아 방위를 차단하며 정면 돌파한다?"

무식한 방법이라 말하고 있는 독고음 자신이 선두를 맡게 되어 있으니 침음성이 흘러나오는 것도 무리는 아니었다.

"그러나 다른 방법이 없어 보이는군. 그리고 모두의 특성과 저 새들의 특성을 조합해 봤을 때 가능성은 있어 보여. 하여간 정말 대단하군, 대단해."

고원월은 위해원을 바라보았다.

아까의 경이로웠던 기세는 사라졌지만, 지금 그가 상황을 분석한 뒤 정리하여 판단하고, 이제 결단하려는 모든 일들은 그 기세 못지않은 또 다른 경이로움으로 다가왔다.

이렇게 생각하고 있는 이가 비단 고원월 하나만은 아닐 터.

남궁대수의 눈에도, 장문영에 눈에도, 그리고 독고음의 눈에도 각각의 의미를 담은 빛깔로 물들은, 그러나 결국 하나로 귀결되는 질문이 위해원을 향해 비추고 있었다.

'도대체 너는 누구냐!'

그 모든 것을 아는지 모르는지 위해원은 연약해 보이기만 하는 몸으로 마무리를 지어나갔다.

"장 어르신께서는 무공을 모르는 저와 대소를 잡아주셔야겠습니다. 우리는 중앙에 위치합니다."

"각자 속도가 다를 텐데, 게다가 격전 중에 주위를 살피며 보조를 맞추는 것도 쉽지 않을 것 같고. 내가 짐이 안 되었으면 좋겠는데……. 하여간 최선을 다해보겠네."

마지막으로 임무를 부여받은 장문영이 주름이 가득한 손

이나마 불끈 쥐어 보이며 스스로에게 다짐하듯 말했다.

노익장을 끌어올리는 그 모습에 위해원은 가느다란 미소를 지어 보였다.

"그건 너무 걱정하지 않으셔도 됩니다. 정 부인께서 궁장을 두르고 있는 끈 하나를 빌려주셔야겠군요. 아까 보니 제법 길이도 긴 것 같고 일반 천도 아닌 것 같더군요. 모두의 몸을 이어야겠습니다."

"한 손으로 싸우란 말인가요?"

정월명이 불가의 뜻을 내비쳤다.

그러나 지금까지와 마찬가지로 위해원은 또다시 자신의 뜻을 이룰 다른 대안을 마련해 주었다.

"두 손으로 선을 잡는 것보다 한 손에는 선(線)을, 다른 손에는 점(占)을 쥐는 것이 서로를 보충할 것입니다. 돌을 조금 더 작게 부숴서 한 손에는 그것을 암기 삼아 갖고 있는 것이 보다 효과적일 것으로 보이는군요."

"같이 죽자는 말인가? 나는 별로 마음이 가지 않는구먼."

모든 일이 너무나도 완벽하게 위해원의 뜻대로 흘러가고 있다고 느낀 독고음이 미약한 저항을 시도해 왔다.

그러나 위해원은 폭군이라도 된 것처럼 작은 응전의 몸짓도 용납하지 않았다.

"독고음 선배님 혼자서는 절대로 통과하지 못합니다. 정면을 막는다 해도 다른 방위가 비게 됩니다. 그리고 이곳 화탕지옥을 벗어나는 것이 당장의 목표이긴 하지만, 각자가 원래 있었던 밖으로 나가려는 최종의 목적이 아닌가요!"

위해원이 말한 모든 것을 종합해서 독고음 혼자 돌파구를 찾아낸다 하더라도 그 이후는 어쩔 것이냐는 뜻이리라.

"결정된 것 같군. 묶지."

상황을 지켜보다 쓸쓸한 웃음을 지으며 고원월이 말했다.

도강(渡江)

죽음에 이르는 병이 무엇인지 아는가?

고뿔로부터 시작하여 황달, 중풍, 풍소, 천연두까지, 그 수를 헤아릴 수 없는 질병의 이름들이 존재하고 있다.

어떤 것은 쉽게 낫기도 하고 또 어떤 것은 두 손 놓고 바라볼 수밖에 없다고 여겨지는 것도 있으며, 가벼웠던 병이 무거운 것으로 변하기도 하고, 그 반대의 경우도 비일비재하다.

처음의 질문에 대한 답변은 저마다 각기 다를 수 있었으나, 누군가는 그것에 대하여 이렇게 말했다.

"죽음에 이르는 병은 고독이오."

고독, 홀로 된 외로움.

누군가와 함께 있어도 외로운 이들이 있다고 하니, 고독이 란 실질적으로 혼자 떨어져 있는 것을 의미하는 것이 아니라, 정신적으로나 육체적으로 타인과 동조하지 못하는 형상을 일 컫는 거라 할 수 있을 것이다.

구 인.

마음은 어떠할지 모르지만 그 겉모습만큼은 분명하게 묶 이고 있었다.

"되었습니다!"

"되었네."

획— 획—

패앵!

"좋아!"

뒤의 정월명부터 묶기 시작하여 중간에 위치한 남궁대수 가 우렁차게 외치고, 선두에 선 독고음이 같은 뜻을 조용히 말하자 고원월은 서로를 묶은 줄을 팽팽해지도록 몇 번 잡아 당겨본 후 만족감을 시원스럽게 나타냈다.

청색의 끈으로 묶인 아홉 명의 사람.

저잣거리에서 흔히 보는 굴비의 형상이라고나 할까.

그 굴비들의 눈이 누런빛으로 물들어 있고, 그들 주변으로

파리가 날아다닌다면 이들의 눈에는 번쩍이는 긴장감이 물들어 있고, 이들 주변으로는 비장한 기운이 날아다니고 있다는 차이가 있을 뿐이었다.

"준비되었는가!"

고원월의 말에 그 누구도 대답하지 않았음에도, 고원월은 시작의 때가 도래하였음을 알 수 있었다.

물음의 형식을 하였지만, 각자의 마음을 다잡게 하기 위한 격려였으리라.

크게 숨을 들이쉰 고원월이 호수 정면을 바라보며 전투의 시작을 외쳤다.

"가도록 하지. 하나!"

독고음의 성대가 출렁거렸다. 아마도 음파를 내뿜을 진기를 운용하고 있으리라.

진사백의 손에 쥔 청룡이 부르르 떨리며 엷은 청광을 뿜어내기 시작했다.

그리고 남궁대수의 하얗게 질려 있는 얼굴 사이로 한 방울 땀이 흘러내렸고, 그 손에 들린 광접이 하늘하늘 흔들거리며 앞으로 다가올 격렬한 춤을 추기 위한 미약한 진동을 시작하고 있었다.

"두울!"

장문영은 두 손을 꼭 말아 쥐며, 그 뒤에서 신난다는 듯 웃고 있는 대소에게 작은 미소를 지어 보였다.

위해원의 표정은 읽을 길이 없었고, 지부용은 거대한 도를 하늘 높이 치켜들고 있었다.

정월명은 허공을 응시하며, 한 손에 들린 돌조각들을 만지작거리며 '달그락' 거리는 작은 소리를 만들고 있었다.

"셋!!"

타다탓―!

구 인으로 이루어진 뱀이 허공으로 꿈틀거리며 비상했다.

고강한 무공을 가진 삼 인, 독고음이 선두에서 끌고 고원월은 중간에서 받치며 정월명이 후미에서 몰려드는 힘을 분산시키는 것으로, 다른 이들을 이끌며 전진하고 있는 것이리라.

휘리리릭―

옷자락이 바람에 펄럭거렸다.

반 장 아래 발밑으로 보이는 수면이 기다랗게 갈라지며 물방울을 튕기고 있었고, 허공에 떠 있던 수증기의 운무가 미친 듯이 휘날렸다.

"십 장 앞에서 재도약한다!"

낮은 포물선을 그리던 일행의 몸이 그 정점을 지나 하강 곡선을 그리기 시작한 이십 장에 이르러 고원월이 짧게 외쳤다.

쉐에엥―

"지금!!"

타다다닥—!

굵직한 고원월의 음성을 신호 삼아 몇 개의 발이 수면을 걷듯 거칠게 물결을 차올렸고, 그에 따라 튕겨진 물방울에 젖은 발밑으로 축축한 기운이 묻어온다고 느끼는 순간, 어느새 일행은 다시 부드러운 상승 곡선을 그려 나가고 있었다.

사십 장!

휘파람이라도 부는 것처럼 앞으로 말아서 내민 독고음의 입이 살짝 열렸고, 그 앞을 막고 있던 공기가 일렁거리기 시작했다.

사십오 장!

"온다—!!"

지금까지의 어떤 것보다 우렁찬 고원월의 외침과 함께 마침내 오십 장에 이르렀다.

"헉!"

그 어떤 소리도 없었다.

다만 붉은 빛이 눈앞에 어른거리는 것을 느끼면서 진사백이 숨 막히는 소리와 함께 고개를 웅크렸다.

진사백의 뺨이 갈라지며 세 줄기 혈선이 생겨났다.

슉—

"정신 차려! 안력을 집중해! 검으로 막이라도 펼쳐!"

고원월이 진사백의 눈앞에 다가서는 붉은 물체를 후려치
면서 소리쳤다.

파앙—

끼아악—!!!

날카로운 고음이 터져 나왔으니, 고양이의 꼬리를 밝으면
이런 종류의 소리를 들을 수 있으리라.

휫—!

허공 가득 붉은 빛이 아른거렸다.

자욱한 안개와 앞으로 쏘아지는 기세로 인하여 주변의 경
물이 빠르게 뒤로 밀려 그 모습을 눈으로 확인하기는 어려웠
지만, 독고음의 육감으로의 시선으로 적의 정체를 빠르게 쫓
아가고 있었다.

좌우에서 날아오는 새들은 전설의 신비함에 숨겨져 있는
자신의 형체를 확인할 기회도 주지 않으려는 것처럼 쉬지 않
고 빠르게 잔영을 남기며 움직이고 있었다.

그러나 다른 곳에서의 활발한 움직임과는 다르게, 전면의
독고음의 눈앞으로 날아들던 새들은 일행을 반 장 정도 앞두
고 황급히 날개를 퍼덕거리며 급히 방향을 꺾고 있는 것이 아
닌가!

한 자가 조금 넘는 크기에, 온몸을 타오르는 붉은색으로 뒤
덮고 있는 은은한 광택이 흐르는 깃털.

몸통과 날개의 비율이 일반적인 새들의 그것에 비하여 기형적으로 날개가 크게 뻗어 있었으며, 암갈색의 부리는 매의 것과 같이 미끈한 곡선을 그리고 있었다.

날카롭게 솟아 있는 네 개의 발톱 역시 화염의 접화를 닮아 있었고, 번들거리며 희뿌연 광택을 쏟아내는 두 눈은 화염 그 자체라 불러도 모자람이 없는 불꽃을 피워올리고 있었다.

전설에서 현실로 현신한 불사조가 하늘에 반 바퀴 혈선을 그리는가 싶더니, 갑작스럽게 속력을 높여 독고음이 만들어내고 있는 음파의 벽을 뚫어 들어왔다.

아아우우웅—!

독고음의 얼굴이 불사조의 빛깔을 닮은 색으로 붉게 물들었다.

그리고 그와 비례하여 전면의 공기가 더욱 거센 물결을 만들며 일그러져 구겨져 갔다.

끼아아악—

퍼드드득!

한층 강력해진 음파의 벽에 막힌 불사조 한 마리가 부자연스러운 날갯짓과 거친 괴성을 토하며 허공으로 급선회했다.

쉬리리릭—

훅!

광접이 허공을 가득 메우며 날카로운 광휘의 날갯짓을 파닥거리고 있었다.

공기를 거슬러 올라가는 연검 광접의 파공성이 사방을 가득 메우는 가운데, 한줄기 이질적인 기운이 비집고 들어오려는 것이 황망한 가운데서도 남궁대수의 감각에 걸려들었다.

남궁대수는 흐릿하게 잔영을 남기며 빠르게 쏘아오는 붉은 빛을 베어내려 하지 않고 차단한다는 느낌으로 빛의 나비로 이루어진 그물을 빠르게 그리기 시작했다.

촤르르르ー

팟ー!

손끝으로 전해지는 미미한 떨림!

낚시를 천하제일의 손맛이라 하지만, 무인의 손에 들린 검 끝에서 전해지는 감각과 어찌 비교할 수 있을까!

한 마리의 불사조가 광접의 검기에 적중된 짜릿한 느낌이 전해졌으나, 그것에는 자르는 날카로움이 아닌, 튕겨져 나가는 묵직함이 맴돌고 있었다.

날카로운 광접의 예기와 진일보한 남궁대수의 검기가 합쳐졌으나 불사조는 벨 수 없었던 것이다.

"이놈들!"

꽈르릉ー

일행이 지나온 뒤편으로 천둥소리가 울려 퍼졌다.

방금 전, 저 자리에서 펼친 장력의 여운이 남긴 소리가 전

진을 계속하고 있는 일행의 속도를 따라오지 못해 이미 지나
간 소리로 들리는 것이리라.

진사백이 종횡으로 마구 검을 떨쳐 나가고 있는 가운데서
도, 그것을 뚫고 들어오는 불사조를 한 손으로 견제하고 다른
손으로는 허공중으로 뇌성을 동반한 장력을 마구 뿜어내며
고원월이 일갈을 터뜨렸다.

그의 장력을 뚫고 새 한 마리가 오른손을 날카로운 부리로
쪼려는 순간, 나뭇가지를 타고 정상의 새집을 향해 기민하게
올라가는 뱀의 형상마냥 반쯤 접혀서 회전하는 현묘한 움직
임을 보인 우수는 쪼아오는 불사조의 부리를 휘감듯 피하며
꺾여 마침내 그 목을 움켜잡았다.

끼아ㅡ!

팟!

억눌린 괴성과 함께 번쩍이는 발톱이 휘둘려졌다.

고원월의 팔뚝 살점이 한 움큼 뜯겨져 나가며, 자유를 찾은
새가 허공으로 둥실 떠올랐다.

진사백이 만들어내는 공세를 뚫고 들어온 새 한 마리가 고
원월의 좌측을 돌아 자신의 동료를 잡고 있는 우수를 스쳐 지
나간 것이었다.

반응이 조금만 늦었더라면 팔꿈치 위로부터 두 동강 났으
리라!

“으아아아아아악—!”

파다다닥 파다다닥—

일행 후미에 있던 지부용이 고통에 넘치는 절규를 토해냈
다.

듣는 자의 온몸에 있는 구멍이란 구멍은 모두 열리게 만들
고, 나 있는 털이란 털은 솟아오르게 만들, 저절로 소름 돋게
만드는 울부짖음이 울려 퍼졌다.

그 소리에 허공이란 바다의 공기라는 물결을 노 젓는 것처
럼 부드럽게 손을 휘돌려가던 정월명이 벼락같이 고개를 돌
려 지부용을 바라보았다.

그녀의 얼굴에는 붉은 새 한 마리가 발톱을 박아 넣은 채
날개를 퍼덕이고 있었다.

날카로운 비명 소리와 함께, 지부용이 도를 들지 않고 있는
좌수를 얼굴 쪽으로 반사적으로 가져갔다.

“안 돼! 손대지 마!! 건드리지 말고 하늘을 향해 도를 계속
움직여!”

정월명은 고함을 지르며 돌을 쥐고 있던 좌수의 손가락을
허공으로 몇 번 빠르게 튕기고는, 끈을 쥐고 있는 우수를 거
칠게 상하로 휘둘러 쳤다.

핑—!

파아앙!

핑―!

진사백의 우측으로 돌아 입수를 시작하려던 불사조 한 마리가 쏘아진 돌을 피해 몸을 뒤집으며 허공으로 방향을 전환했다.

정월명과 불사조!

사방을 번쩍이고 있는 붉은 점과 붉은 선의 향연!

정월명은 일행의 앞쪽에서부터 튀어 올라 자신이 있는 곳을 스쳐 가는 붉은 덩어리, 그 불사조가 들어가려는 수면의 입수점(入水點)을 향해서 끈을 거칠게 후려쳐 나갔다.

파앙―!

폭음이 울리고 찢겨진 수면 뒤로 길게 갈라지는 물보라가 일며, 그 뜻을 이루지 못한 새가 허공으로 다시 떠올랐다.

정월명은 수면을 후려친 끈을 회수하는 대신, 좌측으로 거칠게 휘돌렸다.

쉬이익―

꺄아악―!

공격 범위를 피해 좌측 수면으로 들어가려고 했던 두 마리의 불사조가 날개를 퍼덕거리며 발톱으로 물을 할퀴고 급선회하여 떠오르고 있었다.

'아차!'

갑자기 발목 부근이 따듯해지며, 그보다 더욱 뜨거운 경고가 머릿속에 울렸다.

어느새 탄력을 잃어버린 몸이 수면 속으로 잠기려 하고 있는 것이었다.

"도약을!!"

정월명이 거친 비명을 부르짖었다.

"지금!!"

고원월도 이제야 느낀 것일까!

다급한 그의 음성이 목구멍에서 갈라지며 솟아나왔다.

정월명은 미친 듯이 발을 휘돌렸다.

물의 거센 저항이 사람 수백은 가볍게 잡아먹은 물귀신처럼 잔인하게 휘감으며, 묵직하게 발목을 잡고 놓으려 하지 않고 있었다.

잔잔한 수면 위를 두둥실 떠도는 백조의 우아함과는 다르게, 수면 아래로 잠긴 두 다리는 쉴 새 없이 물과의 사투를 벌이고 있는 것처럼 물에 잠긴 일행의 다리가 동시다발적으로 거센 회전을 시작했다.

푸드드—

파바! 파바바바박—!

"뛴다!!"

잠기던 몸에 부력이 붙어오자, 고원월이 두 손을 마구 휘두르고 있는 가운데서도 크게 외쳤다.

팟―!

그렇게 물을 박찬 두 번째 도약이 시작됐다.

삼십 장 간격으로 두 번째 도약. 이번에는 조금 멀리 왔으니 칠십 장쯤 왔으리라!

"으아아앗! 아악―!"

파다다닥! 파다다다닥―!

정월명의 등 뒤에서는 아직도 지부용의 비명 소리와 새의 날갯짓이 분명할 소리가 여전히 울려 퍼지고 있었다.

'여기까진가!'

독고음은 한계를 절감했다.

그의 얼굴에는 지렁이 같은 혈관들이 갑갑증을 이기지 못하고 밖으로 튀어나오려는 것처럼 울퉁불퉁 기어다니고 있었다.

붉은 혈색에 푸른 혈관 색이 거칠게 얽히고설켜 있는 그 모습은 인간의 것이 아닌 것 같았으니, 지금 변형된 동조진동파 음공을 즉석에서 펼쳐 보이고 있는 독고음이 겪고 있는 고통을 대변해 주고 있는 것이었다.

음파가 주는 영향이 고통스럽긴 하지만, 자신들을 위태롭게 하지 못하는 것을 이제는 알아차린 듯 불사조들은 조금씩 영역을 뚫고 날아오고 있었던 것이다.

"가랏―!"

얼마 남지 않았던 숨을 한 번에 토해내며 독고음이 외마디 기합을 내질렀다.

쐐에엥—

그와 동시에 십자로 양손이 얽히며 소매를 좌우로 떨치자, 두 개의 은빛 덩어리가 허공으로 기다란 반원을 그리며 날카로운 비행을 시작했다.

챙— 챙—!

챙!!

끼아아아아악—!

쏘아진 두 개의 륜은 자신들 역시 살아 있다는 듯 붉은 두 마리의 불사조와 엉키고 떨어지고를 반복하며 날카로운 비명 소리와 파공음을 허공중에 만들어냈다.

자유롭게 허공에서 방향을 전환하며 날아다니고 있으니, 검에 비교하자면 비검술이 아닌 어검술에 가까운 이기어륜(以氣馭輪)이라 할 수 있으리라.

"흐읍… 갈!!"

파앙!

끼아아악!

사라진 음파를 느꼈음인지, 지금까지의 비행 영역을 무시하고 독고음의 반 자 앞까지 쏘아오던 또 다른 두 마리의 불사조가 폭음과 함께 여인의 날카로운 교성을 닮은 소리를 지르며 뒤로 튕겨져 나갔다.

쏘아 보내던 음파를 중단하고 숨을 크게 들이마친 뒤 마지막 기운을 짜내어 단번에 터뜨리는 기파에 눌려 순간적으로 공기가 터진 것에 휘말린 것이리라.

뜨끔!

허공에서는 두 개의 륜을 내력으로 움직이고, 수면 위에서는 순간적으로 사자후를 터뜨리면서 주의력이 분산되어서였을까.

독고음의 어깨 어름이 바늘로 찔린 듯 따끔거렸다.

아픔을 느낄 겨를도 없이 그의 어깨가 가슴 안쪽으로 움츠려들었다가 갑작스럽게 밖으로 튕겨졌다.

퍼엉!!

파다다닥—

날카로운 발톱에서 한줄기 선혈을 공중으로 흩뿌리며 불사조 한 마리가 거친 날갯짓을 해대는 것이 독고음의 시야에 들어왔다.

따끔거렸던 어깨가 이내 뜨거운 인두로 지진 듯 화끈거렸다.

지금 허공에 뿌려지고 있는 붉은 물결. 저것은 자신의 어깨에서 뿌려진 피리라.

"도약을! 세 마리가 물속!!"

'빌어먹을!'

정월명이 말하는 것이 무엇을 뜻하는지 모르는 자 없으리라.

이런 사투를 벌였는데도 결국에는 놓친 것이다.

지금도 벅찬데 수면 속으로부터 공격해 온다면 어찌 막을 수 있을까!

욕설을 속으로 내뱉으며 독고음은 내공을 끌어올려 안력을 집중했다.

어지러운 운무를 넘어선 그의 시선에 십 장 앞쪽으로 다가온 석벽의 모습이 들어왔다.

그리고 마침내 다시 위로 오 장쯤에 뚫려 있는 검은 동혈을 눈으로 확인할 수 있었다.

혼자라면 문제없으리라!

그러나 지금은 뒤에 여덟 명을 끈으로 묶고 있었다.

지금처럼 단순히 전진만 하는 것이 아니라 방향을 전환해 움직이려면, 뒤에 걸려 있던 하중이 순간적으로 제일 앞에 있는 자신에게 쏠릴 것이다.

자신은 위로 튕겼는데 뒤에서 받쳐 주지 않는다면 막중한 압력이 끈을 통해 독고음의 허리에 부하(負荷)될 것이다.

호흡(呼吸)!

아홉 개의 호흡이 하나로 맞아떨어져야 하는 순간이었으

나, 다른 이들이 기점이 되는 자신의 호흡을 읽으리라고는 믿을 수 없었다.

이 때문에 애초에는 오 장 앞까지 전진한 뒤 방향을 전환하려 했었다.

조금이라도 몸에 걸리는 하중을 줄이기 위하여.

하지만 이제는 선택의 여지가 없는 듯했다.

독고음이 얼굴을 일그러뜨리며 날카롭게 외쳤다.

"간다!!"

고원월은 독고음의 목소리를 듣는 것과 동시에, 자신의 몸이 위로 끌려 올라가려 하는 것을 느꼈다.

'아직!'

독고음이 뛴 것이 도약해야 할 제 순간에 못 미쳐 이르다는 뜻의 말이 아니었다.

한시라도 그 힘에 부응하여 공중으로 움직이고 싶은 자신의 몸에게 하는 말이었다.

지금 자신이 떠오른다면 무공을 모르는 위해원 등은 거칠게 끌려오는 형상이 되어 허리가 두 조각으로 꺾이고 말리라.

독고음의 뛰어오른 힘이 서로를 묶은 끈을 타고 팽팽하게 당겨지는 바로 그 순간, 힘에 편승하여 자연스럽게 뛰어올라야 하는 것이었다.

'왔다!'

고원월이 원하던 때가 도래했음을 알리며, 상승하는 힘의 기류를 거스르지 않게 다리를 탄력적으로 수면에 튕겼다.

탓—

'헉!'

떠오르던 고원월의 신형이 앞쪽으로 기우뚱거렸다.

앞쪽, 끌어올리는 독고음과 받치는 자신이 순차적으로 튀어 오르는 순간을 그 사이에 자리 잡고 있는 누군가가 맞추지 못하고 아직 몸을 날리지 못하고 있는 것이었다.

그 누군가는 진사백으로, 등평도수의 신법을 펼치는 가운데 사방으로 검기를 쏘아대고 있으니 정신을 차릴 수 없었던 것이리라.

지금은 고원월까지만 그 영향을 받지만, 순식간에 뒤쪽까지 전달되어 모두가 균형을 잃을 수 있는 사태였다.

균형을 잃는다는 것은 진기가 흐트러진다는 뜻이었으며, 그것은 수장(水葬)과 다른 의미가 아니었다.

물고기가 아닌, 불사조의 먹이가 된다는 것이 차이가 있었을 뿐이니!

속으로는 다급한 신음을 터뜨리고 있었지만, 이와 별개로 고원월은 이미 사태 수습에 들어가고 있었다.

이 순간에도 주위를 돌고 있는 불사조 떼를 쫓기 위하여 허공을 휘돌아가고 있던 쌍수를 재빠르게 내리면서, 우수는 자

신과 앞의 인영을 묶고 있는 끈을 잡아 부드럽게 흔들었고,
좌수는 뒤의 인영과의 끈을 잡아 위로 잡아 올린 것이었다.

출렁—

타탁—!

그제야 수면을 박차는 소리가 앞에서 들려왔다.

고원월이 끈을 흔들어 전달되는 힘을 한순간 늦추는 임기
응변을 부리지 않았다면 몸통과 꼬리가 받쳐 주지 못하여 독
고음이라는 머리는 비상을 계속할 수 없었으리라.

탁탁—!

쿵!!

"으아악!"

뒤쪽에서 들려오던 수면을 팅기는 소리와 귀 옆을 스쳐 지
나가는 붉은 덩어리들의 희끗한 모습이 누군가가 지른 비명
소리와 함께 순식간에 사라졌다.

마침내 동굴 속으로 들어온 것이었다.

"부숴—!!"

날카로운 독고음의 목소리는 바로 옆에서 대포가 터진 것
처럼 강력하여, 모두의 귀를 순간적으로 멍하게 만들었다.

"꿍—! 으합!"

꽈꽈광!!

독고음이 말하는 것의 의미를 제일 먼저 알아차린 고원월

이, 한 손으로는 끈을 잡아당기고 다른 손으로는 일행이 들어
온 동굴의 입구를 향해 맹렬한 장풍을 쏘았다.

"꺄아악—"

"으헉!"

"우아어어아아—"

끼아아악—

쿠쿠구구궁—!

끈을 당기는 고원월의 힘에 이끌려 동굴 안으로 빨려 들어
온 뒤쪽에 있던 사람들의 비명 소리와 그 너머 바깥의 새들이
질러대는 괴성, 그리고 그들이 들어온 동굴이 무너지는 소리
가 하나의 웅장한 합주가 되어 동굴 속에 울려 퍼졌다.

초강대왕(初江大王)

호기심 가득한 눈을 가진 아이가 사냥꾼에게 물었다.

"토끼는 어떻게 잡죠?"

"눈에 보이면 살금살금 다가가 단발의 화살로 쏘아 죽이지!"

"그럼 여우는 어떻게 잡죠?"

"여우도 토끼와 비슷하지. 하지만 장거리에는 강하고 단거리에는 약하니 그 다니는 길목을 잘 파악해서 한 번에 구석으로 몰아서 죽여야 한단다!"

"그럼 호랑이는 어떻게 잡죠?"

“허, 호랑이라……. 그 뒤를 쫓기도 힘들뿐더러, 화살 한두 대 가지고는 잡을 수도 없지. 혼자서 잡았다는 얘기를 듣긴 했지만 솔직히 나는 믿지 않는다. 여럿이 작정하고 몰이사냥을 한다 해도 쉽지 않아.”

실망한 아이의 눈을 보며 사냥꾼은 미안한 마음이 들었다.

“호랑이 말고 다른 짐승들의 사냥법은 안 궁금하니?”

한참을 생각하던 아이가 다시 눈을 빛내며 물어왔다.

“그럼 사람은 어떻게 잡나요?”

“꺄아악—! 이것 좀… 으아악—! 이것 좀, 어떻게 좀! 꺄악—!!”

끼아아악—

파다다다닥

“움직이지 마! 손대면 안 돼! 불을! 누구 화섭자(火攝子) 가진 사람 없나요?!”

어둠 속에서 지부용의 비명과 새의 날갯짓, 그리고 정월명의 다급함이 동시에 하나가 되어 피어올랐다.

“제, 제가!”

남궁대수는 품속을 뒤져서 기름종이에 싸여 있던 가늘게 꼰 종이 심지와 작은 부싯돌을 황급하게 꺼내놓았다.

탁— 탁— 화르르!

불의 봉오리를 지닌 작은 꽃이 어둠 속에서 하늘거리며 피어올랐다.

어둠에 잠겨들어 있던 동굴에 희미한 불빛이 어른거리기 시작했다.

"음, 우선 이 끈을!"

고원월이 낮은 침음성과 함께 말하자, 지부용의 모습을 바라보며 얼이 반쯤 빠져 있던 일행은 그체야 정신을 차리고 서로를 묶고 있던 끈을 빠르게 풀기 시작했다.

단 한 사람, 지부용의 몸에 묶인 끈을 제외하고.

지부용은 숨넘어가는 듯한 비명을 지르며 주저앉아 있었다.

그리고 그녀의 얼굴에는 사람 머리통보다 좀 작은 크기의 몸통을 가진 붉은 새가 엉켜 붙어 날개를 퍼덕거리며 내려앉아 있었고, 그 날카롭게 휘어 있는 부리로 지부용의 얼굴을 쉴 새 없이 쪼고 있었다.

위해원이 빠르게 지부용의 곁으로 다가가 앉았다.

파다다닥―

부웅―

대력우마왕(大力牛魔王)의 파초선(芭蕉扇)이 이러할까, 불사조의 날개가 휘저어지자 동굴 안에 거센 바람이 휘몰아쳤다.

“위험해! 조심—!”

남궁대수가 손을 뻗으며 경고성을 외치려 했으나, 위해원은 빠르게 말을 끊었다.

“괜찮습니다. 면사에 발톱이 엉켜 붙어 떨어지지 못하고 있군요, 고 어르신.”

“비키게!”

고원월이 날카로운 눈으로 잠시 살펴보는 듯하더니, 움직이는 기색도 없이 어느덧 그의 한 손은 새의 머리를 움켜잡고 다른 손으로는 날개를 꺾어 잡아채고 있었다.

천하에 다시없을 영물이라 하더라도 발이 묶여 날 수가 없는 이상, 장왕 고원월의 손을 벗어날 수는 없으리라.

끼끽—!

뿌드드득—!

어둠 속에서 고원월의 손이 찬란한 붉은 빛을 발하자 모골을 송연하게 만드는 뼈 부러지는 소리가 새의 목에서 흘러나왔다.

“음… 대단하군. 칠성의 공력으로야 목을 분지를 수 있다니! 이제 면사를 벗기게.”

고원월이 불사조에 대한 진심 어린 감탄을 내뱉으며 말했다.

“안, 안 돼요!”

"흥! 평생 저 새의 주검을 얼굴에 달고 있을 작정인가 보지?"

면사를 벗기는 것을 거부하는 지부용의 말에 진사백이 차갑게 중얼거렸다.

장문영이 지부용의 앞으로 다가서며 부드럽게 말했다.

"지 소저, 내가 막아서고 있으리라. 면사를 잠시 벗었다가 불사조를 떼어내고 다시 쓰면 되지 않겠소."

"그렇다면 위 대협이 막아주세요!"

지부용의 말에 장문영이 당황한 얼굴이 되어 주춤거리다가 이내 뜻 모를 웃음을 지으며 위해원에게 자리를 내주었다.

단단하게 메말라 버린 사지에서도 그 뿌리를 박고 피어나는 아름다운 꽃 한 송이가 있었으니, 이를 애화(愛華)라 불러야 할 것이라.

아마도 이런 의미를 가진 장문영의 웃음이었을 것이다.

자신을 지목하는 의외의 말에 위해원 역시 잠시 당황하지 않을 수 없었다.

"자네가 해야겠군."

고원월 역시 위해원을 돌아보고는 옅은 미소를 지으며 말했다.

위해원은 할 수 없다는 듯 주춤거리는 몸짓으로 지부용 앞으로 다가가 다른 사람들이 보지 못하도록 막아섰다.

"홍! 경국지색이라도 되는 모양이지? 아니면 지독한 추물이거나! 흐흐."

전자(前者)보다는 후자(後者)로 생각하는지, 아니면 하는 꼴이 우스워 보였던지, 그도 아니면 질투라도 싹을 틔우는지, 어쩌면 이 모든 것이었는지 진사백이 음산한 비웃음을 흘렸다.

고원월은 조심스럽게 손을 놀려 지부용의 면사에 떼어냈다.

맨얼굴이 된 지부용을 마주 보고 있던 위해원의 어깨가 가볍게 흔들렸다 멈추었다.

"되었네."

고원월이 면사를 돌려주며 또 하나의 상황이 종료되었음을 선언했다.

"역시 굉장한 기물이었군."

고원월이 놀라움에 커진 눈으로 중얼거렸다.

자신의 안력을 차단하는 놀라운 효능에서 면사가 평범한 물건이 아니라는 것은 이미 눈치 채고 있었다.

그러나 호신강기까지 뚫고 날아들고, 수만 번 정련된 쇠붙이처럼 단단한 자신의 팔을 물어뜯은 불사조의 공격마저 차단하다니!

무인이라면 누구나 탐내는 신병이기조차 우습게 여기는

고원월도 속에서 우러나오는 감탄을 금할 수 없었던 것이다.

실제로 불사조의 발톱에 찍힌 귀성 독고음도 어깨에 피를 흘렸지 않은가!

천하 최강이라는 칠천무신 중 이 인에게 상처를 입힌 새조차 믿기 힘든데, 그 새가 뚫지 못하는 천으로 이루어진 면사!

보물에는 주인이 정해져 있다고 하는 말을 믿는 것은 아니었지만, 평범한 사람이 그런 면사를 가지고 있다고는 더욱 믿지 않았다.

고원월의 중얼거림은 짧았지만 그 내용은 짧을 수 없는 많은 것을 내포하고 있는 것 같았다.

"불이 곧 꺼질 것 같습니다."

남궁대수가 누구에게라고 할 것 없이 우울한 음성으로 말했다.

지금 주변 밝히고 있는 것은 탈 것에 불씨를 옮기기 위한 화섭자의 심지였지 탈 것이 아니었던 것이다.

곧 다 타서 재가 되리라.

그리고 이제 다시 어둠이 주인 된 세상이 내려오리라.

당황한 모두가 목을 돌려 주위를 살펴보았다.

지금껏 야명주가 곳곳에 박혀 어둠을 몰아내고 있던 석실이나 대전과는 달리, 동굴 안은 인간의 손길이란 찾아보기 힘들도록 철저히 원시적인 모습을 보이고 있었다.

그러나 초목 등의 생명이 싹트기도 전의 시대라는 듯 온통 돌로 되어 있는 동굴 안은 그 어떤 땔감도 제 안에 품고 있지 않았다.

"할 수 없군."

한참 주변을 둘러보던 고원월이 결국 체념하고 자신의 상의를 벗기 시작했다.

그 모습을 바라보던 남궁대수도 제 옷깃을 손으로 잡았다.

어둠에 휩싸인 세상에 발을 내딛는 것보다는 차라리 옷을 태워 빛을 만들어내는 쪽이 현명한 방법이었다.

하지만 일행 중에는 그보다 현명한 생각을 해내는 사람이 있었으니, 언제나처럼 위해원이 위기 가운데서 또다시 입을 열었다.

"오랜만에 고기를 먹게 생겼군요."

"……!"

고기라는 말에서 예전에 있었던 시체 얘기를 연상했음인지 고원월이 길쭉해진 눈매로 위해원을 바라보았다.

그 모습에 무엇을 상상하고 있는지 다 안다는 듯 위해원이 여유롭게 웃으며 말을 이어나갔다.

"저 새, 불사조를 먹지요. 아홉이 나눠 먹기는 턱없이 부족하지만 그나마 기름기가 좀 있다면 움직이기 한결 수월할 것입니다."

"아주 좋은 생각이군. 피로할 땐 한 줌의 소금도 인체를 움직이는 데 큰 도움이 되는 법이지."

"그거 좋아요!"

자기도 모르게 소리친 지부용은 황급히 고개를 돌렸고, 장문영이 밝은 얼굴로 한구석에 뒹굴고 있는 새의 주검을 집어들었다.

위해원이 빙긋 웃으며 말을 이었다.

"아마 그 깃털과 가죽을 횃불로 쓸 수 있을 것입니다. 양의 기운이 충만한 놈이었으니 한순간에 타 없어지지 않고 꽤 오랫동안 밝은 빛을 내주겠지요. 옷을 다 태울 것도 없이 소매 정도만 찢은 뒤 저 깃털과 가죽을 말아서 태워도 당분간은 버틸 겁니다."

"자네, 사냥꾼 출신 아닌가? 정말 대단한 기지(奇智)군. 하하핫!"

암울한 상황일수록 판단력이 저하하여 평소에는 별것 아닌 것들을 떠올리기 쉽지 않은 법이었다.

그것을 잘 알고 있는 고원월은 또다시 위해원의 재치에 놀라움을 금치 못하며 기분 좋은 웃음을 터뜨릴 수밖에 없었다.

그러나 위해원이 전해오는 낭보는 여기서 끝이 아니었다.

"옛 고서(古書)에는 영물은 내단을 형성한다고 하더군요. 어쩌면 그것도 있을지 모르겠군요. 양기 덩어리일 테니 고 어르신이나 체질에 맞는 분들이 복용하면 한결 기력 회복에 도움이 될 것도 같은데, 이건 장 어른께서 봐주시면 되겠군요.”

장문영이 미소를 지으며 크게 고개를 주억거렸다.

“이제 요리사만 정하면 되겠군요.”

위해원이 기분 좋은 목소리로 말했다.

“과연 대단하군!”

제가 하겠다는 남궁대수에게 온갖 동물들을 다 다듬어보았다며 나선 고원월은 불사조의 단단한 몸에 새삼 감탄을 또다시 말할 수밖에 없었다.

“조심, 조심해 주세요!”

진사백이 하얗게 질린 얼굴로 외쳤지만, 고원월은 대수롭지 않게 웃어 보일 뿐이다.

“하하, 걱정 말게. 이놈의 가죽이 제아무리 도검불침(刀劍不侵)이라 하나, 제 몸에 피와 생기가 돌아야 그것도 제 기능을 다 하는 법! 내 살과 비계 한 점도 버리는 법 없이 잘 발라주도록 하지.”

진사백은 전 재산을 걸고 일발역전(一發逆轉)을 노리는 노름꾼이 눈앞에 구르는 주사위를 바라보는 것같이, 기대와 걱정이 범벅된 기묘한 얼굴이 되어 입술을 딸싹거렸지만 끝내 다른 말은 하지 못했다.

사실 그가 걱정하는 것은, 이제는 사냥칼이 되어버린 자신의 보검 청룡 때문이었다.

남궁대수의 광접은 연검이어서 안 된다며 우격다짐 식으로 진사백의 청룡을 빼앗은 것도, 지금 진사백의 걱정을 모른 척 딴소리를 하는 것도 그만큼 기분이 좋아진 고원월의 농이었으리라.

죽은 불사조와 살아 있는 고원월이 실랑이를 벌인 지 얼마 되지 않아 마침내 그 붉은 속살이 공개되었다.

"내단이다!!"

검붉고 작은 조악한 심장 밑으로 붉은 돌덩이가 자리 잡고 있는 것을 본 진사백이 대역전에 성공한 것처럼 기쁨의 환호성을 내질렀다.

세간에 속설로 전해지는 것처럼 한 갑자의 공력증진이니 하는 것을 다 믿는 것은 아니지만, 제 몸을 최고의 재산으로 여기는 인간, 하물며 그중 몸이 전부라 해도 과언이 아닌 무인 된 신분으로 탐욕의 빛을 감추지 못하는 것도 무리는 아니었다.

그러나 고원월은 돌처럼 딱딱하게 굳어 있는 불사조의 내단을 진짜 돌덩이라도 된다는 듯 별다른 망설임 없이 가볍게 집어 올려 장문영에게 건네주었다.

눈동자와 불사조의 내단을 보이지 않는 실로 묶어놓은 것처럼 진사백의 시선이 내단을 들고 있는 장문영의 손을 따라

이리저리 움직였다.

　신중한 모습으로 이리저리 내단을 살펴본 장문영이 품속의 대롱에서 환혼침을 꺼내 찔러보았다.

　잠시 뒤, 장문영이 입의 양 끝을 말아 올려 웃음을 보이고는 말했다.

　"괜찮을 것 같군요. 복용해도 될 것 같소. 열기가 강하니 잘게 부수어 보신단과 함께 상세에 따라 조금씩 나눠 드시도록 하지요."

　"우하핫!"

　진사백의 우렁찬 웃음소리가 동굴 안을 울리고, 모두의 얼굴에는 잔잔한 미소가 걸렸다.

　동굴은 음습했다.

　어두움과 축축한 습기가 싸늘한 한기 속에 녹아내려 있는 것이었다.

　세 사람이 나란히 갈 수 있을 넓이와는 다르게, 일행 중 키가 가장 큰 대소의 머리가 스칠 듯 내려앉아 있는 높이와 구불구불 휘어져 있는 구조.

　그리고 이제까지와는 다르게 어떤 빛도 비치지 않는 내부.

　새의 가죽으로 만들어놓은 작은 두 개의 횃불만이 진사백과 남궁대수의 손에 들려 그들의 발걸음에 따라 일렁거리며 어지러운 불빛을 낳고 있었다.

모두의 중심에 자리 잡고 보호를 받은, 위해원 등을 제외한 대부분의 일행은 각기 불사조와의 전투의 흔적을 몸에 새롭게 새기고 있었다.

그러나 남궁대수.

매가 부엉이를 잡고 부엉이가 참새를 잡는 것처럼, 새의 거친 날갯짓을 막아내는 것은 역시 같은 새의 날갯짓이 정답이었던지, 아니면 실제로 한 단계 상승한 무공 덕분이었는지는 모를 일이지만, 그만은 별다른 상처를 입은 것 같지 않아 보였다.

비록 나비가 불사조를 잡은 격이었지만.

단단함을 넘어선 견고함을 보이던 겉과는 달리, 의외로 속살이 부드러운 새의 고기를 모두가 나눠 먹고 나니 약간이나마 기력이 돌아오는 것이 일행 모두에게 느껴졌다.

거기에 더불어 장문영의 간단한 치료를 끝으로 아홉의 사람은 또다시 무거운 다리를 옮겨야만 했다.

이제 더 이상 뒤는 없었다.

막힌 굴을 되뚫는다 하더라도 그 호수를 다시 건너 되돌아갈 여력이 남아 있지 않은 것이었다.

더욱이 이제는 불사조들도 음기의 파동에 익숙해져 있을 터.

"어떻게 생각하나?"

"열두 마리의 귀조. 아마도 화탕지옥이 확실했던 것 같군요."

"역시나 또 다른 지옥이었단 말인가? 음, 그래도 다행이군. 이렇게나마 지나올 수 있어서."

고원월은 비록 험난한 과정을 거쳤지만, 그 누구의 희생도 없이 전원 무사하게 또 하나의 산을 넘은 것에 대하여 안도의 한숨을 내쉬었다.

그러나 아직은 이르다는 뜻을 담은 소리가 길게 이어지려는 한숨을 짧게 막아섰다.

"글쎄요."

위해원은 말끝에는 불안한 감정이 녹아들어 있었다.

그 속에 흐르고 있는 불길함을 느꼈는지 진사백이 기분 나쁘다는 음성으로 소리쳤다.

"글쎄요라니?! 제기랄! 이 얼굴을 보고도 아직 뭐가 남아 있다는 소릴 하구 싶은 거냐!"

진사백의 얼굴에 움푹 파여 자리 잡고 있는 세 가닥 혈선이 뺨이 일렁이는 불빛에 살아 꿈틀거리는 것처럼 보였다.

"무슨 뜻이지?"

의미를 물어오는 독고음의 목소리가 좁은 동굴을 울려 더욱 음산하게 들렸다.

위해원은 조용하게 말했지만 그 속에 담긴 의미는 홍안을 간직한 어린 날 기나긴 여름밤 화롯불에 둘러앉아 듣던 귀신 얘기 따위가 주던 불안과는 비할 바가 아니었다.

"도산지옥에는 백 명의 녹의인과 진광대왕이 있었죠. 그리고 우리가 지나온 화탕지옥에는 열두 마리의 불사조가 있었습니다."

"그렇다면?!"

틱.

"멈춰라!"

제일 선두에 가고 있던 고원월이 또 다른 굽이를 돌기 위하여 반쯤 돌렸던 몸을 뒤로 내빼며 따르던 일행을 향해 외쳤다.

위해원이 중얼거렸다.

"화탕지옥에는 초강대왕(初江大王)이 있다고 전해지고 있죠."

툭—

데구르르

"음, 새와는 다르다는 건가."

벽을 튕겨 저 너머로 돌멩이를 던지고 반응을 살피던 고원월은 불사조와는 다른 또 다른 적이 나타났음을 인정해야만 했다.

일행은 옆으로 꺾이는 굽이를 돌 수가 없었으니, 한구석에서 움직이지 못하고 발이 묶여 있는 상태였다.

"흥! 그깟 암기 따위! 제가 한번 나가보지요!"

불사조의 내단을 먹었으니 천하제일은 못 되어도 천하제이는 된 것 같은 기분이 된 진사백이 호기롭게 외치며 나섰다.

"따위라는 말은 이럴 때 붙이는 것이 아닌 것 같군. 그리고 목소리가 너무 크군. 그냥 잠자코 앉아 있게."

조용하지만 탁한 독고음의 음성에서 그의 신경이 곤두서 있다는 것은 누구나 알 수 있었다.

그 음성에 진사백은 멋모르고 불덩이라도 만진 맹인처럼 몸을 흠칫 떨더니, 황급히 뒤로 물러서 앉으며 고개를 숙였다.

당당하게 나섰으나 천하제이는 고사하고, 이곳에 모여 있는 인물들 가운데 구중제사(九中第四)도 되지 못할 것만 같은 자신의 처지를 뼈저리게 절감해야만 했다.

독고음이 고원월 옆으로 다가서며 말했다.

"뭐였지?"

고원월은 대답 대신 고개를 내저었고, 그것을 본 독고음의 얼굴은 무겁게 가라앉았다.

미약하게 들린 '틱' 이라는 소리를 만들어낸 것이 무엇인지를 물었는데, 고원월은 보지도 못했다 말하고 있다.

장왕이 못 봤다면 귀성 또한 마찬가지일 수 있다는 소리와 다름 아니었던 것이다.

"한 번 더 가봐야 할 것 같군."

고원월은 손짓으로 일행을 뒤로 물러서게 한 뒤 호흡을 가다듬었다.

조금 전 소리를 만들어낸 것이 무엇이든 간에, 그 소리를 만들기 전까지의 과정을 자신이 놓쳤다는 사실은 잠시나마 풀어졌던 고원월의 경각심을 거세게 불러일으키기에 부족함이 없었다.

고원월은 짤막한 기합조차 넣지 않았다.

만약 정말 암기였다면 그 소리조차 적에겐 신호가 될 것이다.

푹―!

아른거리는 불빛에 비친 고원월의 몸이 한순간 흐릿해진다고 느낀 순간, 다시 초점을 갖춘 그의 신형이 나타났다.

그리고 다음 순간에는, 얼굴이 일그러진 고원월을 분명하게 볼 수 있었다.

이형환위(移形換位)를 뛰어넘어 잔영이 사라지기 전 다시 그 자리를 차지한 놀라운 신법이었다.

그런 최절정의 신법을 펼쳐 냈음에도 고원월의 얼굴은 그리 밝지 못했으니, 그 원인은 우측 어깨를 틀어막고 있는 좌수 속에 숨어 있었다.

팍—!

툭— 티이잉—

고원월이 자신의 어깨를 내려치자 그의 어깨를 뚫고 뭔가가 땅에 떨어진 뒤, 바닥에서 흔들거리며 긴 여운의 꼬리를 남겼다.

잔뜩 굳어진 얼굴의 독고음이 다가가 그것을 주워 들고 속삭이듯 말했다.

"화살인가?"

손바닥 길이만큼 작은 몸통을 갖추고 있는 붉은 빛이 은은히 맴도는 화살.

특이하게도 화살이라면 그 끝에 응당 깃으로 달려 있어야 할 깃털 대신, 불꽃이 일렁이는 모양의 조각이 좌우로 붙어 있었다.

"내 보아온 활과 화살이 적지 않으나 이런 것은 처음 보는군. 그 재질 또한 뭔지 알 수 없고. 이곳에 와서 정말 여러 가지를 견식하게 되는군."

독고음이 탄식과 같은 음성을 내뿜었다.

골똘한 모습으로 말없이 서 있던 위해원이 한 발 나서며 손을 내밀자 독고음은 잠자코 화살을 건네주었다.

화살을 잡은 두 손에 은은한 온기가 스며드는 것을 느끼며
위해원이 입을 열었다.

"화염궁(火焰弓)이겠군요."

"화염궁?!"

벌어진 입은 두 개였으나 하나의 목소리가 되어 이구동성
으로 남궁대수와 진사백이 소리쳤다.

손에 들린 화살을 이러지리 만지작거리며 위해원이 느릿
하게 입을 달싹였다.

"화탕지옥에는 열두 마리의 불사조가 살고 있으며, 화염궁
을 들고 있는 초강대왕이 그곳의 주인이라 하지요."

"그 말은……."

장문영이 가라앉은 목소리로 말을 하다가 다시 입을 다물
었다.

끝까지 얘기하지 않았음에도 모두가 그 뒤에 나올 말을 이
미 알고 있을 것이나, 말이 씨가 된다고 했던 것처럼 자신이
입 밖으로 소리 내면 그것이 기정사실로 될 것이 두려워서였
으리라.

하지만 위해원은 잔인하게도 그것을 입 밖으로 내어 모두
에게 분명히 확인시켜 주었다.

"이곳을 돌면 초강대왕이 시위를 겨누고 있는 모습을 볼
수 있다는 말이겠지요. 이곳을 돌 수 있다면 말입니다."

"어두웠네. 일직선으로 꽤 길게 연결돼 있었던 것 같은데 잘 보지는 못했어. 솔직히 특별한 걸 느끼지도 못했네. 단지 몸을 던지는 순간 이상한 기분에 반사적으로 되돌아왔을 뿐이야."

고원월이 침울하게 말했다.

그리고 경험을 말하고 있는 그보다 듣는 모든 이가 더 깊은 좌절에 빠져들고 말았다.

장왕 고원월을 침울하게 만드는 힘 앞에서 그 누가 그보다 더한 암담함을 느끼지 않고 있을 수 있을까!

"대단하군."

불사조에 대해 고원월이 순수한 감탄을 보냈던 것처럼, 이번엔 독고음이 자신과 같은 반열에 있는 고원월을 상처 입힌 화살에 대하여 감탄을 보냈다.

사실 말한 것과 같이 아무것도 느끼지도 못한 것은 아니니라.

다만 특별한 돌파구를 찾지 못한 자신에 대한 질책이요, 일행에 대한 미안함이었을 것이다.

정말로 아무것도 느끼지 못했다면 어깨가 아닌 미간이나 심장 등, 사혈에 해당하는 급소에 화살이 박혀 있을 터였다.

또한 그의 좌수 역시 가늘게 갈라지지 않았을 것이다.

대신 아무런 저항도 받지 않은 화살에 그 어깨가 관통당했겠지만.

날아드는 화살을 순간적으로 잡아챘지만, 고원월의 내력으로 감싸고 있는 아귀힘을 뚫고 날아든 화살이 그 어깨에 박혔음을 독고음은 한눈에 눈치 채고 있었다.

감각만으로 보이지도 않는 화살을 잡아낸 고원월도 대단하지만, 금강불괴라 이르기에 부족함없을 장왕의 손을 찢어놓은 저 화살은 실로 경이적인 것이라.

어둡고 낮은 통로.

굽어지며 꺾이는 장소에서 먼저 자리를 잡고 있는 화살을 가진 적.

그리고 그 화살은 칠천무신의 일인조차 피를 흘리게 만드는 위력을 가지고 있었다.

지나온 험로(險路) 속에서 겪은 상처와 피로만 아니었다면 고원월과 독고음만으로도 충분히 승산이 있었으나, 이미 그것까지 계산된 상황이었다.

이로써 또 다른 최악의 조건은 이미 모두 갖춰져 있는 셈이었다.

"야, 이 새끼야! 너넨 대체 뭐 하는 놈들이야! 원하는 것이 있으면 말을 해야 알 것 아니야, 이 새끼들아!"

속을 알 수 없는 인물을 가리켜 능구렁이라 불렀으니, 비단 이리저리 구부러지고 길쭉한 그 모양뿐만 아니라 분위기까지

닮긴 하였다.

그러나 천 년을 묵은 구렁이보다 길고 속을 알 수 없는 동굴이 은은히 울리도록 진사백이 목청을 높였지만 여전히 아무런 소리도 되돌아오지는 않았다.

"그만 하게. 할 말이 있었다면 갑작스럽게 활 먼저 쏘아오지도 않았겠지. 도산지옥 때 경험하지 않았나. 문답무용이 저들의 신조인 것 같군. 괜히 쓸데없는 입씨름으로 힘 빼지 말지. 씨름이란 몸으로 부딪치는 것이 제격이니! 무조건 뚫고 나갈 수밖에."

고원월의 말이 옳다는 것을 굽이 너머에 있는 초강대왕으로 짐작되는 자가 오직 지독한 침묵으로써 일관하고 있는 것이 말해주고 있었다.

"나도 좀 볼 수 있을까?"

장문영이 손을 내밀자 위해원이 화살을 건네주었다.

의원의 신분이나마 강호의 견식이 얕지 않고, 가장 연장자인 것에서 오는 세상의 다양한 경험도 풍부할 그였다.

어떤 단서라도 찾을 수 있을까.

그러나 이리저리 화살을 살피던 장문영은 그가 봐왔던 죽음이 선고된 환자들의 움직임마냥 힘없이 고개를 흔들 수밖에 없었다.

그리고 잠시 뒤, 모두의 시선이 자연스럽게 위해원에게 모여겼다.

언제나 갖춰진 최악의 조건을 부숴온 사내가 바로 그들 사이에 있었고, 그가 바로 위해원이었기 때문이리라.

그러나 위해원의 입에서 나온 소리는 모두의 기대를 단번에 충족시키는 것은 아니었다.

"일단 불이나 끄죠."

"그렇군!"

남궁대수가 뭔가 깨달은 표정을 지으며 황급히 손에 들고 있던 횃불을 껐지만, 나머지 하나의 횃불의 소유자는 생각이 다른 듯했으니, 손에 들고 있는 횃불에 일렁거리는 얼굴을 더욱 구긴 진사백이 고함쳤다.

"지금도 어두워 죽겠는데 왜 불까지 끄자는 거냐! 잠이라도 잘 셈이냐!"

"잠이라……. 잠, 그것도 괜찮겠군요."

위해원이 정말 잠이라도 자려는 것처럼 나른한 목소리로 말했다.

"불을 끄시게. 우리만 밝은 데 있어서 좋을 것이 없을 것 같으니."

장문영이 위해원의 말뜻을 풀이해 주고야 진사백이 마지못한 듯 그제야 '훅—' 하고 입김을 불었다.

동굴은 정적과 어둠의 형제에 휩싸였다.

털썩 주저앉는 소리가 들리더니, 위해원의 음성이 들려왔다.

"진 형이 정말 좋은 생각을 하셨군요. 많이들 피곤하실 텐데 잠이라도 한숨 자지요."

"이 새끼가 정말 보자 보자 하니까—!"

놀림을 당한다고 생각한 진사백의 거대한 발작은, 독고음의 낮은 목소리에 숨어들 수밖에 없었다.

"그래, 그거 괜찮군. 오리야, 피곤한데 우리도 한숨 자도록 하지."

"잠? 잠이라……. 하하하! 그거 좋군!"

털썩털썩!

진짜로 잘 차비라도 하는지 이곳저곳에서 몸을 누이는 소리가 울려 퍼졌다.

지금 진사백의 심정은 폭발 일보 직전이라.

그러나 독고음과 고원월까지 오랜만에 의견 일치를 보이고 동조하고 나서는데, 더 이상 혼자 발악할 수도 없는 노릇이었다.

"어둠을 틈타 덤벼들어도 내 책임이 아니야! 흥!"

진사백도 이내 될 대로 대라는 심정이 되었는지, 낮게 욕하는 소리와 벽에 기대어 주저앉는 소리가 마지막으로 들려왔다.

야습은 불가능했다.

초강대왕으로 짐작되는 자가 거리를 두고 미리 자리를 잡고 있는 것도 고원월과 독고음의 실력을 알고 있어서이리라.

야습을 위한 초강대왕의 접근은 오히려 모두가 바라는 일이었다.

서로가 사이에 둔 모퉁이는 이쪽뿐만이 아니라 저쪽 역시 돌 수 없는 길이 된 것이다.

그렇게 기묘한 대치 상태가 시작되었다.

탁- 드르르르

팟-! 화르르!

잠시나마 세상을 지배했던 어둠과 침묵의 형제가 물러났고, 그것을 기뻐하는 것처럼 빛이 살랑거리며 춤을 추었다.

남궁대수로부터 횃불을 건네받은 위해원은 한 손으로는 불이 켜진 횃불을 들고, 다른 한 손으로는 돌멩이를 모퉁이의 벽으로 반복해서 던지고 있었다.

벽에 팅긴 돌멩이는 모퉁이를 돌아 일행의 시야를 벗어났고, 일행은 갈 수 없는 저 굽이를 지나고 있음을 바닥을 구르는 소리로만 전해줄 뿐이었다.

잠시 돌을 던지는 일을 멈춘 위해원은 벽에 기대앉아 제 손에 들린 횃불을 바라보았다.

불에 비친 그의 얼굴이 만들어내는 흑백의 기묘한 음영이 어둠 속에 앉아 있는 다른 모두를 주목시키고 있었다.

그렇게 얼마 뒤, 위해원이 입을 둥그렇게 말며 횃불 앞으로 가져대 대었다.

후— 후—

위해원의 입에서 나온 더운 입김이 떠나간 형제를 부르기 시작했다.

그렇게 몇 번을 더 불고 나서야 불은 꺼졌다.

탁— 드르르르

팟—! 화르르르!

다시 찾아온 어둠은 위해원이 던지는 돌멩이와 모퉁이 벽이 만들어내는 소리와 함께 횃불이 켜지면서 또다시 물러갔다.

후— 후— 후—

잠시의 시간이 지나고, 위해원의 불을 끄는 입김 소리와 함께 다시 어둠이 찾아왔다.

반복은 육신과 정신을 가진 인간에게 두 가지의 결과를 가져올 뿐이니, 그 하나가 익숙함이요, 다른 하나가 파멸이었다.

그러나 때로는 한 가지의 결과로 귀결(歸結)되는 것이 필연처럼 정해져 있는 것도 있으니, 정신이 받아들일 수 없는 반복된 행위가 그것이었다.

탁―! 드르르

팟! 화르르―!

탁―! 드르르

연이어 계속되는 위해원의 같은 행위에 머리가 터져 버릴 것 같은 기분이 된 진사백이 참지 못하고 실핏줄이 터져 충혈된 눈으로 머리를 쥐어짜며 벌떡 일어났다.

아마도 고함을 지르려 했을 것이리라.

그러나 그 뜻은 이룰 수 없었으니, 입을 막아서는 독고음의 손에 의해 저지되고 말았던 것이다.

진사백의 등 뒤로 식은땀이 배어 나왔다.

위해원의 행동에 머리가 터져 버릴 것 같았지만, 그것은 어디까지나 기분 탓이었다.

하지만 지금 자신의 입을 막고 있는 자는 실제로 머리를 터뜨릴 능력이 충분히 있었고, 이미 그것을 몇 번이나 보아온 진사백이었기 때문이다.

독고음이 자신의 입으로 검지를 세우고 조용히 하라는 뜻을 전했으나, 이미 그전부터 진사백은 말을 잃어버린 터였다.

독고음은 지금 위해원의 행동이 갖고 있는 의미를 알고 있는 것일까.

후―

탁―! 드르르―

그리고 여섯 번째 어둠이 찾아왔다.

팟! 화르르―!

다시 불이 어둠을 밀어내려 작은 봉우리를 피우자, 조금 전과 같이 산개해 있던 모습이 아닌, 위해원을 중심으로 모여 있는 일행이 드러났다.

위해원이 바닥에 무엇인가를 써 내려가자, 그것을 바라보는 장문영이 심각한 표정이 되어 다시 무엇인가 쓰기 시작했다.

그 방법밖에 없겠는가.

위해원이 고개를 끄덕거리며 손을 놀렸다.

지금으로써는 방법이 없습니다. 한 명이 몸으로 막고, 그 뒤를 받쳐 암기를 날리던가 하는 수밖에.

위해원이 쳐다보자 남궁대수가 고개를 끄덕거리며 손을 휘둘렀다.

탁―! 드르르―

이미 남궁대수에게 부탁을 해놓았는지 위해원이 하던 일련의 행동은 남궁대수에 의해 계속되고 있었다.

너무 위험해. 어떤 상태인지 확인도 하지 못했는데.

그건 저쪽도 마찬가지입니다. 오히려 저쪽이 더 지쳐 있을 것입니다.

내가 막지.

붉은 빛이 감도는 손 하나가 빠르게 끼어들며 손끝으로 말했다.

세인들은 명필을 칭송하지만, 스스로 방패가 되어 막는다는 뜻을 바닥에 악필로 희미하게 써낸 손의 임자야말로 칭송받아 마땅할 것 같았으니, 바로 고원월이었다.

그의 손이 다시 동굴 바닥을 바쁘게 움직였다.

조금 전 막은 적이 있으니 내가 막는 역할을 하지.

화살은 그의 손을 거쳐 어깨에 분명하게 틀어박혔으나, 그것을 막았다고 표현하며 고원월이 미소를 지어 보였다.

암기는 누가 날리지?

위해원은 손을 놀려 글로써 쓰는 대답 대신 눈으로 해답을 말했으니, 그의 시선이 끝나는 자리에는 독고음이 서 있었다.

조금 전 불사조를 돌파할 때 생명을 부여받은 것처럼 하늘을 떠다니는 륜을 기억하고 있는 위해원이었던 것이다.

모두의 시선이 모아졌으나, 독고음은 필담에 참여하지도, 고개를 움직이는 것으로도 대답하지 않았다.

모든 것이 자신과는 무관하다고 말하고 있는 것 같은 얼음같이 차가운 모습에, 타오르는 불꽃같이 뜨거운 피를 가진 고원월이 벌떡 일어나 키가 비슷한 둘의 코가 마주 닿을 것처럼 독고음의 정면으로 바짝 다가가 섰다.

고원월이 이글거리는 눈으로 독고음을 쏘아보았다.

그러나 조금 전의 지목에도 아무런 움직임을 보이지 않던 것처럼 독고음은 이번에도 그 시선을 마주치지 않고 지그시 허공을 응시하고 있을 뿐이었다.

탁!

마침내 독고음의 시선이 서서히 내려와 고원월의 시선과 마주했다.

고원월의 붉은 손이 자신의 멱살을 움켜쥐었건만, 독고음은 시선을 맞춘 것 외에는 그 어떤 행동도 하지 않고 있었다.

부르르—

마음이 담겨 있지 않은 독고음의 무심한 눈에서 보이는 꺾을 수 없는 그의 아집을 고원월은 온몸이 떨리도록 느껴야만 했다.

고원월의 떨리던 붉은 손이 결국 독고음의 옷깃에서 힘없이 내려왔다.

그 모습을 바라보던 위해원이 깊은 실망을 담은 표정으로 고개를 흔들었다.

이것은 불사조가 지키던 호수를 건널 때 실랑이를 벌였던, 선두의 자리를 맡고 그렇지 않고와는 다른 문제였다.

그때는 모든 사람이 몸을 날리는 것이었으나, 이번에는 단 두세 명만이 돌격대가 돼야 하는 것이었다.

모두가 함께 불구덩이를 건널 때는 용감하게 앞장설 수 있
는 자라도, 단둘만 건너라 한다면 맨 뒤에 서기도 주저하는
것이 사람의 마음이리니.

늪에 빠진 것 같은 일행의 마음과는 무관하게 무심히 불이
꺼지고 돌이 굴렀다.

절망스러운 마음과 똑같은 색깔을 가진 세상이 다시 모두
를 둘러쌌다.

불꽃이 피어오르며 빛을 싹틔웠다.

내가 몸으로 막으면서 뛰어들겠네. 그 뒤를 바짝 붙어 뛰어들
게나.

고원월이 남궁대수와 진사백을 바라보았다.

남궁대수가 비장한 표정으로 고개를 끄덕인 반면, 진사백
은 시선을 마주치지 않으려는 듯 황급히 고개를 돌렸다.

진사백을 향하는 고원월의 눈에 벌레를 바라보는 것 같은
감정이 떠올랐으니, 이는 징그러움보다는 경멸이라 해야 옳
을 것이었다.

미약한 재주지만 제가 하지요.

주름투성이의 손이 끼어들며 말했으니, 대소의 아혈을 막
고 지금껏 그 옆에 붙어 있던 장문영이었다.

그러나 위해원은 고개를 내저음으로써, 모두 부질없는 행
동이라는 뜻을 내비쳤다.

　무공을 잘 모르는 위해원이었지만, 장문영으로는 안 된다
는 것을 그의 직감이 말하고 있어서이고, 그의 직감은 아직
틀린 적이 없기 때문이었으리라.

　사람의 능력을 읽어내고 배치하는 것에는 지금껏 타의 추
종을 불허할 위해원이었으니, 그가 고개를 흔드는 순간 이미
실패는 결정된 것 같았고, 그 패배감이 모두의 머리 위로 내
려앉고 있었다.

　그리고 남궁 형과 진 형도 안 됩니다.

　고원월의 방패가 되고, 남궁대수와 진사백이 숨은 칼이 되
는 것도 불가능하다는 뜻을 위해원이 무겁게 손을 움직여 바
닥에 휘갈겨 썼다.

　그것을 읽은 남궁대수는 무겁게 고개를 떨어뜨렸고, 진사
백은 입꼬리가 말려 올라가는 것을 필사적으로 참고 있었다.

　그럼 어떻게 하자는 건가?

　다른 방법을 찾아봐야지요.

　고원월이 새삼스럽게 눈동자에 분기를 가득 담아 독고음
을 노려보았지만, 담담한 그의 모습에 이내 고개를 돌릴 수밖
에 없었다.

　감정에 바다에서 헤매는 자와 감정의 우물이 말라 버린 것
같은 둘의 모습을 지켜보던 위해원이 힘없이 손을 움직였다.

　독고 선배 탓이 아닙니다. 그것도 처음부터 무리는 있었습니

다. 잘해야 삼 할이었으니 차라리 잘됐지요.

고원월과 독고음의 조합이 이루어졌어도, 이미 지쳐 버린 그들로는 십 중 삼의 성공을 예상하고 있다는 위해원의 말은 더더욱 고원월에게 절망적인 것이었다.

고원월이 본 위해원은 모두의 생명을 지키기 위해 필사적이었다.

그런 그가 삼 할의 가능성밖에 없는 것을 해결책으로 얘기했다는 것은 역설적으로 그 외에는 다른 방도가 없기 때문이 아닌가!

이제 다른 방법을 찾는다고 하지만, 위해원은 얼굴에서 지금껏 보지 못했던 암울함이 느껴지는 것은 고원월의 착각이 아닐 것이다.

차라리 잘됐다고 말하고 있는 것은, 최소한 자신과 독고음의 분쟁을 막아보려고 하는 말일 것일 터.

마침내 고원월은 단신으로라도 뛰어들 결심을 굳혔다.

혼자서 해보겠네.

지금껏 땅에 쌓인 흙먼지 위로 흐리게 진행되었던 대화와는 달리, 고원월의 손가락은 바닥까지 뚫고 깊은 글자를 새겨 나가고 있었다.

심상치 않은 기세에서, 동탁과 여포를 이간질하기 위하여 제 몸을 희생하기로 결심한 초선과 같은 고원월의 비장한 결의를 엿본 위해원이 다급하게 손을 놀렸다.

안 됩니다. 지형이 너무 불리합니다. 필패입니다.

걱정 말게. 백 대의 화살을 맞는다 해도 초강대왕인가 하는 놈의 목은 분질러 놓고 죽을 셈이니.

위해원은 황급히 고원월을 쳐다보았으나, 끝내 그 어떤 만류의 말도 하지 못하고 바닥을 종횡으로 움직이던 손끝을 멈춰야만 했다.

자신의 유연한 언변과 날카로운 두뇌로도 어쩔 수 없을 것 같은 고원월의 의지를 보았기 때문이다.

동귀어진!

몸과 마음에 상처받고 지칠 대로 지친 시대의 거인이, 지금 다른 이들을 위해 자신의 마지막 불꽃을 화려하게 사르려 하는 것이었다.

그 끝에는 칙칙하게 변해 버린 한 줌의 재만 남을 것을 알면서도.

절대로 안 됩니다!

움직이지 않는 손을 애써 끌 듯이 바닥을 그어나갔지만, 결국에 가서는 그 방법밖에 없다는 것을 스스로도 알고 있는 위해원의 마음을 대변하듯 글씨는 떨림으로 흐트러져 있었다.

끝까지 자신을 생각해 주려는 마음이 기특하고 고마워 따듯한 눈빛을 한번 건네고는, 고원월은 고개를 들어 주위를 둘러보았다.

'이런 죽음도 나쁘지 않으리라.'

사선(死線)을 넘나들며 어느새 이런저런 정(情)이라도 든 것일까.

저도 같이 가겠습니다!

격정에 싸여 눈가가 붉어진 남궁대수가 손을 놀리는 것이 고원월의 눈에 들어왔다.

'젊구나. 좋은 아이들이야.'

훈훈해지는 속마음과는 다른 뜻을 담은, 냉막함을 가장한 글씨가 고원월의 손에 의해서 바닥에 그려졌다.

필요없어. 방해만 되네.

더 이상의 문답은 허용하지 않겠다는 단호함을 보이고, 할 말을 모두 마친 고원월이 홀가분한 표정으로 자리에서 일어났다.

이제 그 누구도 장왕의 의지를 꺾을 수 없다는 것을 모두가 절감하고 있었다.

툭!

소리가 낯설어진 동굴 안에 울린 이질적인 작은 소리.

모두의 시선이 그곳으로 모아졌다.

필담을 나누던 바닥 한가운데, 수없이 쓰고 지우기를 반복한 글씨의 흔적 위에는 하얀 물체와 검은 물체가 자리 잡고 있었다.

하얀 옥수에 놓여 있는 검은 천 조각.

서로 전혀 다른 모양과 색을 가지고 있었지만, 그것은 모두 하나에서 나왔으니, 옥수와 면사의 임자는 지부용이었다.

지부용의 내밀어진 손을 따라 모두의 시선이 올라간 곳에는 처음 보는 얼굴이 복숭아 빛깔로 물들어 있었다.

열일곱에서 여덟쯤 되었을까.

새하얀 피부는 그 아래 작은 보석처럼 박혀 있는 주근깨와 어울려 앙증맞은 귀여움을 뽐내고 있었다.

통통하게 부풀어 있는 볼에서는 아직 젖살도 채 가시지 않은 티가 역력해 보였고, 그로 인해 전체적인 얼굴 형태는 둥글게 뜬 보름달을 연상시켰다.

그 보름달 안에는 절구를 든 옥토끼는 없었지만, 동그란 눈과 부드러운 반달 모양의 곡선이 아름다운 눈썹, 그리고 작지만 오뚝하게 솟아 있는 코와 도톰한 입술이 있었다.

낯가림이 심한 아이가 보아도 누나라고 외치며 안겼을 만하고, 이성(異姓)과 대화를 거의 못해본 청년이라 할지라도 누이 같은 편안함을 느낄 것이며, 머리가 희끗해진 노인이 보았다면 며느리 삼으면 참 좋겠다며 호호 웃음을 짓게 하는 편안한 인상을 가진 어린 여인이 그곳에 서 있었다.

맨얼굴을 드러낸 지부용은 약간은 상기된 얼굴로 그보다

더욱 붉은 빛깔의 입술을 하얗고 가지런한 이로 잘근 씹고 있
었다.

그도 그럴 것이, 조금 전까지만 해도 그토록 벗지 않으려던
면사가 아닌가!

어떤 사연이 있으리라.

그러나 그것이 뭐가 되었든 간에, 지금은 새하얀 옥수와 함
께 그 면사가 고원월의 앞으로 내밀어져 있었다.

그것을 바라보던 위해원은 어둠을 헤매다 한줄기 빛을 발
견한 조난자처럼 한결 밝아진 표정으로 고개를 끄덕거렸다.

잠시 의아함이 감돌던 고원월의 눈이 깨달음으로 번쩍였
다.

자신의 안력은 물론 그 날카로운 불사조의 발톱도 막아낸
천으로 이루어진 면사였다.

비록 저 화살을 맞이해 어떤 위력을 보일지는 몰라도 전력
에 큰 힘이 될 것은 분명했던 것이다.

모두의 시선을 끌기 위해 바닥에 구르는 돌을 발로 차올려
작은 소리를 만들고, 떨리는 손으로 면사를 내밀고 있는 것이
리라.

고원월은 고개를 숙여 감사의 뜻을 전하며 그 천을 받아 오
른손에 둘둘 감았다.

그 크기가 작으니 신체에 대는 것보다 손을 보호하고 날아

드는 화살을 쳐낼 생각이리라.

충분하군. 언제까지 이러고 있을 순 없지. 시작하세.

비장한 표정으로 고원월은 유서가 될지도 모를 글을 아무렇게나 바닥에 휘갈기고는 주저없이 몸을 일으켜 세웠다.

위해원은 아무런 말도 하지 않았으니, 말 그대로 한줄기 빛일 뿐이었다.

'이 할.'

면사라는 기물이 더해져 그가 계산하고 있는 승산(勝算)이었다.

가망이 없다. 그러나 현 시점에서는 다른 대안(代案)이 없다.

그리고 더 이상 시간이 지나면 단조로운 소리와 깜빡거리는 불빛에 흔들리던 주의력도 곧 돌아오기 시작할 것이다.

그리고 언제까지 이렇게 있을 수는 없는 노릇이니.

위해원이 자신의 머릿속에 있을 지혜의 바다를 헤매며 필사적으로 방법을 찾아내려 애썼으나, 내린 결론이 이것이었다.

그때 또 다른 손이 바닥에 내려앉았다.

통통한 손을 감싸고 있는 부드러운 궁장이 바닥을 스치며 바스락거렸다.

제가 암기를 쏘도록 하지요.

정월명이었다.

힘듭니다.

위해원이 고개를 저으며 글을 써나갔고, 잠시 생각해 보는 것 같던 고원월 역시 고개를 흔들었다.

그에 따라 주시하고 있던 모두의 눈동자가 실망감으로 물들었다.

위해원 역시 정월명을 독고음 대신 생각해 보지 않은 것이 아니었으니, 처음부터 무수한 가능성의 수를 다 조합해 보았던 것이다.

오히려 독고음보다 정월명을 먼저 공격자로 떠올리고 그림을 그려보기도 했는데, 그것은 유황온천에서 보였던 그녀의 돌팔매질 솜씨 때문이었다.

그러나 이내 고개를 흔들며 정월명의 존재를 지울 수밖에 없었다.

돌멩이 가지고는 안 된다.

아무리 빠르고 단단하다고 하지만, 저 화살의 속도에 비할 바가 아니었으며 그 날카로움에 견줄 바가 아니었다.

애꿎은 희생만 남길 것이, 거대한 수레 앞에 서 있는 당나귀의 운명처럼 분명했다.

그 때문에 속도에서는 떨어지지만 공중에서 방향 전환과 날카로움을 겸비한 독고음의 륜에 기대를 걸어보았던 것이다.

고원월 역시 고개를 내젓는 것은 위해원의 계산과 비슷한 결론을 얻어냈기 때문일 터였다.

그러나 정월명은 물러나지 않았다.

아른거리는 불빛에 모두가 잘못 본 것일까, 정월명의 손이 파르르 떨리고 있다고 느낀 것은?

호굴(虎窟)인 줄 뻔히 알면서도 물려간 아이를 찾기 위하여 비장한 눈으로 걸음을 옮기는 아비마냥 주춤거리는가 싶던 정월명의 손이 천천히 품속으로 사라졌다.

분명히 들어갈 때는 빈손이었으되, 품속을 들어갔다 나온 뒤에는 길쭉한 물체가 잡혀 있었으니, 바로 활과 한 대의 화살이 들려 있었다.

모두의 눈에 경악의 빛이 일렁거리며 맺혔고, 진사백은 고함을 지를 것 같은 자신의 입을 황급히 틀어막아야만 했다.

그들의 시선은 정월명의 손에 들린 물건에 묶인 듯 떠날 줄 몰랐다.

여인의 품속에 감춰져 있던 활이 어찌 대궁(大弓)이겠는가.

그녀의 손에 들린 활과 화살은, 동네 아이들이 전쟁놀이를 하기 위하여 조악하게 만들어 가지고 다니는 것마냥 작았다.

그러나 오래된 고목을 깎고, 또다시 오랜 기간 손때를 묻힌 듯 미끈하게 휘어 있는 모양새와 어둠 속에서도 반들거리는 핏빛이 발하는 예기는 결코 조악함과는 거리가 멀었다.

한눈에도 범상치 않은 물건임을 엿볼 수 있는 붉은 소궁(小弓).

그러나 그것만으로는 모두의 눈을 화등잔만 하게 만들 수 없었으니, 우연의 일치였을까!

활시위를 거는 양 가장자리의 활고자 부분에 새의 날개가 조각되어 있는 것은.

그러나 필담만이 오가는 고요한 동굴 가운데서, 침묵으로 거세게 외치고 있는 경악의 원인은 그것이 아니었다.

그녀의 손에 들린 한 대의 엷은 붉은빛의 반투명한 화살!

모두의 시선은 장문영에게로 향해졌다.

장문영의 손에는 정월명이 꺼낸 화살과 똑같은 한 대의 화살이 놓여 있었다.

위해원이 일어서 정월명의 앞을 가로막으며 단호한 눈으로 주변을 둘러보았다.

그 모습에 정월명을 쏘아보며 작은 불꽃을 피우고 있던 고원월의 눈동자가 흔들거리며 불꽃을 반사했다.

흐르는 고뇌의 빛을 감추지 못하고 떨리고 있던 고원월의 눈동자가 이내 평정을 찾아갔다.

남궁대수는 홀리기라도 한 듯 정월명에게 두어 발 다가서고 있는 진사백을 손을 뻗어 막아 세웠다.

지금 모두가 보이는 반응의 이유는 너무나도 간단했다.

어째서 적이 쏜 화살과 똑같은 화살이 정월명의 품속에 있는 것이란 말인가!

그것도 천하에서 찾아보기 힘든 물건인 이상, 우연히 같은 것을 지니고 있을 확률은 거의 없을 터.

그러나 지금은 위해원의 행동이 옳았다.

때문에 고원월은 들끓는 의심의 심화(心火)를 억누르고 모두를 통제해야만 했다.

우선 이 상황을 벗어난 뒤 물어도 늦지 않으리라.

이 순간 그녀 정월명은 무슨 생각을 하고 있는 것일까.

고개를 숙이고 붉은빛 활과 투명한 화살, 화염궁을 만지작거리고 있는 정월명에게서 알아낼 수 있는 것은 없었다.

지금 당장은 그 어떤 것도.

격분했던 모두의 움직임이 멎자 위해원이 바닥에 주저앉아 일필휘지로 글을 써나갔으니, 이는 모두가 딴생각에 빠져들지 못하도록 하기 위함이었을 것이다.

다음번 어둠 속에서 돌이 던져질 때, 눈을 감고 있으십시오. 그 뒤 점화, 촌각 뒤 다시 돌 던지는 것과 함께 소화(消火). 그 후 전(前) 고 선배, 후(後) 정 부인 진격(進擊).

마침내 면사를 쥔 고원월이란 방패와 화염궁을 쥔 정월명이라는 창의 조합이 완성되었다.

툭—! 데구르르르—

탁! 화르르—!

위해원의 지시에 의하여 수건 돌리기라도 하는 양, 돌과 횃불이 구 인의 손을 번갈아가며 수십 번이나 반복되었던 대로, 짧은 마찰음과 불길이 연소되며 공기가 떨리는 소리가 만들어졌다.

그러나 행위는 같았으나 의미는 달랐으니, 이전까지의 반복된 것과는 다른, 진격을 위한 최초의 점화며 최초의 신호였다.

인간은 익숙해진다.

그 어떤 환경이라도 의식적으로든 무의식적으로든 적응해 나가는 것이었다.

그러나 사냥꾼은 적응해서는 안 될 것이니, 언제나 날카롭게 신경을 곤두세우고 주변을 방비해야 했다.

그리고 그것에 따른 심력의 소모는 당연한 것!

초강대왕은 노련한 사냥꾼이었다.

그리고 지금 위해원은 그 사냥꾼을 사냥하기 위한 덫을 무수히 뿌려놓고 있었던 것이다.

반복되는 점화와 소화, 그리고 돌멩이 구르는 소리.

그것에 익숙해지지 않으려 필사적일 것이며, 그에 따라 막대한 심력을 소모하고 있을 것이 분명했다.

눈앞에서 뻔히 보고 있던 진사백마저 미칠 것 같은 기분 속에서 헤매게 만든 행위였으니, 보이지 않는 곳에서 신경을 곤두세우고 있을 초강대왕에게는 어떠했으리요.

또한 이것이 덫의 전부는 아니었다.

이전에 무수히 반복되었던 돌멩이 소리는 고원월과 정월명이 튀어나가며 발생하는 미약한 소리에 대한 순간적인 판단을, 켜졌다 꺼진 어둠은 모퉁이를 도는 그들의 신형을 발견하는 데 역시 찰나라도 지연시킬 것이다.

그러나 역시 이것이 마지막 덫도 아니었다.

감겨진 눈과 뜬 눈!

이 순간 고원월과 정월명은 눈을 감고 있었으니, 밝은 곳에서 어두운 곳으로 들어오면 순간적으로 눈이 제 기능을 못하는 것은 동공이 변한 빛의 파동에 맞는 수축과 확장을 하는 동안의 시간 차 때문이었다.

초강대왕의 동공은 그 시간 차를 느껴야만 했으나, 처음부터 암흑에 익숙해지려 눈을 감고 있는 고원월과 정월명은 그 시간 차를 느끼지 않으리라.

삼중, 사중으로 펼쳐져 있는 덫!

사냥꾼을 사냥하기 위한 사냥감의 반란이 이제 결실을 맛볼 시간이 된 것이다.

손에 검은 면사를 감고 있는 고원월과 투명한 화살을 시위에 당겨놓고 있는 정월명.

그들이 비록 눈을 감고 있었지만, 그 눈꺼풀을 뚫고 어른거리는 붉은색을 분명히 느끼고 있었다.

그리고 이 붉은색이 없어지는 순간이 전투의 시작이자 끝이 되리라.

눈 한 번 깜박이는 시간인, 인간이 사용하는 어휘 중 가장 짧은 시간을 나타내는 단어 찰나!

그 찰나의 시간이 지나기 전에 모든 것이 끝날 터였다.

툭—! 데구르르—

훅—!

파바바밧—!

푹—!

돌멩이가 벽을 치고 구르고, 불을 끄는 바람 소리가 나고 불이 꺼지고, 그 뒤의 짧은 파공음.

몇 개의 이질적인 소리가 들리는 순간, 전투는 시작된 것이 아니라 이미 끝이 나 있었다.

"불을 켜게!"

지금껏 갈 수 없던 곳에서 시작되어, 굽이를 돌아 울려오는 고원월의 음성이 담고 있는 것은 명확한 것이었다.

바로 승전보!

부싯돌을 부딪쳐 화섭자에 불을 붙이고, 그 불씨는 횃불로 가져가는 일련의 수순을 밟은 후 또다시 주변이 밝아졌다.

위해원은 횃불을 남궁대수에게 건네주고는 제일 앞장서 모퉁이를 돌았다.

삼 장 앞에 걸어가고 있는 고원월의 뒷모습과 벽에 기대어 주저앉아 있는 정월명이 어둠 속에서 흐릿하게 보였다.

횃불을 들고 있는 남궁대수가 뒤따라 모퉁이를 돌자, 어둠이 황급히 몸을 사리며 뒷걸음으로 저만치 물러났다.

조금 더 밝아진 위해원의 시야로 창백한 얼굴로 가슴을 들썩이며 숨을 몰아쉬는 정월명이 모습을 드러냈다.

고원월은 어둠 속에서 한쪽 무릎을 꿇은 채 몸을 웅크리고 있었다.

그 바로 앞까지 다가간 후에야 비로소 사라진 어둠의 자리에 웅크리고 있는 또 다른 어둠의 덩어리를 볼 수 있었다.

흑의인.

특별한 장식도 없었다.

검은 천에 다섯 개의 구멍, 목과 팔, 그리고 다리가 들어갈 자리만 휑하니 뚫어놓은 듯 보이는 야행복을 입고 검은 신과 검은 장갑으로 무장한 사내가 배앓이하는 아이처럼 앞으로 웅크려 있었다.

과거 보낸 아들의 급제를 기원하는 어미가 간절한 염원을 담아 공손하게 삼천 배라도 하는 것처럼, 두 무릎을 꿇고 엎

드린 자세로 무너져 있는 저자가 초강대왕이리라.

고원월은 초강대왕의 가슴 깊이 파묻혀 숙여진 고개를 잡아 올렸다.

숯검정이라도 바른 듯 검은 얼굴, 그 미간에 흐르는 한줄기 혈선만이 그가 피까지 검은색은 아니라는 것을 증명하고 있을 뿐이었다.

그리고 그의 손에 들려 있는 작은 소궁. 그것을 바라보던 위해원의 눈동자가 살짝 흔들렸다.

석상이라도 된 것 같은 모습으로 묵묵히 시체를 바라보던 고원월이 손을 움직여 초강대왕의 손을 잡아갔다.

동성 간의 애정도 있다고는 하지만 적과의 애정이 그새 싹텄을 리 없으니, 고원월의 손은 초강대왕의 손이 아닌 그 손에 들려 있던 물건을 잡아 올렸다.

지그시 바라보던 고원월은 화염궁의 반투명한 시위를 팅겨보았다.

…….

응당 있어야 할 공기 가르는 소리조차 들리지 않는 그것은 이미 한 번 본 모양과 전혀 다름이 없었다.

그리고 그 주인까지 모두 알고 있었다.

이자의 머리에, 이자가 가진 똑같은 활을 이용해 화살을 박아 넣은 궁장의 중년 여인, 그녀의 이름은 정월명이었다.

한 치의 다름도 없는 활과 화살을 정월명과 초강대왕이 갖
고 있는 것이었다.

"이제 설명할 시간인 것 같군."

뒤따르던 독고음의 음성이 잠시 동굴을 맴돌다 어둠 속으
로 사라져 갔다.

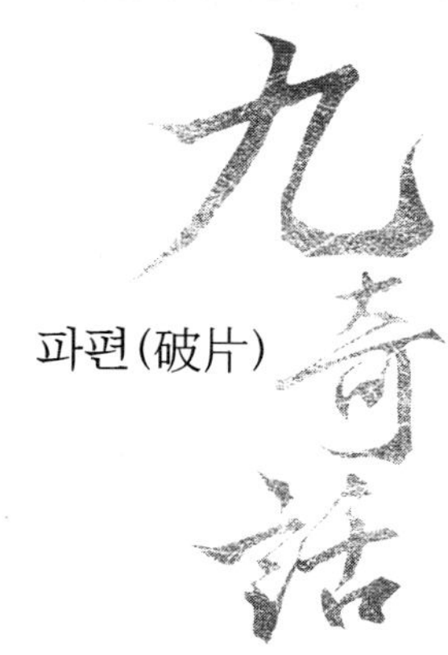

파편(破片)

아끼는 그릇을 깨뜨려 본 일이 있는가?

자신의 손에서 떨어져 조각조각 흩어진 모습에서, 그 원래의 아름다움을 아쉬움과 함께 떠올리기는 쉬운 일이었다.

산산이 깨진 조각들을 발견해 본 일이 있는가?

처음 보는 것 같은 오래된 조각들에서, 그 원래의 형체를 짐작하기는 어려운 일이었다.

맞추고 또 맞춰보아야 하리라.

그러나 그 조각마저 몇 개 남아 있지 않는 상황이라면, 그대는 그 일을 포기하지 않는다고 말할 수 있겠는가?

한 구의 시체가 놓여 있는 동굴에 있는 아홉 명의 사람이
마침내 잘게 부서진 운명의 한 조각을 찾아내려 하고 있었다.

"주세요."

흑의인의 옆에 한 줄로 가지런하게 놓여 있던 열세 개의 화
살을 이미 자신의 품에 넣은 정월명이 고원월을 향해 손을 내
밀었다.

"주세요."

지능이 떨어져 하나의 말밖에 배우지 못한 이처럼 정월명
이 한 자씩 끊어서 또박또박 다시 같은 말을 했으나, 고원월
은 정월명의 두 눈을 바라보고 있을 뿐 화염궁을 잡고 쥔 손
을 펴지 않았다.

이 상황이 만들어내는 분위기에 난감해할 법도 한데 정월
명은 그 어떤 흔들림도 보이지 않았다.

초강대왕을 진압하는 것에 가장 큰 공을 세운 그녀이기는
하지만, 지금 현재 가장 의심스러운 사람 역시 바로 그녀란
사실을 모르지 않을 터.

그 누구도 이에 대하여 말문을 열지는 않았지만, 그녀 자신
이 가장 잘 알고 있으리라.

냉랭한 어색함 속에서 그녀의 고립을 풀어준 것은 상황에
맞지 않게 여유로운 목소리였다.

“각각의 공에 의해 전리품을 잘 분배하는 것이 진정 훌륭한 장군이죠. 신상필벌(信賞必罰)이고 일등공신인데, 편하게 주시지요.”

위해원이 대수롭지 않다는 목소리로 참견하고 나서야 침묵으로 굳게 뭉쳐 있던 항아리는 깨어졌다.

“기다려! 네놈은 눈이 없는 것이냐!”

진사백이 모두의 대변인이 되어 위해원의 언행을 탓하고 나섰다.

위해원은 주위를 돌아보며 입을 열었다.

“똑같은 두 개의 활. 그것의 이유는 천천히 들어도 늦지 않을 것 같은데요? 분명한 건 그녀가 우리를 도왔다는 것이며, 지금껏 함께했다는 것입니다.”

“흥! 적의 첩자였다면?

날카롭게 별러진 감정의 창끝을 감추지 못하고 진사백이 다시 화를 내었다.

일행 모두 정월명이 자신들을 도왔다는 것은 알고 있으나, 그것을 덮을 만한 의혹과 분노에 휩싸여 있는 것도 사실이었다.

지금껏 이유도 모르고 맨발로 걸었던 가시밭길이었으니, 그 길 위에 아롱이 새겨져 있는 피의 행보만큼 더욱 큰 분노가 쌓여왔을 터인데, 그 길로 자신을 내몰았을지도 모를 자를 발견한다면 그 기분은 어떠할 것인가!

또한 그 누가 낯선 어둠 속을 헤매다가 발견한, 한줄기 빛이 쏘아지는 곳으로 달려가지 않을 수 있을까.

그 빛의 실체가 어둠을 벗어나게 할 수 없는, 어둠이 잉태한 어둠의 자식이라 해도.

"첩자여도 할 수 없지."

"······!"

위해원의 의외의 말에 진사백은 잠시 말문이 막혔다.

"그녀가 첩자라 한데도 뭔가 알아낼 수 있을 것 같소? 괜한 실랑이는 서로를 지치게 할 뿐이지. 그리고 나는 그녀가 첩자가 아니라는 데 한 표 던지겠소."

"이유는?"

석실에 있던, 처음부터 정월명을 의심하고 있었던 독고음이 그녀를 두둔하고 나서는 위해원 곁으로 다가섰다.

그러나 정월명을 유심히 관찰하고 있었던 것은 그뿐만이 아니었으니, 위해원이 이렇게 나서는 것도 어떤 이유가 있어서일 것이다.

"첩자의 역할은 적을 살피고 정보를 얻는 것이라 하겠군요. 또한 암살도 될 수 있고 분열을 조장하는 것도 있겠고. 그녀는 이 모든 것이 가능했던 것이 사실이지요. 하지만 그녀가 어떤 것을 했는지는 모르겠군요."

모두들 머릿속으로 시간을 되돌려 석실 안에서 깨어난 순간부터 지금까지 그녀의 행적을 추적하고 있을 터였다.

위해원이 쐐기를 박듯 말을 마무리 지었다.

"하긴, 모르는 일이기는 하지요. 알게 모르게 어떤 일이 있었을지도. 그러나 내가 첩자라면 내 정체를 노출시키는 행위를 일부러 하지는 않겠지요. 그것도 적을 구하기 위해서라면 더더욱."

"안 됩니다, 어르신! 그런 무기를 주다니요!"

"이미 하나를 갖고 있었소. 활도 있었지. 그리고 지금껏 그녀를 등 뒤에 세우고 걸으면서 그 누구도 등에 구멍 뚫린 사람은 없었소. 누군가 다룰 줄 아는 이가 갖고 있는 것이 위기 상황에 더 좋을 것이오."

"하지만 그래도!"

진사백은 활을 넘기는 것에 맹렬히 반대했지만, 위해원이 말한 것들을 부인하지는 못했다.

마침내 고원월은 손을 내밀어 활을 건네주었으나, 굳게 다물어져 있는 그의 입에서는 초강대왕을 해치운 것에 대한 노고에 대한 칭찬은 들리지 않았다.

그럼에도 무기를 건네는 것은 위해원을 믿기 때문이었으니, 지금껏 정월명에게 의미를 알 수 없는 행동을 간간이 내비치던 위해원의 모습에서 이미 그녀에 대한 파악이 어느 정도 진행된 상태일 것이라는 마음이 들었기 때문이다.

이러한 심사의 고원월을 대신하여 손에는 번쩍거리는 청룡검으로 불빛을 반사하고, 눈에는 혈기를 가득 담은 진사백이 목청을 높였다.

"당신, 정체가 뭐지? 어째서 이 새까만 동굴 속 박쥐 같은 놈과 똑같은 활을 가지고 있느냐는 말이야?!"

정월명은 대답 대신 위해원을 싸늘히 식은 눈으로 노려보았다.

지금껏 그녀를 위해 변론했던 것을 듣지 못하고, 마치 그가 자신을 다그치고 있는 것이라도 하듯이.

위해원은 그녀의 시선을 받지 않고, 흑의인의 시체를 발로 툭툭 건들며 딴청을 부리고 있었다.

자신의 시간은 지났다.

이제부터는 정월명의 시간이었다.

당근과 채찍이라는, 진부한 표현을 쓸 수밖에 없으리라.

차라리 위해원이 그녀를 위한 아무런 말도 하지 않고, 여덟 명 모두가 하나가 되어 정월명을 핍박했다면 그녀의 다물어진 입은 결코 열리지 않았으리라.

하지만 위해원의 두둔하는 말과 고원월이 건네준 초강대왕의 화염궁은 그녀의 입을 열게 하기 위한 더 큰 압력이 되어오고 있었다.

자신의 아랫입술을 살짝 물고 있던 정월명이 고개를 돌려 맨얼굴을 드러내고 있는 지부용을 바라보았다.

지부용의 둥그런 두 눈에는 의외로 담담한 빛만이 맴돌고 있었으니, 그 한편에는 오히려 불쌍히 여기는 것 같은 동정의 기운까지 느껴지는 것이었다.

마침내 그녀의 입술이 작은 한숨과 함께 열리고야 말았다.

"하!"

정월명은 몇 번 더 뜻 모를 한숨을 내쉬다가, 고개를 들어 어둠 속에 묻혀 있는 천장을 바라보며 말을 시작했다.

"이 화염궁은 원래 두 개가 한 쌍이었어요."

"그건 보면 알아! 그러니까 왜 그걸 저놈이랑 하나씩—!"

이어지는 말에 진사백의 입이 다물어졌다.

"나는… 이곳 출신이에요."

"역시! 네년은 한통속이었구나! 악……!"

휙—

"한 번 더 중간에 끼어들면 죽여 버리겠다. 알겠느냐!"

독고음은 진사백의 머리채를 잡아 뒤로 꺾으면서 푸른 한 광이 일렁거리는 눈으로 쏘아보았다.

진사백은 정신없이 고개를 끄덕거렸고, 그 덕에 독고음의 손에서 우수수 머리카락이 떨어지며 사방에 휘날렸다.

독고음이 심문하기 시작했다.

“이곳은 어디지?”

마음을 굳혔거나 이미 예상하고 있는 질문이었는지 정월명은 막힘없이 말해 나가기 시작했다.

“전 몰라요.”

“모른다?”

“정말이에요. 전 제가 기억하지 못하는 어린 시절부터 이곳에 있었어요. 어쩌면 이곳에서 태어났는지도 모르지요.”

“그런데도 어딘지 모른다?”

어찌 믿을 수 있을까, 자신이 자란 곳이 어떤 장소인지 모른다고 하는 말을.

그것이 정말이라면 단 한 번도 외출하지 않았다는 뜻과 다름이 없었으나, 이어지는 정월명의 말은 자신이 바로 그러했다는 것을 밝히고 있었다.

“저는 이곳을 나가본 적이 없으니까요.”

“흠…….”

말의 진위를 파악하기 위하여 밖으로는 정월명을 살피고 안으로는 자신의 두뇌를 회전시키던 모두의 머릿속으로 대전 안에 있던 실혼인이 떠올랐다.

이지를 상실하고 하나의 목적만을 완수하게 만들기 위한 세뇌, 그리고 그것에 필요한 이름이 바로 ‘격리’ 아니었던가!

아직까지 그녀의 말이 진실인지 아닌지는 확인할 길이 없지만, 적어도 '격리' 의 능력이 있는 누군가가 있다는 것은 분명한 사실이었다.

독고음은 그녀의 말속에 담겨 있을 허실을 탐지하기 위한 물음표를 계속 만들어 나갔다.

'그것 때문이었던가……'

위해원은 이제야 하나의 의문을 가슴속에서 확실하게 지울 수 있었으니, 맨 처음 석실을 순례할 때 처음 마주한 정월명을 보고 느꼈던 이질감의 기원을 비로소 찾을 수 있었던 것이다.

석실과의 동화(同化)!

다른 여덟 명의 인물이 너무나도 이곳의 분위기와 어울리지 않는 이방인의 기운을 흘리고 있었던 반면, 검은 머릿결 위에 먹으로 점을 찍어놓은 듯 그녀는 석실 안에 흘러 녹아내려 있었던 것이다.

어찌 생각하든 간에 이곳은 정월명에게 나고 자란 집과 다름없었기 때문일 것이리라.

'그래서였군.'

도산지옥이 정리된 후 위해원은 끝까지 경계를 넘어서지 않은 세 명의 인물에 대한 촉각을 곤두세우고 있었다.

그중 유독 그의 마음을 끄는 자가 있었으니, 바로 청문 쪽으로 가기를 고집했던 정월명이 바로 그였다.

그곳에서 위해원이 그녀에게 했던 말, '어떻게 알았지?' 라는 의미가 흐릿하게 감춰져 있던 베일을 벗고 이제 그 윤곽을 드러내려 꿈틀거리고 있는 것이었다.

"그렇다면 왜 우리랑 같이 섞여 있었지?"

이번에도 그녀의 대답은 막힘이 도도히 흘러나왔다.

"오 년 전쯤 처음으로 이곳을 벗어나게 되었어요. 물론 정신을 잃은 상태였지요. 그리고 깨어나 보니 외딴 장원(莊園)에 있더군요."

"장원?"

"처음 나간 세상이었으니, 처음 보는 장원이었지요."

"계속하게."

독고음이 이어질 말을 재촉했다.

"그곳에서부터 이런 궁장을 입을 수 있었지요. 그리고 여러 가지 서책을 통해 세상에 대하여 알게 되었지요. 물론 단한 번도 그 장원에서 한 발자국도 벗어날 수는 없었어요."

"옷이며 책들이며, 그것들을 가져다준 자가 있을 것 아닌가? 그자들은?"

정월명은 고개를 흔들었다.

"다른 사람들도 있기는 했지요. 하지만 전 그 누구와도 대화해 본 적이 없었어요. 두 명 있던 하인은 모두 벙어리에 귀머거리였지요. 그들을 통해 모든 것이 전달되어 왔어요. 그리고 전 그곳에서 지금까지 있었어요."

독고음이 싸늘한 음성으로 날카롭게 찌르고 들어왔다.

"낯선 장원에서 낯선 인물들에게 낯선 생활을 강요당했는데, 그 어떤 것도 궁금하지 않았단 말이더냐?!"

정월명의 얼굴이 붉어지기 시작했으니, 흥분의 증거일 것이다.

차분했던 그녀의 음성이 높아지기 시작한 것이 그것의 반증(反證)이리니…….

"그래요! 난 궁금하지 않았어요! 장원을 벗어나 다른 곳을 가볼 생각조차 하지 않았어요!"

"왜지?!"

독고음이 거친 목소리로 다그쳤고, 그녀는 처음으로 말을 제대로 잇지 못했다.

"그, 그건……."

푸근한 인상의 중년 여인이 슬픈 표정으로 말을 더듬고 있다면 누구나 마음이 약해질 수 있었지만, 독고음은 집요한 심문자였다.

"왜지? 왜 그랬지?"

"무서웠으니까! 행복했으니까!!"

비명을 지르는 것 같은 절규를 토한 정월명은 허물어지며 자리에 주저앉았다.

"무서웠다? 행복했다?"

독고음은 그 말속에 담긴 의미를 이해하지 못하는 것같이 다시 중얼거렸다.

그러나 장문영은 그것이 함축적으로 담고 있는 것을 이미 풀어낸 것 같았다.

"괜찮소, 정 부인?"

장문영은 고개를 숙이고 웅크리고 있는 정월명에게 다가가며 부드럽게 말을 건넸다.

가족도 버린 불치병에 걸린 환자를 수도 없이 지켜보았다.

그리고 외롭게 죽어가는 그들의 처참한 모습 역시, 그 수와 같은 만큼 그 일들을 함께 겪어온 장문영이었다.

다른 자들은 그들의 심정이 어떠한지 쉽게 이해하지 못할 것이었으나, 장문영은 그 느낌을 짐작 정도는 할 수 있었다.

그들의 소망은 죽지 않는 것이 아니었다.

다만 자신을 버린 가족의 얼굴을 다시 한 번만 보는 것이었으니.

저주하고 원망하는 소리도 분명 있었다.

하지만 그 속에 깃든 외로움과 그와 함께하는 숨 막힐 듯 진한 그리움을 장문영은 엿본 것만 같았던 것이다.

정반대로 존재하는 두 개의 감정, 아마 정월명의 심정도 이와 같았으리라.

"계속하시지."

감정이라고는 느낄 수 없는 장단없는 음성으로 독고음이 정월명을 밀어붙이고 있었으니, 생각할 시간을 주지 않으려는 것이리라.

숨죽이며 입을 연 정월명의 목소리에는 가는 떨림이 묻어 있었다.

"그들은 무서웠어요. 이곳에 있을 때는 몰랐지요. 그러나 밖에 나가니까 알게 되더군요. 사십 년 가까이 사람을 가둬두는 그들은 정녕 무서웠어요."

증오를 느끼지도 못하게 만드는 상대에 대한 거대한 두려움이 정월명의 음성에 진득하게 흐르고 있었다.

"그래서 도망갈 생각도 하지 못했어요. 지금껏 가둬놨던 나를 아무런 이유 없이 풀어준 것이 아닐 테니까요. 그리고……."

"그리고 뭐지?"

"그리고… 그래도 정말 행복했으니까요."

맥이 탁 빠진 것 같은 정월명의 힘없는 음성에, 그 얘기를 듣고 있던 진사백과 남궁대수 등은 순간 의아함을 느껴야만 했다.

유배와 같이 갇혀 지냈던 그 삶이 뭐가 행복했단 말인가!

그러나 이어지는 정월명의 음성은 지금까지의 의문을 덮

을 오싹한 한기(寒氣)를 만들어냈다.

"그곳은 정말 아름다웠거든요. 생전 처음 보는 하늘과 해, 푸른 산과 새들, 그리고 달까지. 초록색이었어요. 붉은색도 있었지요."

그녀의 목소리가 잦아들면서 눈이 꿈을 꾸는 듯 몽롱해졌다.

"미, 미친!"

결국 참지 못하고 진사백이 거친 소리를 내뱉었다.

보통 사람들은 이해하지 못할 그녀의 말에서 이곳에 갇힌 자신 역시 다시는 하늘과 달을 못 볼 수 있다는 사실이 피부에 닿을 듯 절감됐기 때문이다.

정월명은 아직도 바깥세상을 바라보는 꿈을 꾸는 듯했지만, 독고음의 목소리는 그녀를 깨우기에 충분할 만큼 차고 사나웠다.

"그래서?"

부르르—

한차례의 떨림이 그녀의 몸을 훑고 지나단 뒤, 정월명의 달떴던 음성이 다시 원래의 색을 회복했다.

"수많은 의문이 있었지만, 그 생활 자체가 가져오는 새로움에 모든 것을 묻어두고 있었지요. 그리고 어느 날 다시 정신을 차리니까 이곳이었어요. 이게 다예요."

지금까지 한 그녀의 말이 모두 사실이라면, 애초 기대하고 있었던 그 어떤 실마리도 찾을 수 없을 것 같았다.

오히려 처음보다 더욱 지독한 절망감이 돌로 된 갓을 머리에 쓴 것같이 무겁게 짓눌러 모두의 고개를 영영 숙이게 만들 것만 같았다.

그러나 독고음은 힘없이 고개를 떨어뜨리지 않고 여전히 변함없는 말투로 오연히 입을 열 뿐이었다.

"누구지? 설마 이곳에서 평생을 살면서도 아무도 만나지 않았다고는 하지 않을 테지."

"제 이름은 귀자모신이었어요."

귀자모신(鬼子母神).

본래는 아이를 잡아먹는 야차였으나, 후에 변화하여 양육의 신이 되었다고 전해지는 네 글자였다.

처음부터 계획되었을까. 지옥을 표방하고 있는 이곳의 소속이었으나, 이제는 이곳을 벗어나기 위한 신세가 되어 있는 정월명과 묘하게 어울리는 이름이었다.

"귀자모신? 그 이름은 누가 붙여주었지?"

독고음의 물음에 정월명이 고통스러운 몸서리를 쳐대며, 실제로 한기까지 느끼는지 두 손으로 자신의 몸을 감싸 안았다.

무엇인가 알고 있는 반응이라!

독고음이 거친 움직임으로 정월명의 앞으로 바짝 다가갔
다.

"누구지?"

"우… 우도대왕(右道)大王)이에요."

"우도대왕?"

모두의 시선이 위해원에게 몰리자, 그는 어깨를 으쓱해 보
이고는 천천히 입을 열었다.

"우도대왕은 모든 지옥의 심판에 대한 결과를 관장하는 자
라고 전해지고 있죠."

"흥! 그렇다면 이 모든 일의 주범은 그놈이겠군!"

위해원이 진사백의 말을 정정해 주었다.

"명부(冥府)의 주인은 염마시왕(閻魔十王)이라더군요."

그 이름들이 갖고 있을 의미들에 대해 잠시 생각에 잠겼던
독고음이 다시 정월명을 바라보았다.

"그놈에 대해 말해보아라."

몸을 감싸 쥔 정월명이 주위를 둘러보며 미친 듯 소리 높여
외쳤다.

"몰라요! 지켜야 한다는 말, 그뿐이에요! 정말이라고요! 그
가 누군지, 무슨 목적을 가지고 있는지는 저는 몰라요! 늘 가
면을 쓰고 있었어요! 어쩌다 한 번씩 찾아와 무공을 가르쳐
주고는 지켜야 한다는 말 한마디만 남겨두고 사라졌어요! 그

렇게 사십 년 가까이 살아왔단 말이야! 난 그게 당연한 건지 알았다고! 아무것도 모르는 것이 당연한 건 줄 알았어!! 내가 이곳에서 다시 눈을 떴을 때 기분이 어땠는지 알아! 차라리 죽고 싶었어! 그냥 죽어버리고 싶었다고!!"

"음……."

한동안 말을 잃고 벙어리라도 된 것 같던 고원월이 끝내 낮은 신음을 흘렸다.

고원월은 그녀의 말이 어느 정도는 사실이라고 이미 판단을 내리고 있었다.

그녀가 처음 석실에서 깨어난 뒤 보였던 광증과도 같은 발작이 기억났기 때문이다.

신이 내렸다는 무녀처럼, 꼭 미친것처럼 울부짖던 괴성과 뒤틀렸던 몸부림.

그것을 본 자는 비단 고원월 하나뿐만이 아니었으니, 정월명이 깨어나기 전에 이미 석실 안에는 두 명이 먼저 정신을 차리고 있었던 것이다.

고원월은 처음 깨어난 그녀가 괴로워하는 모습을 자신과 함께 지켜본 자이자 동시에 지금 그녀를 괴롭게 만들고 있는 자인 독고음을 힐끔 쳐다보았다.

그 역시 그때의 정월명의 모습을 생각하고 있는지 더 이상의 말을 꺼내고 있지는 않고 생각에 잠겨 있었다.

침묵으로 나누는 대화 시간이 지나가고 있었다.

그사이에 거칠었던 정월명의 숨소리가 조금씩 안정을 찾아갔지만, 다시 입을 연 독고음의 음성은 여전히 싸늘하기만 했다.

"처음부터 길을 알고, 우리를 청색 문으로 인도한 건가? 도산지옥, 그리고 화탕지옥!"

"흠……."

이번엔 장문영이 신음을 흘렸다.

붉은 문으로 가려던 모두를 굳이 청색 문으로 이끈 자는 정월명 그녀였고, 이것은 그 어떤 말로도 바꿀 수 없는 사실이었다.

정월명은 괴로운 표정이 되어 말했다.

"그, 그건 아니었어요. 도산지옥이나 화탕지옥 모두 나도 처음 보는 장소였어요. 붉은 문이나 청색 문이나 그 뒤에 뭐가 있는지는 모르고 있었어요."

"그런데 왜 우릴 청색 문으로 들어가도록 유인한 것이지? 넌 알고 있었어! 틀림없이 함정에 빠뜨리려 했던 거야! 처음부터 이상한 느낌을 받고 있었지. 그래서 일부러 네가 가자는 쪽으로 모두가 가도록 내가 앞장서서 찬성했던 것이니까! 원하는 장단에 맞춰줘야 활발히 움직일 테고, 그래야 네년과 그 배후를 분명하게 캐낼 수 있을 테니까! 또한 실혼인은! 그 존재 역시 알고 있지 않았나! 일부러 모두가 듣도록 설명했을 때 몸을 움찔거린 것은 너 하나였어!"

"그런 건 아니었어요!"

폭풍처럼 몰아치는 독고음의 말을 부인한 정월명은 벌떡 자리에서 일어나 울부짖었다.

"그래요! 실혼인의 존재는 알고 있었어요! 이곳에 있을 때 그런 존재가 있다는 사실을 우도대왕에게서 얼핏 들은 기억이 있었어요! 하지만 몰랐어요! 그쪽으로 가면 그게 있을지는 몰랐단 말이에요!"

"그렇다면 왜지? 왜였어?"

"처음 이곳에서 깨어난 뒤 곰곰이 생각했죠. 그리고 나에게 어떤 임무가 주어진 것이라고 결론 내렸어요. 그리고 그 임무란, 당신들과 관련된 것이라고 생각했죠. 그래서 당신들이 선택한 길을 한 번 바꾼 것뿐이에요."

"우리가 붉은 문으로 들어가는 것이 그들이 원한 길일 수도 있지 않을까요?"

지금껏 묵묵히 말없이 듣기만 하던 남궁대수가 조용히 의견을 내놓았다.

정월명은 그런 남궁대수를 향해 거칠게 돌아서며 말했다.

"나는 단지, 만약 그들이 어디선가 지켜보고 있다면 내가 그들을 위해 뭔가 할 수 있다는 것을 보이고 싶었던 것이에요. 만약 붉은 문으로 가는 것이 그들이 원한 것이라면 나를 제지하려 했을 테고, 청색 문으로 가는 것이 의도였다면 잘하고 있다는 신호라도 올 줄 알았어요.”

“자신이 첩자 노릇을 하려고 했다는 것은 인정하는군! 흥!”

진사백의 비꼬는 말에 정월명은 순순히 고개를 끄덕였다.

그러나 그 입에서 나오는 소리는 순순함은 찾을 길 없이 날카롭기만 했다.

“애당초 난 당신들과 아무 상관이 없었어요. 그런 내가 당신들을 위해서 희생했어야 한다고 말하는 것인가요?”

“틀린 말은 아니지. 나라도 그랬을 거야.”

“너 이 자식! 넌 도대체 누구 편이야?! 닥치지 못해!”

정월명을 이해한다는 위해원의 말에 진사백이 거칠게 항의했다.

하지만 고원월과 장문영 등은 이미 어느 정도 그녀의 말에 수긍하고 있는 것으로 보였다.

그 누가 생면부지의 인물들을 위하여 알지도 못하는 위험을 무릅쓰려 하겠는가!

그것도 자신이 속한 조직을 배반하면서!

자신과 반대되는 입장이라 한다고 그것을 무조건 악으로 매도할 수 있단 말인가!

몇몇이 자신의 말에 마음이 움직이고 있다고 판단했는지,

정월명이 조금은 진정된 어투로 다시 말을 이어나갔다.

"그러면 어떤 식으로든 접촉이 있을 거라고 생각했어요. 그런데 아무것도 없었어요. 지금 이 순간까지. 왜 나를 다시 이곳에 데려다 놓았는지, 내가 뭘 해주길 바란 건지. 아무것도 없었단 말이에요."

혼란에 빠진 정월명의 목소리가 점점 잦아들고 있었지만, 그것에 아랑곳하지 않고 독고음이 다음 질문을 시작했다.

"도산지옥은… 진광대왕은… 그리고 이곳에 대하여 무얼 알고 있지?"

"정말 몰라요. 이름은 들어보았으나 다 처음 와본 장소고, 처음 본 사람들이에요. 아마 그들도 서로를 모르고 있을 거라고 생각해요. 다들 나와 같은 존재들이겠지요. 정말이에요. 지금 이 지긋지긋한 곳을 제일 벗어나고 싶어하는 것은 바로 나라고요!!"

"그런데 왜 이제 와서 사실을 털어놓는 것이죠? 끝까지 화염궁을 내비치지 않았다면 아무도 몰랐을 것 아니에요."

사육당했던 중년 여인의 처지가 지금의 자신의 상황을 한순간 잊게 만들었는지, 안타까운 눈으로 감금 혹은 사냥당하는 처지가 된 어린 여인 지부용이 한마디를 던졌다.

휙—

정월명이 핏발 선 눈으로 고개를 돌려 한 사람을 쏘아보았다.

그곳에 위해원이 있었다.

평정심을 유지하는 것에 있어서는 타의 추종을 불허하는 위해원조차 몸을 움찔하지 않을 수 없을 정도의 광기가 그녀의 눈에서 이글거렸다.

무공을 모르는 위해원도 너무도 분명하게 느낄 수 있을 만큼 그를 바라보는 정월명의 눈에서 타오르는 숨길 수 없는 살의의 불꽃이 그 눈동자를 재가 되도록 태워 버릴 것같이 맹렬하게 들끓고 있었기에 몸을 떨지 않을 수 없었으리라.

도대체 무엇 때문에 유독 위해원에게만 부모를 죽인 원수를 넘을 수 없는 창살 하나를 사이에 두고 바라만 봐야 하는 이의 눈빛처럼 지독한 원독(怨毒)을 담은 끝없는 적의를 숨길 생각조차 하지 않고 있단 말인가!

이는 맨 처음 대면한 석실부터 그러했으니, 설마 위해원을 그전부터 이미 알고 있기라도 한 것이란 말인가!

한참을 위해원을 노려보던 그녀가 고개를 돌렸다.

실핏줄이 터져 나가 붉게 충혈되었던 그녀의 두 눈은 조금씩 제 색을 찾아가고 있었다.

지금껏 여러 가지 감정에 물들어 있던 음성과는 달리, 이젠 마음을 가라앉혔는지 놀랍게 담담한 목소리가 정월명의 입에서 흘러나왔다.

"말했잖아요. 이제껏 아무런 연락도 없었다고. 마치 나까지 같이 죽이려는 것 같았어요. 그리고 아까 말한 것처럼 난 그 누구보다 이곳을 벗어나서 다시 세상으로 나가길 원하고 있어요."

정월명이 더 이상 할 말이 없다는 듯 단호하게 말했다.

第五章 구인외(九人外)

회상(回想)

사위지기자사(士爲知己者死)라 하였으니, '선비는 자신을 알아주는 자를 위해 죽는다' 라는 의미를 담고 있는 것이 이것이다.

그러나 이것이 어찌 선비에게만 국한되는 일일 터이며, 인간이라면 제 가치를 알아주는 자를 만나는 것이 가장 큰 기쁨이요 행복일 터이고, 이를 반대로 생각하면 그런 자를 만나는 것이 그만큼 힘들다는 뜻도 될 것이다.

서로 스쳐 지나가며 옷깃을 스치는 것이, 전생에 오백 번의 인연이 만들어낸 결과라고도 말할 정도이니, 사람 간의 만남이라는 속에 들어 있는 의미에 대한 것은 바다를 먹물 삼고 하늘을 종이 삼아 적는다 해도 모자라리니.

그 광대한 인연 속에 어떤 원대한 뜻이 담겨 있을까.

하늘의 뜻 아래 태어난 사람과 사람이 만나 하늘의 이치를 거스를 정도의 큰일을 하지 못한다고 과연 그 누가 장담할 수 있을까.

바람이 차갑게 느껴지는 것은 실제로 그러한 것인가, 아니면 지금 나의 가슴 깊숙한 곳에서 스멀거리며 올라오는 한줄기 싸늘한 죽음의 한기 때문인가.

'나쁘지 않군. 죽기 좋은 날이야.'

떠오르는 상념을 뒤로하고 용검운은 피식 웃고 말았다.

자신의 눈앞에 사지를 떨어뜨린 채 누워 있는 저들도 마지막 순간에 자신과 같이 생각했을까.

고목.

기골이 당당한 장정 둘이, 반가운 벗을 만나 그 마음 표현할 길이라고는 활짝 펼쳐진 손밖에 없다는 듯 양팔을 한껏 벌리고 껴안으려 해도 조금은 남을 것 같은 아름드리 나무에 용검운은 기대어 앉아 있었다.

키가 고만고만한 이름 모를 잡초들이 주인 된 세상인 광활한 초원 한가운데, 기이하게도 홀로 우뚝 솟아 있는 이 고목을 가리켜 유랑민들은 생사목(生死木)이라 불렀다.

적은 강수량과 낮은 온도로 인하여 수목(樹木)이 자라기 힘든 조건 가운데서도 늠름하게 꽃피운 그 생명력에 대한 경의와 그럼에도 언제 말라비틀어질지 모르는 최악의 주변 환경에 대한 암시를 동시에 담고 있는 것이리라.

또한 은은하게 노을빛으로 물들어 있는 모습은 신비롭기까지 하였으니.

자신들이 생명같이 아낀다는 말과 소며 양 등이었으나, 어디까지나 그 소중함을 비유하는 것일 뿐일 터였다.

끝도 없이 광활한 초원 가운데 살아가는 주민들이 자신들의 안녕화복(安寧禍福)을 빌며 생사목 앞에 가축들의 살을 저미고 피를 뿌려 제(祭)를 지내곤 하는 모습은 그곳을 지나는 자들에게 그리 낯설지만은 않은 것이었다.

지금 용검운이 흘리고 있는 피는 오랜만에 내린 빗물이 되어 생사목 주변을 진득하니 적시고 있었으니, 기대어 앉아 있는 밑동이 제 원래의 색을 잃어버리고 붉은빛으로 번들거리며 온통 물들어 있었다.

대지에 감춰져 있는 생사목의 뿌리는 용검운의 피를 빨아들이기 위해 잔뿌리를 촉수 삼아 움직이려 하고 있을 것이었다.

어쩌면 이런 식으로 노을빛 생사목이 생을 이어왔을지도

모를 일이었다.

　상처, 상처, 그리고 또 상처.

　베이고 찢기고 꿰뚫린 육신은 꺼져 가는 생명의 불꽃을 서서히 놓고 있었지만, 그 손에 들린 검은 마지막 순간까지 놓지 않을 것이다.

　나쁘지만은 않은 순간이라고, 진심으로 용검운은 생각하고 있었다.

　검으로 살아왔고 검으로 죽는 것은 그가 늘 예상해 왔으며 꿈꿔왔던 것이었으니, 새삼 낯선 느낌을 가질 필요가 없었기 때문이다.

　우연하게 만난 기연이 아니었다면, 이미 십수 년 전 어린 시절에 초원을 뒤덮고 있는 잡초들의 영양분으로 사라졌을 몸이요 인생이었다.

　그랬던 것이, 평원의 제왕 자리를 놓고 한바탕 화려한 칼 시위를 영혼을 태워 버릴 것처럼 마음껏 쏟아낸 지금까지 왔으니, 이제 어떤 미련 따위는 남아 있지 않다고 생각하고 있었던 것이다.

　'미련 따위라……'

　한 폭의 그림처럼 지나가는 지난 생의 모습들 가운데 그런 글자를 남길 것이 과연 자신에게 있을까.

　다시 말해도 나쁘지 않았다.

짧지만 굵었던 인생사를 마감하는 순간으로는.

'빌어먹을.'

용검운은 짧은 욕설을 속으로 툭 던지며, 흐릿해지는 눈에 힘을 주어 애써 깜빡거렸다.

석양이 짙게 깔리는 대초원의 초저녁의 풍광은 실로 아름다웠지만, 점차 흐릿해지는 시야와 그 어지러운 시야마저 허락하지 않고 닫아버리려 하는 무거운 눈꺼풀이 아름다운 초원의 자태를 마지막으로 관람하는 것조차 방해하고 있었다.

세상의 모든 것을 들어 올릴 수 있는 천하제일의 역사(力士)라고 하더라도 감기는 눈꺼풀만은 들어 올릴 수 없다고 하였으니, 용검운의 눈은 어느덧 무겁게 내려앉고 있었다.

"……!"

순간이었을까, 영원이었을까.

감겨 있던 용검운의 두 눈이 스르르 닫혔던 것이 거짓말처럼, 번개가 무색할 속도로 벼락이 무색할 광채를 내뿜으며 다시 '팟' 하고 열렸다.

그의 귓가를 울리는 소리, 마치 환청과도 같았던, 그러나 결코 환청일 리 없는 울림에 몸이 반응한 것이었다.

"이쪽이오!"

용검운이 잘못 들은 것이 아니라는 사실을 증명해 주는 고함 소리가 광활한 대평원의 주인 된 수풀들을 쓰러뜨릴 듯 크게 울려 퍼졌다.

"크윽─!"

검을 지팡이 삼고 등 뒤에 나무를 지지대 삼아 비틀거리며 필사적으로 일어나던 용검운의 입에서 한 덩이 피 뭉치가 울컥 쏟아져 나왔다.

이미 이승보다는 저승에 더 많은 부분을 옮겨놓고 있는 것 같은 초라한 육신이었지만, 용검운은 믿을 수 없게도 몇 번의 꿈틀거림 후에는 어느새 당당한 기세로 몸을 곧추세울 수 있었다.

한 덩이가 아니라 한 대야를 가득 채울 각혈(咯血)을 할지라도, 적을 앞에 두고 주저앉아 있지 않고 일어나고야 말 사내가 바로 용검운이었으니, 지금 주저앉고 말면 지금껏 자신이 쌓아올렸던 인생 모두를 부인하는 것이 되고 말리라.

똥밭에서 굴러도 저승보다는 이승이 낫다고 하는 것이 사람의 마음이었지만, 삶이 부정당한다는 것 앞에서는 죽음 따위는 우습게 여기는 자도 있는 것만 같았으니, 이가 바로 또한 용검운이었던 것이다.

"워─워─"

히이잉─!

"으흐흐, 거참 거창하게도 해놓았네. 것 보시오, 내가 찍은 사람이라니까. 어떻소! 삼십 년 가까이 초원의 악마라 불리던 광랑대(狂狼隊)의 늑대 떼를 혼자서 잡아먹은 맹수요! 사자요! 아니지. 사자는 집단 사냥을 한다 하니 홀로 다니는 호랑이 요! 하핫! 보시오! 이 정도면 충분하지 않소! 하하하—!"

고삐를 잡아채며 말을 진정시키는 단아한 목소리와 그것에 화답하는 거친 말 울음소리, 그리고 그 뒤를 이어 거친 음성이 용검운의 눈앞에서 들려왔다.

비록 아직 뜨고는 있지만, 실상 흐릿하게 뭉툭한 형체만 보일뿐 이미 감긴 듯 제 기능을 상실한 눈이었으나, 자신의 부릅뜬 눈에 살기까지는 못 되어도 피라도 쏘아져 적에게 나가길 바라며 용검운은 한껏 두 눈에 힘을 주었다.

지척(咫尺).

'세 명인가……. 그래, 이게 나한테는 어울리지.'

어슴푸레하게 세 마리 말의 뭉툭한 형태가 시력을 잃어버린 눈앞에 어른거렸다.

용검운은 검을 쥔 손아귀에 힘을 꾹 주었다.

셀 수 없는 이의 목을 갈라놓고 자신은 편안하게 앉아서 평온한 석양빛을 받고 노을빛을 등지며 죽을 생각을 했다니, 자신답지 않은 망상이었다고 생각하며 용검운은 슬쩍 미소를 지었다.

"응? 하하! 보시오, 형님. 저 피 몰골을 하고도 입가에 태연한 웃음까지 띤 채 검을 쥐고 이쪽을 노려보고 있는 모습을. 보시오, 형님! 주변에 널려 있는 시체의 산을! 주변에 흐르고 있는 피의 바다를! 이 산과 바다를 만든 저자의 모습을! 사내요! 이놈은 사내요! 우리 대업(大業)에 꼭 필요한 사내요! 빈자리를 메울 자요!"

"덕익! 말이 너무 많구나. 결정은 주군이 하신다."

"아이고, 둘째 형님! 그런 말 마시오. 글쎄, 큰형님은 이미 혹하고 반하신 게 분명하단 말이오! 이런 무위에 저런 기백과 혼자의 몸으로 수백이 넘는 사나운 초원의 늑대며 이리 떼를 이리저리 몰고 다니던 지혜라니! 꼭 필요한 자요!"

철석간장(鐵石肝腸)을 지녀 호랑이 굴에 들어간다 하더라도 부동심(不動心)이니, 그 어떤 상황에서도 눈 하나 깜빡하지 않을 자신이 있는 용검운이었지만, 이 순간만큼은 의아함이 느껴지는 것을 어쩔 수가 없었다.

두 사내의 대화를 통해 우호적이라 하지는 못할지라도 최소한 적의는 없다는 것을 눈치 챌 수 있었지만, 그 내용이 의미하는 바를 알 수 없었기 때문이리라.

어쨌든 적은 아니란 말인가.

"응? 아이고 큰형님. 시체는 왜 가져오라 하시오. 뭉겨져서 형체도 알 수 없는데."

"덕익, 주군이 손끝으로 하신 말씀은 황제가 입으로 한 말보다 더 큰 의미가 있다!"

"알겠소. 에잉."

용검운은 부스럭대는 소리와 함께 부산하게 움직이는 인기척을 느낄 수 있었고, 곧이어 단아한 음성 또한 들을 수 있었다.

"주군, 시체들을 형태로 보아 틀림없는 것 같습니다. 그곳의 무공입니다."

비록 생사의 기로에 선 순간이었지만 의아함이 썰물 빠져나가듯 사라지며, 당혹감이 밀물 들어오듯 나타났다.

자신의 수법을 알아보는 자가 있다는 말인가!

그러나 이어지는 또 다른 인물, 제삼의 사내의 목소리를 듣는 순간 느낀 감정에 비하면 지금 느낀 당혹감은 바다 앞에 한 방울 이슬의 모습에 불과하리라!

"왜 살아 있는 것이냐!"

결코 크지 않았지만 태산이 무너지는 것보다 크게 들렸고, 결코 차갑지도 않았지만 만년빙산보다 차갑게 느껴지는 음성이 들려왔다.

부르르르—!

용검운의 몸이 광풍 앞의 사시나무마냥 흔들렸으니, 비단 흔들림은 그의 몸보다 그의 마음이 더욱 컸다.

불문의 사자후(獅子吼)에 비견되는 마문의 마룡음(魔龍吟)

이라도 되는 것이었을까.

숱한 전장 속에서 살아오며, 인간이 만들어내는 모든 종류의 비명과 고함, 그리고 절규를 들어온 용검운이었지만, 맹세코 이와 같이 듣는 이의 마음을 한순간에 흔들 수 있는 마력이 깃든 음성이 있으리라고는 꿈에도 생각해 본 적이 없었다.

음성으로 미루어보았을 때 결코 많지 않을 나이, 오히려 어리다 할 나이의 인물이 분명해 보였으나, 그 속에 깃든 위엄은 천 년을 익혀도 일부도 익힐 수 없을 것 같았다.

용검운은 입술을 질끈 깨물었다.

이가 박힌 입술 사이로 핏줄기가 흘러내리고, 그에 맞춰 풍랑 속에 잠겨 흔들거리던 용검운의 마음도 안정을 되찾아갔다.

"네놈을 죽이기 위해 살아 있다."

용검운이 흔들리는 마음을 필사적으로 다잡으며 쥐어짜는 음성을 내뱉었다.

"내가 누군지 아는가."

차갑게만 들렸던 음성에는 어느새 호기심이 배어 나오고 있었지만, 용검운은 그것을 느낄 여유가 없었다.

언제 쓰러져도 이상하지 않을 용검운의 몸 상태에, 언제 생각해도 이상하기만 할 지금의 대화 내용은 그 어떤 잡념의 침입도 불허하고 있는 것이었다.

"그따위 것, 알 필요도 없지! 그따위 것, 모를 수도 없지! 적이다! 모두가 나의 적이다! 나를 가로막는 것은 모두가 나의 적이다! 지금껏 그랬었고, 앞으로도 그러할 터!"

용검운이 거칠게 소리 높여 부르짖었으니, 그 이유는 알 수 없었지만 그 스스로도 믿을 수 없을 만큼 흥분한 상태였다.

아마도 죽음을 앞두고 생의 모든 것을 포기하려는 찰나에 마주한, 생전 처음으로 대면한, 송곳이 되어 마음을 후벼 파는 기이한 울림 때문이었으리라!

제집에 찾아와 소란 피우는 객을 헛기침으로 우회적으로 나무라는 점잔 빼는 주인처럼, 고요해야 할 초원이 황혼녘에 찾아와 목소리를 높이고 있는 인간을 질책이라도 하는 양 스치는 바람결에 수풀이 흔들거리는 소리가 주변으로 울려 퍼졌다.

스스스―

사라라라―

얼마간의 침묵이 주위를 지배하였다.

그리고 침묵을 몰아내는 나직한 음성이 혼잣말을 하는 것처럼 속삭이듯 들려왔다.

"불쌍한 놈이구나. 이빨을 내세우고 으르렁거림은 알고 있으나, 광대한 포효를 내지르는 법은 모르는 놈이로구나."

“……!”

용검운은 흠칫거렸다.

아찔한 현기증에 쓰러질 것만 같은 몸을 등 뒤에 서 있는 생사목에 기대는 것으로 간신히 막을 수 있었다.

불쌍하다니!

초원의 제왕으로 살아오며 두려움의 대상이 되어와 한 평생 동안 감히 꿈에도 들어보리라 여기지 못했던 표현이다.

그러나 지금의 쓰러질 것 같은 현기증은 분노에 의한 것이 아니었으니, 신줏단지를 숨겨놓듯 마음 깊숙한 곳에 봉인한 것을 관통당한 것 같은 기분이 전신을 휩싸고 있는 것이었다.

냉혈한이라 했으나 차가운 피가 몸에 흐르는 자는 이미 ‘자’ 라는 이름을 달 자격이 없는 ‘시체’ 에 불과할 터, 차가움을 가장하였지만 그 누구보다 뜨거웠던 피가 지금 부글거리며 끓어오고 있었다.

“미친 새끼! 난 날 때부터 혼자였다! 난 모든 것을 이 두 손으로 스스로 이루어냈다!”

“무엇을 이루었다는 말인가.”

뜨거운 울림을 냉정한 음성이 뒤이었다.

“보이지 않는가! 지금의 이 광경이! 듣지 못하였는가! 나의 전설을! 난 지금 광랑대를 베었으며 난 내 인생을 가로막았던 모든 것을 베어왔다! 수백은 족히 넘으리라!”

연약한 제 속살을 보이지 않으려 온몸의 가시를 곤두세우고 필사적으로 몸을 웅크리는 고슴도치마냥, 용검운이 피가 뿜어져 나오는 음성으로 마음을 훔쳐보는 시선에 필사적으로 저항했다.

그 몸부림에 눈앞에 사내가 긴 한숨을 내쉬었다.

"하, 죄인이구나."

"죄인? 크크크, 죄인? 크하하하―! 과연 그 누가 나를 죄인이라 할 수 있는가! 살아남기 위해서 했던 모든 일이었다! 나를 죽이려는 자들을 죽이기 위한 것이었다! 그들이 죽고 내가 산 것이 죄란 말인가! 크하하―! 그 모든 죽음 앞에서 나는 가슴 펼 수 있다! 나는 한 점 부끄러움도 없단 말이다!"

용검운은 눈앞에 사내가 자신의 살생을 말하며 죄인이라 하는 줄 알았으나, 사내는 그런 뜻이 아니라는 듯 설레설레 고개를 흔들었다.

잠시 후 사내가 다시 입을 열었다.

"세상을 원망하는가."

"원망? 크크, 그따위 것 하지 않는다! 남들과는 다르게 세상에 날 때부터 혼자였고 세상을 살아갈 때도 혼자였으나, 남들과는 또 다르게 세상을 떠나갈 때는 수많은 이들을 함께 데려가고 있으니, 이 어찌 공평하다 하지 않겠는가! 크하하하하―!"

뒤틀림.

어디서부터 시작되었는지 모르지만 한평생 안고 있던 뒤틀림, 그러나 지금껏 그 누구에게도 보이지 않았던 거대한 뒤틀림이 지금 용검운에게서 보이고 있었다.

그것을 이끌어낸 자가, 지금껏 산들바람이 부는 호수같이 고요했던 음성과는 다르게 거센 풍랑이 몰아치는 바다와 같은 음성으로 소리쳤다.

"말하여라! 무엇으로 살아왔느냐!"

"…나는, 나는! 나로서 살아왔다!"

일변한 기세와 깊이 모를 내용 때문이었을까.

앞에 선 자가 하는 말이 무슨 질문인지도 몰랐고, 자신이 하는 말이 무슨 대답인지도 몰랐지만, 용검운은 목구멍이 찢어질 듯한 절규로 대답을 대신했다.

하늘에서 들려오는 신의 음성처럼 또다시 영혼의 울림이 질책하며 물어왔다.

"말하여라! 너는 누구이냐?!"

"…나는, 난 용검운이다!"

이 또한 한계에 다다른 육신 때문이었을까. 조금씩 용검운의 음성에 떨림이 배어 나오기 시작했다.

"말하여라! 용검운은 무엇을 때문에 아직까지 죽지 못하고 있는 것이냐?"

“…나는, 나는…….”

“말하여라! 용검운은 무엇 때문에 지금껏 살았던 것이냐?!”

“……!”

털썩─!

내리꽂히는 벼락을 정면으로 맞은 것 같은 온몸을 관통하는 충격과 함께, 용검운은 더 이상 대답하지 못하고 간질 환자처럼 경련을 일으키다가 허물어지듯 주저앉았다.

점점 육신에서 빠져나가는 생명도, 이에 반해 믿을 수 없을 만큼 또렷해져만 가는 의식도 분명하게 용검운은 느낄 수 있었다.

“네가 일으켰던 살육의 모든 것 앞에서 너는 무죄이다! 그 앞에서는 가슴을 한껏 펴도 좋을 터! 그러나 너는 죄인이다.”

초원에 몸을 묻은 채 용검운은 입술을 달싹거렸지만 어떤 소리도 그 속에서 나오지 않았다.

그러나 못다 한 것이 세상에 남아 있어 이대로는 가지 못하겠다는 듯 그 몸에서 필사적인 꿈틀거림이 느껴졌으니, 사내가 나타나기 전 생사목에 앉아 죽음을 기꺼워하던 모습은 찾아보려 해도 찾을 수 없었다.

미약하게 움직이는 용검운의 입술을 보며 그 들리지 않은 소리를 이미 들었다는 듯 사내가 엄숙하게 선고했다.

"너의 죄는 인생을 허비한 죄다!"

쿠쿠궁―!

벼락치는 듯 들끓는 소리가 식어가는 용검운의 가슴에 울려 퍼졌다.

"이제 너는 죽는다. 어차피 원치 않던 탄생, 어차피 목표 없던 삶, 어차피 의미없는 죽음, 이제 용검운이란 이름은 이 세상에서 지워지는 것이다. 가치없는 삶, 이제… 죽어라."

휘이이잉―

어둑해진 초원으로 을씨년스러운 바람이 성을 내며 지나갔다.

착각이었을까, 그 바람에 죽어가는 용검운의 눈가에서 물기가 흔들거린 것처럼 보인 것은.

"…용검운이라는 길가에 구르는 돌멩이보다 못했던 놈은 이제 죽었다. 그리고 이제 그 돌멩이는 내가 줍겠다! 익덕!"

"넵!"

익덕이라 불린 자가 큰 대답과 함께 황급히 말에서 내려오더니 생사목 아래 쓰러져 죽어가는 용검운을 껴안았다.

그리고는 자신의 품 안에서 기름종이로 단단히 싸여 있던 단환을 끌러, 자신이 게워낸 피로 질척거리고 있는 용검운의 입으로 가져갔다.

그러나 용검운은 이미 죽었는지 그 입은 벌려지지 않았고, 한참을 실랑이하던 익덕이란 사내가 뒤를 바라보며 고개를 주억거리며 안타깝게 소리쳤다.

"형님, 안 되겠소! 기력이 다한 것 같소. 이미 저승에 몸을 누인 자요."

"주군, 틀린 것 같습니다. 이만 자리를 뜨시죠."

점잖은 목소리가 나직하게 상황이 종료되었음을 얘기했지만, 형님이자 주군이라 불린 자는 아랑곳하지 않고 소리쳤다.

"네 이놈! 어서 일어나지 못할까! 누구 마음대로 편히 쉬려 하는 것이냐!!"

꿈틀!

시체나 진배없을 것 같은 몸이 미약하게 움찔거렸다.

용검운을 안고 있던 익덕이라 불린 사내의 눈이 화등잔만 하게 커졌다.

"무엇으로 살아야 할지, 네가 누구여야 하는지, 왜 지금껏 죽지 못하고 살아남아 있었는지, 네가 왜 태어났는지 내가 대답해 주리라! 너는 이제 나의 뜻으로 살아라! 너는 이제 내 것이다! 너는 나의 일을 하기 위해 죽지 못하고 있는 것이다! 너는 나를 만나기 위해 태어난 것이다!!"

부들…….

부들부들―!

벌컥벌컥―

한줄기 생의 끈은 차마 놓지 못하고 있던 한 많은 인생이었을까, 싸늘히 식어가고 있던 용검운의 몸이 경련을 일으키며 그 입으로는 피가 쏟아져 나왔다.

"내가 너를 거두리라. 내가 너를 가르치리라. 사람의 배에서 태어났으나, 사람의 삶은 살지 못한 너에게 내가 사람이 사는 이유를 만들어주리라. 진정 사내의 삶을 걸어가도록 해주겠다. 너를 버렸고 네가 버렸던 세상을 무릎 꿇리는 길을 내가 걷겠다. 그 길을 함께 걸을 수 있는 동반자로 삼아주리라! 고로, 이제 입을 벌리고 새로운 삶을 받아들여라!"

삶의 끝이라 여겼던 마지막 순간, 새로운 삶을 열어주겠다는 기이한 음성과 벌거벗은 자신만이 하늘과 땅 사이 천지간에 존재하는 유일한 것들만 같은 순간이었다.

그리고 염라전 앞에서 그 죄를 시인할 때면 모르지만, 현세에서는 다시는 영원히 열릴 것 같지 않았던 용검운의 입이 부들거리며 조금씩 벌어지고 있었다.

변황(邊荒)의 어느 초원.

홀로 일평생을 비적으로 떠돌며 살아온 용검운.

그가 하나의 생을 마감하고 또 다른 생을 부여받은 가을의 문턱에 이른 어느 날이었다.

“…….”

“왁―!”

귀청을 떨어지게 만들려고 하는지, 생각에 잠겨 있던 사내의 옆으로 방앗간 근처에 떨어진 쌀을 쪼고 있는 참새를 노리고 다가가는 고양이마냥 살금살금 다가간 덩치 큰 사내가 버럭 소리를 질렀다.

그러나 사내는 이미 그 출현을 알고 있었는지 별반 놀란 기색 없이 심유로운 표정으로 고개를 돌리며 나직하게 말했다.

“오셨소.”

“에이―! 정신을 놓아버린 것도 아니면서 이 형님이 들어오는데도 쳐다보지도 않는단 말이냐!”

담담한 대꾸에 김이 빠졌는지 덩치 큰 사내가 토라진 듯 말하며 중앙에 놓여 있는 원탁으로 다가가 의자 빼며 털썩 주저앉았다.

밀실.

생각에 잠겨 있던 사내의 집무실은 완벽한 밀실로 이루어져 있었다.

그 끝 벽면에서 걷기 시작하면 다른 벽에 이르기까지 일고여덟 걸음이면 충분할 크기의 사방이 막힌 방에는, 방금 사내가 앉아 있던 구석의 서탁과 이제 거한의 사내가 앉은 정중앙의 원탁만이 덩그러니 놓여 있을 뿐, 일체의 장식이나 가구는 찾아볼 수 없는 단출한 방이었다.

그러나 서탁에 어지러이 흩어져 있는 수많은 종이와 원탁에 빼곡히 쌓여 있는 서류로 인하여 밀실 안은 휑하게 보이지 않았다.

그리고 두 명의 사내.

나이 사십을 불혹(不惑)이라 했다.

이는 사물의 이치를 알고 세상일에 흔들리지 않는 마음을 이룰 나이라는 뜻이니, 말처럼 그런 경지를 이루기가 쉽지는 않은 것을 그 또래의 세상 모두가 앓고 있는 사실이지만, 지금 생각에 잠겨 있는 사내의 모습은 이미 그것을 이룬 자와 같이 보였다.

여인네나 입을 법한 길이가 길고 품과 소매가 넓은 백색 장삼을 멋들어지게 입고는 있으나, 그 재질이 비단이 아니라 까칠한 삼베로 이루어진 것으로 보아, 예(例)는 갖추나 격(格)에 얽매이지 않는 사내의 성품을 짐작케 하고 있었다.

끝이 시원스레 솟은 눈썹과 잔잔하게 가라앉은 눈동자가 차분하게 조화를 이루는 선비풍의 생김새와는 다르게, 자잘하게 긁힌 듯 자리 잡고 있는 흉터들은 사내의 지나온 길을 엿볼 수 있게 하고 있었다.

그리고 또 한 명의 덩치 큰 사내.

스스로를 형님이라 칭하고는 있으나, 백색 장삼 사내보다 오히려 댓살 어린 듯 보였다.

봉두난발(蓬頭亂髮)로 흩어져 있는 머리카락, 그리고 세 살배기 아이가 한일 자를 삐뚤삐뚤 그리듯 쓴 이마에 뚜렷하게 잡혀 있는 구불구불한 세 가닥의 주름이 인상적이었으니, 우람한 제 몸을 자랑하듯 울퉁불퉁한 가슴팍이 훤히 보이는 옷차림과 틀림없이 태어났을 때 아이를 받은 산모가 '장군감일세—!' 라고 소리쳤을 팔 척이 넘는 기골 장대한 호한이었다.

"하하, 화나셨소? 미안하구려, 형님. 잠시 옛 생각에 좀 빠져 있느라고……."

"옛 생각? 오호라, 귀신같기만 한 네 녀석도 사내라고, 어디 처음 손목 잡았던 그녀라도 떠올리고 있었던 모양이구나. 하하하핫—!"

남자를 생각이라는 구멍 속으로 빠뜨릴 수 있는 것은 여자뿐이라고 생각하는지, 봉두난발의 사내는 마구 웃어댔다.

그 모양을 보고 있던 방의 주인 된 백삼사내는 빙그레 웃으며 자리에서 일어나, 아직도 '하하' 거리며 웃고 있는 손님 된 봉두난발의 사내의 곁으로 다가가 의자를 빼어 앉으며 말했다.

"문득 형님들과 주인을 만난 때가 생각나서 말이오."

"……."

지금껏 장난기 가득한 사내는 어디 갔는지, 호랑이 온다는 소리에도 멈추지 않던 아이가 곶감 얘기에 거짓말처럼 울음을 멈추는 것같이, '주인'이라는 글자에 한순간 '하하' 거리던 웃음을 뚝 멈춘 봉두난발사내의 얼굴에는 이미 진중함만이 짙게 배어 나오고 있었다.

"무슨 일 있느냐?"

백삼사내는 나직하게 물어오는 질문에 입을 여는 대신, 원탁 한편에 놓여 있는 서류를 눈짓으로 가리켜 대답을 대신했다.

"……."

초조한 얼굴로 황급히 서류를 '획' 하고 집어 '부스럭' 거리며 읽어가던 봉두난발사내가 마침내 서류를 '탁' 소리 나게 원탁에 집어 던지며 말했다.

"화탕지옥 돌파! 장왕과 귀성 부상? 분열 조짐? 그러나 전원 무사. 으하하하!"

서류의 내용을 중얼거리던 봉두난발사내가 갑자기 큰 웃음을 흘리며 예의 장난기 가득한 얼굴을 어느덧 되찾고, 옆에서 빙그레 웃고 있던 백삼사내에게 얼굴을 불쑥 들이밀며 말했다.

"모든 것이 계획대로구나! 난 또 네놈이 큰형님을 입 밖으로 내뱉기에 뭐가 잘못되고 있는 줄 알았다!"

"잘못될 일이 있겠습니까. 주인께서 계획하고 진행하시는 일인데요. 대업(大業)은 차근차근 쌓아지고 있습니다.”

“으하하, 그런데 왜 갑자기 십 년도 지난 일을 회상하고 있었느냐?”

봉두난발사내가 의아해하자, 마주 보던 백삼사내가 시선을 허공으로 돌리며 나직이 입을 열었다.

“지금 움직이고 있는 일들을 바라보고 있자면, 새삼 그때 형님들과 주인님을 만나지 못했으면 난 어떻게 되었을까 하는 생각을 떠올리지 않을 수 없습니다. 정말 놀라운 분이십니다. 지금껏 이 땅 위에 그런 분은 없었을 것이라는 생각이 들 정도로.”

“아니야!”

자신의 말을 부정하는 난데없는 외침에, 백삼사내의 눈에서 뜨거운 불꽃이 광포하게 이글거리며 번쩍거렸지만, 이어서 들려오는 말에 그 불꽃은 순식간에 따듯한 온기로 변해 버렸다.

“아니지. 전에도 없었던 것은 당연하며, 지나온 시간이 일백 번 다시 지난다 해도 앞으로도 없을 것일세! 그런 원대한 계획을 세우고 실제로 이루실 분은 오직 큰형님뿐이시지! 암! 그렇고말고!”

한 명에게는 주인이라, 다른 한 명은 큰형님이라 불리는 사람에 대한, 형용할 수 없는 우러름이 깊숙이 배어 나오고 있었다.

존경의 염이니 하는 말 따위와는 비교할 수 없는 감정이었으니, 경배라 해도 부족하기만 할 종교적인 믿음과 같았다.

두 사람이 만들어내는 흠모의 열기로 밀실 안이 끓어오를 듯 이글거리던 시간이 지난 후, 평소대로의 장난기 가득한 얼굴로 봉두난발의 사내가 은근히 물어왔다.

"그래, 그래서 앞으로는 어떻게 되는 건가? 둘째 형님은 통 말을 해주질 않는단 말이야. 내가 알면 초상집에 와서 빚 갚으라는 놈들마냥, 때와 장소도 못 가리고 난장 부릴지도 모른다고 하던가. 쳇! 아니, 그리고 초상집이라고 봐주면 빚은 언제 받으란 말이야! 그런 놈들은 어설픈 불한당은 될지언정 진정한 고리꾼은 못 돼지. 하려면 확실하게 해야지. 암! 안 그런가? 하하하!"

일이 잘 풀리고 있다는 걸 확인하고는, 참을 수 없는 즐거움이 속으로부터 복받치는지 봉두난발의 사내가 우스갯소리를 풀어놓으며 낄낄거렸다.

그것을 미소 띤 얼굴로 가만히 보고 있던 백삼사내는 조용히 자리에서 일어나 자신의 서탁 쪽으로 몸을 움직였다.

그의 기다란 장삼 자락이 원탁 모서리를 막 태어난 제 아이 어여뻐 참을 수 없어 조심스럽게 어루만지는 아비의 손끝 움직임처럼 부드럽게 흐르듯 스쳐 지나갔다.

스르르—

스르르륵—

남을 웃길 줄 아는 자의 첫 번째 자세가, 우스운 얘기를 하면서도 자기는 우습지 않다는 듯 시치미 떼는 것이라 했던가.

그 말대로라면 결코 재미있는 자라는 소리는 듣지 못할 것이 분명한, 아직까지 제 얘기에 빠져 연신 웃음을 흘리고 있던 봉두난발의 사내가 백삼사내를 바라보며 다시 입을 열었다.

"하하하! 아니, 자네도 정녕 말 안 해줄 텐가?"

서탁에 앉아 어지러이 흩어져 있던 종이 가운데 하나를 집어든 백삼사내가 잠시 그것을 들여다보다가 이윽고 나직한 음성으로 봉두난발사내의 궁금증을 해소해 주었다.

"어디 보자. 음… 이제 곧 하나가 죽겠군요. 그리고 그 뒤를 이어 다시 둘. 대업으로 가는 길이 멀지 않았습니다."

"하하핫! 이제 앞으로 더욱 재미있어지겠군. 그럼 밖의 일은?"

어깨를 들썩여 가며 주위에 쌓여 잠을 자고 있던 먼지들이 화들짝 놀라 허공으로 도망가도록 크게 웃으며 봉두난발사내가 또다시 물었다.

"저야 집안 살림만 맡아서 하는 안사람 아닙니까. 밖의 일은 바깥 분께서 알아서 잘하고 계시겠지요. 이미 시작되었을 것입니다.”

밤새 내린 눈이 더럽혀져 있던 땅이 하얗게 덮으려 하는 것처럼 사내가 입은 넓은 백삼 자락의 하얀 소매가 서탁 위에 있는 종이들을 덮을 듯 뒤적거리며 중얼거렸다.

밀실 안의 두 명.

예전에는 용검운이라 불렸으나 이제는 우도대왕(右道大王)이라 불리는 자가 봉두난발의 거한 덕익에게 나직이 말했다.

위해원 등이 화탕지옥을 벗어나고 또 다른 곳으로 움직이고 있을 무렵의 일이었다.

정무단(政務團)

‘든 자리는 몰라도 난 자리는 안다’ 라는 말에 담겨 있는 가슴 시리도록 애절한 고통과 회환을 사랑하는 이를 잃어본 적 있는 사람이라면 알 것이다.

그 안타까운 마음이란, 이십사절기 가운데 큰 눈이 온다는 대설(大雪)과 작은 추위라는 소한(小寒) 사이에 자리 잡고 있는 겨울에 이르렀다는 뜻의 스물두 번째 절기인 동지(冬至)에 비유할 수 있을 것일 터.

이제나 올까 저제나 올까.

일 년 중 밤이 가장 길다고 하는 동짓날이 가장 깊어진 새

벽녘까지 눈 붙이지 못하고 있다가 대문 흔들리는 소리에 화들짝 놀라 맨발로 달려나가 보았으나, 문 흔드는 장난으로 마음까지 흔들고 저 멀리 사라지는 한겨울 매서운 삭풍(朔風)을 원망하며 눈물지어야 하는 이가 그럴 것이었다.

잃어버린 이가 당장은 만날 길 없이 대들보 처마 밑에 목매달아야만 만날 수 있는 곳에 있는 경우는 제외하고, 같은 하늘 아래 어디선가 분명히 있을 것이라는 확신만 있다면 그 어딘들 못 가리요, 그 무엇인들 아까울까.

누군가 백성들에게 묻는다면 십중팔구는 이렇게 대답하리요.

'천하에서 가장 존귀한 자는 누구인가' 라면 '천자' 라고.

그러나 누군가 무림인들에게 묻는다면, 십중팔구는 또 이렇게 대답하리요.

'천하에서 가장 되고 싶은 자는 누구인가' 라면 '정무단주(政務團主)' 라고.

때는 바야흐로 하루아침에 하나의 나라가 탄생과 소멸을 반복하고 또 다른 나라가 우후죽순처럼 난립했던 제국들의 시기가 막을 내리고 있던 시기였다.

그 길었던 난세를 평정하고 설립된 정계에서는 나라의 안을 수습하고 다스리는 치국(治國)에 온 힘을 쓰는 시기였다.

　원래 관과 무림이 서로를 소 닭 보듯 했던 관례(慣例)에 더해져 무림에 은연중 행사하던 관의 영향력까지 씻은 듯 사라진 것처럼 보이는 상황이 도래한 것이었다.

　크게는 아홉 개의 파와 하나의 방[九派一幫]이요, 작게는 수백을 헤아리는 각종 문파들이 일만 팔천 리 중원 방방곡곡에 산재하고 있었다.

　그러나 암중에 흐르던 관의 견제가 사라진 짧은 순간을 틈타 이 모든 무림의 힘을 하나로 모으려는 세력이 탄생했으니, 그 이름은 정무단!

　각기 다른 전통과 성향을 지닌 것은 논외로 치더라도, 타 집단에 대한 배타적인 성격의 강함만은 아무리 강조해도 지나치지 않을 특성을 가진 집단이 무림일 것이었다.

　그것을 하나의 거대한 틀 안에 모으려는 시도는 실로 가소롭다고밖에 할 수 없는 것처럼 보였다.

　그러나 그 시도를 행하였고, 하나의 결과를 만들어낸 자가 있었으니 그가 바로 현 정무단주인 검왕(劍王) 용벽관이었다.

　칠천무신의 일인이자, 정파무림이란 험준검산(險峻劍山)에 홀로이 우뚝 선 최고봉, 검왕 용벽관!

　검(劍)으로 하늘을 뚫으니 이가 검왕(劍王)이라!

　비록 실제적으로 모든 문파를 통합하거나 강제적인 명령권을 갖고 있는 것은 아닌, 각 문파에서 차출된 수뇌부들이 무림의 대소사를 논하는 의사 결정 기구의 형태를 갖고 있는 정무단이었으나, 전 중원을 하나로 이어주는 끈이라는 사실은 그 누구도 부인할 수 없는 존재였던 것이다.

　이 때문에, 천하무림의 가장 큰 세 개의 세력 중 하나로 손꼽히고 있었으니, 그 힘은 실로 엄청난 것이라 할 수 있을 것이다.

　팔순연(八旬宴).

　정무단주이자 검왕이라는 놀라운 신분을 한 몸에 가지고 있는 용벽관의 여든 번째 생일을 사 일 앞둔 날.

　정무단이 결성된 날로부터 삼십사 년이 지난 구월 보름날, 단 안이 각지에서 몰려든 사람들로 인하여 산과 바다를 이루고 있는 것도 무리는 아니었다.

　"방 배정은?"

　결코 어려울 것이 없는 짤막한 질문이었지만, 진소부는 자신의 등 뒤로 식은땀이 흐르는 것을 알 수 있었다.

　앞서의 서너 번의 질문 역시 대수롭지 않다는 듯 간략하게 던졌던 그였다.

　그렇지만 대답만큼은 결코 간략해서는 안 된다고 진소부는 굳게 믿고 있었고, 이 때문에 필사적으로 머리를 쥐어짜며 그로선 할 수 있는 최대한의 장황한 대답을 해왔던 것이다.

이번 질문이 마지막이리라.

이것만 넘기면 또 하루를 무사하게 지낼 수 있을 터이다.

꼴각 마른침을 울대 저 너머로 삼키며 진소부가 입을 열었다.

"오늘 오전까지 단 안으로 들어온 인사가 총 백구십팔 명입니다. 그중 구파일방과 사대세가의 인물들이 구십이 명이었고, 그중 또다시 수행원을 제외한 중추적 인물이 삼십삼 명이었습니다. 그 삼십삼 명은 금룡각(金龍殿)에 각각 독채를 배정했으며, 그 수행원들은 은룡각에 삼 인 일 실로 배정했습니다."

이미 나올 질문인 줄 알았으니, 이미 그 대답을 머릿속에 꾸겨 넣듯 달달 외우고 있는 터.

그럼에도 말을 한 번 멈추고 숨을 고르고 있는 것은, 자신이 내놓은 답안지가 정답을 쓰고 있느냐는, 채점관에게 향한 무언의 질문이었을 것이다.

"……."

'일단 살았구나!'

돌아온 대답 역시 무언이었으나, 그것이 상관의 긍정의 표시임을 알고 있던 진소부는 이내 말을 이어나갔다.

자신이 진행했던 일들에 특별한 문제점은 없다는 의미였

을 터.

"그 외 상계와 정계 및 각계의 인사들이 백육 명이었는데, 그들은 각기 삼 등급으로 나눠서 지객당의 일실부터 삼실까지 따로 배정하였습니다. 현재까지 단 안으로 들어올 자격이 안 되나 행사에 참가코자 온 이들 약 육백여 명 정도가 단 밖 이 백 리 안의 마을에 묵고 있는 것으로 추정되고 있습니다."

보고를 마친 진소부는 고개를 바닥으로 떨어뜨리고, 어떤 말이든 어서 흘러나오길 학수고대하고 있었다.

언제나 이런 식이었다.

잠시간의 침묵 뒤에야 다음 말을 하는 상관의 화술은, 지난 삼 년간 매일처럼 대하는 것이었지만 늘 익숙해지지 않는 긴장 속으로 자신을 빠뜨리기에 충분한 것이었다.

걷고 있던 걸음을 멈추지 않은 채로, 시선은 여전히 주변을 훑어보는 상관의 입에서 나직한 음성이 흘러나왔다.

"앞으로 이틀 안에 지금껏 온 것에 배는 되는 인물이 모여들 것이야. 충분한 방의 숫자를 확보해 두고, 금룡각과 지객당 일실에는 각기 한 명의 시비가 담당 가능하도록 만전을 기하게."

진소부는 비로소 등 뒤에 흐르던 땀이 허리춤의 옷깃 속으로 사라지는 것을 느끼며 안도의 한숨을 내쉬며 말했다.

"네, 명심하겠습니다."

오늘도 하루를 무사히 보냈다는 사실을 진소부는 비로소 실감할 수 있었다.

이제 상관은 지금껏 걷던 보폭 그대로 모퉁이를 돌아 사라질 것이고, 한 발 뒤에서 쫓으며 보고하고 있던 자신은 그 모퉁이 앞에서 깊이 고개를 숙인 채 상관의 모습이 사라질 때까지 서 있기만 하면 되는 것이었다.

그러나 지난 삼 년간 익숙했던 둘 사이의 암묵적 관행은 오늘 깨지고 말았다.

자신의 상관의 발걸음이 소경이 지팡이로 앞에 장애물을 발견한 것처럼 우뚝 멈춰 선 것이었다.

진소부는 싸늘한 한기를 느끼며 고개를 더욱 깊이 바닥이 닿을 듯 내려앉혔다.

"그만 물러가게."

"네? 넷!"

머리를 들어 상관의 걸음을 멈추게 한 이유를 확인할 생각은 하지도 못하고, 그 이유가 자신이 아니라는 것만으로 충분한 감사를 하늘에 드리며 진소부가 뒷걸음질로 빠르게 사라졌다.

"너무하시는 것 아니오?"

진소부의 상관인 정무단의 총관 자리를 맡고 있는 백무열의 걸음을 막은 그 이유가 느긋한 목소리로 입을 열었다.

"너무하다? 무슨 말씀인지 모르겠군요."

백무열은 싸늘한 음성으로 자신이 걸어가야 하는 모퉁이를 막고 서 있는 사내를 쳐다보며 말했다.

이미 검은 머리와 흰머리 중 어느 것이 더 많은지 우열을 가리기 힘들 나이가 된 백무열의 신분이 정무단의 모든 업무를 총괄하는 총관이었다.

그런 그에게 공대를 듣고 있는 단출한 무복 차림의 평범한 사내는 비록 사십대 초반 정도로밖에 보이지 않았지만 범상치 않은 신분을 갖고 있으리라.

사내는 차가운 백무열의 음성에도 별반 신경 쓰는 눈치를 보이지 않고 있었다.

"그래도 명색이 그 명성이 사해를 울리는 정무단의 내당 이인자에 앉아 있는 자인데, 저렇게 겁을 잔뜩 먹고 움츠려든 자라 꼴을 하도록 길을 들이다니… 쯧쯧, 보기 민망해서 하는 소리요."

"내당의 일은 내당 소관이니 삼공자께서 참견하실 일이 아니군요. 명령이시라면 제대로 된 체계를 갖춰 하명하시길 바랍니다."

백무열은 서리가 내리도록 냉랭한, 고저를 느낄 수 없는 사무적인 말투로 정무단의 삼공자 정일군을 향해 말했다.

기계적인 태도의 백무열과는 다르게, 어딘지 희극적으로

보이는 몸짓으로 정일군은 고개를 갸웃거리며 머리를 긁적였
다.

"명령이라? 하명이라? 내가 그런 주제가 되던가?"

"……."

백무열은 입을 열지 않고 정일군의 눈을 들여다보았다.

그러나 닭을 잡아먹고 오리발을 내미는 것처럼, 정일군은
시치미 떼듯이 딴청을 피며 시선을 피하고 있었다.

사실 정일군의 신분은 정무단주 검왕 용벽관의 네 명의 제
자 중 하나에 불과하며, 다른 세 명의 제자와는 다르게 그 어
떤 직책도 맡지 않고 있는 상태였다.

따라서 공식적으로는 백무열에게 명을 내릴 자리에 있지
않은 것이 사실이었지만, 어쨌든 차세대 정무단주의 후보 중
하나라는 사실만으로 그 신분은 특별한 노릇이었다.

비록 그 누구도 인정하지 않으며, 그 누구도 후보의 자리에
놓고 있지는 않는 삼공자 정일군이라 할지라도.

이공자를 다음 정무단주로 밀고 있는 백무열이라 할지라
도 그를 대놓고 무시할 수만은 없는 노릇이었다.

속을 들여다볼 수 없는 정일군을 바라보며 백무열이 입을
열었다.

"하실 말씀 하시지요. 내당의 업무 처리 방법에 대하여 논
하고자 절 기다리신 것은 아니라고 생각됩니다만."

"하하, 과연 백 총관이로군. 그래, 내 오늘 자네에게 부탁하고 싶은 것이 있어서 왔네."

이를 보이며 기분 좋게 웃어 보이는 정일군의 모습은 어떤 음모의 냄새도 나지 않았지만, 백무열은 독침을 등 뒤로 숨기고 있는 사갈을 바라보는 마음으로 그를 경계하지 않을 수 없었다.

모두가 가장 신경 쓰지 않는 자, 누구도 그를 후계자들 중 하나로 인정하지 않았다.

모두를 가장 신경 쓰지 않는 자, 그는 그런 것을 대수롭지 않게 생각했다.

주위가 무시하고, 주위를 무시하는 자가 바로 정일군이었다.

그리고 바로 그런 자가 자신에게 청을 해오고 있었던 것이다.

입을 열지 않는 백무열을 보며 정일군이 멍청해 보일 정도의 머쓱한 웃음을 지어 보이며 어눌하게 말했다.

"들어보지도 않을 텐가?"

"말씀하시지요."

마침내 백무열이 침묵으로 무장했던 자물쇠를 열고 입을

열었다.

"삼사 일 안으로 내 친구들이 일곱쯤 올 걸세. 쓸 만한 방과 앞으로 있을 기본적인 행사에 참가하도록 해주었으면 좋겠군."

"……."

백무열은 다시 침묵이 미덕인 양 입을 굳게 다물었다.

그는 입을 열기 전에 늘 침묵을 먼저 내밀고, 머릿속으로 말을 되생각해 보는 습관이 있었다.

이런 신중함이 오늘날 그를 정무단의 총관의 자리까지 올라오게 한 원동력이 되었다고 그는 굳게 믿고 있었기 때문이다.

한 번, 두 번, 그리고 세 번을 생각하고 말과 행동을 해도 부족함은 있을지언정 조금의 과함도 없는 세계 속에서 그는 살아왔고, 앞으로도 살아가야 하는 자였으니.

"친구 분들의 신분 내력을 말해주실 수 있으신가요."

한참 만에 백무열이 입을 열었지만, 그 자신도 저 삼공자의 입에서 긍정의 뜻이 나오리라고는 생각하고 있지 않았다.

이것은 실로 간단한 문제였다.

신분 내력이 확실하여 분명하게 말할 수 있는 자들이라면 굳이 자신에게 부탁하지 않았을 것이리라.

그래서 또한 어려운 문제였다.

아무리 삼공자의 친구들이라 할지라도 신분 내력을 명쾌하게 말하기 곤란한 자들을 단 안에 들여놓다니!

그것도 상위 신분의 사람들에게만 허락되어 있는 행사에 참석할 자격까지 주면서라면…….

그러나 백무열의 머릿속에서 진행되었던 계산을 비웃기라도 하듯이 정일군은 선선히 대답하였다.

"변방의 친구들이지. 대초원에서 온."

"이민족?"

의외의 대답에 백무열이 미간을 찡그리며 그답지 않게 빠르게 반문했다.

굳이 중화사상(中華思想)을 들먹이는 것도 우스울 정도로, 이민족에 대한 경멸의 뜻이 백무열의 전신 가득이 흐르고 있었다.

밤새 밖에 있다가 돌아와 입을 굳게 다문 서방의 옷깃에 묻어 있는 분홍빛 연지 자국만으로 모든 해답을 찾은 부인처럼, 정일군은 이미 모든 것을 예상하고 확인하고 있다는 듯 다음 말을 이어나가기 시작했다.

"그래, 이민족이지. 그러나 포달랍궁(布達拉宮)의 사절 정도라 생각하면 큰 문제는 없을 듯도 한데. 안 되겠나?"

"포달랍궁!!"

이민족 소리를 들었을 때와 마찬가지로 또다시 백무열은

감정을 크게 드러내야 했다.

또한 저도 모르게 멸시와는 다른 기운이 깃든 감탄사와도 같은 네 글자를 자신도 모르게 터뜨리고 말았다.

중원무림과 변황무림은 하나의 세계를 살고 있지만 다른 세계를 만들어가고 있었고, 서로 일체의 교류를 하지 않은 지가 언 삼백 년이 넘어오고 있었다.

각기 다른 눈으로 서로를 바라보고 있었으니, 중원에서 보는 변황은 경멸이 그 주된 색을 이루고 있다고 해도 과언이 아니었다.

그러나 그중에도 예외적인 몇 존재가 있었으니, 포달랍궁이 바로 그중 하나였다.

그 신비 속의 포달랍궁이라니…….

백무열이 흔들렸던 마음을 진정시키며 그 진위를 파악하려는 눈빛으로 정일군을 바라보았다.

그러나 정일군은 여전히 담담한 신색으로 백무열을 마주 보고 있을 뿐이었다.

'주위에서 아무리 뭐라 해도 아직 삼공자의 신분에 있는 자다. 허튼소리는 아니겠지. 하지만 포달랍궁이라니……. 하지만 어떻게?'

복잡한 심사로 무수한 계산을 머릿속으로 하는 것과 달리, 얼음을 한 겹 씌워놓은 것 같은 무표정으로 서 있던 백무열이 마침내 입을 열었다.

"알겠습니다. 삼공자님이 보증하신다면 문제없겠군요. 오늘 중으로 초청장을 작성해 삼공자님께 전달하도록 하지요."

"내 보증이라……. 하하, 좋군. 어떤 문제라도 생기면 백총관이 아닌 내 책임이라는 말뜻으로 들리기는 하지만."

재미있다는 듯 빙글거리며 말하는 정일군의 뜻을 백무열은 부인하지 않았다.

그것이 사실이었기에.

"좋아. 그럼 그렇게 된 걸로 알고 이만 가겠네."

더 이상 마주하고 있을 이유가 없다는 얼굴로 정일군은 백무열을 스쳐 지나가며 성큼성큼 걸어가기 시작했다.

멀어져 가는 정일군의 뒷모습을 잠시 바라보던 백무열이 몸을 돌려 한 발자국 떼려 하는 순간에, 멀리서 정일군의 목소리가 들려왔다.

"어이, 백 총관! 자네 별명이 뭔지 아는가?"

"……."

"하하, 인형(人形)이야. 모두가 뒤에서 그렇게 수군거리거든. 사람 탈을 쓴 인형 말이야. 조금은 인간적인 모습을 보여 줘도 좋을 텐데 말이야. 내가 만약 암습자라면 자네처럼 똑같은 움직임만 매일 보이는 자라면 고맙다고 절이라도 하고 싶은 정도란 말일세. 하하핫!"

　언중유골(言中有骨)이라는 말이 뇌리를 스치며, 백무열은 가슴 깊이 한줄기 떨림이 스멀거리며 피어오르는 것을 느낄 수 있었다.

　벼락 치듯 빠르게 돌려진 그의 시선에는 이미 저 멀리 두 팔을 휘적거리며 크게 걸어가고 있는 정일군의 등만 보일 뿐이었다.

　입술을 질근 깨물고 잠시 망설이던 백무열이 크게 소리쳤다.

　"삼공자, 공자의 별명은 뭔지 아십니까?!"

　저 멀리 걸어가던 정일군이 고개를 돌리지도 않은 상태로 한줄기 유쾌한 웃음을 내지르는 것이 아련하게 들려왔다.

　"하하, 알지! 아주 잘 알지! 신(神) 아닌가! 신! 병신, 아무것도 못하는 병신도 신은 신 아닌가! 하하!"

　정일군의 모습이 사라질 때까지 백무열은 진짜 인형이라도 된 것처럼 그 자리에 우두커니 서 있었다.

　휘장.

　대나무를 잘게 썰어 비스듬히 얼기설기 엮어 만든 휘장을 사이에 두고 두 사람이 마주해 있었다.

　화톳불에 얹혀 있는 다기(茶器)에서 피어오르고 있는 은은한 향으로 보아 차라도 끓이고 있는 것이리라.

그러나 그 다기가 열려 있는 숨구멍으로 '다 되었소. 뜨거워 못 참겠으니 그만 끓이시오'라고 말하는 것처럼 짙고 긴 수증기를 내뿜고 있었지만, 두 사람은 아무런 말이 없었다.

실상 마주하고 있었으나 방문 쪽에 있는 자는 무릎을 꿇고 고개를 반쯤 숙이고 있었으니, 휘장 속에 모습을 감추고 있는 자가 윗사람이라는 것은 자명한 일이었다.

얼마간의 시간이 지났을까.

모두 공기 중으로 흩어져서 더 이상 내용물을 담고 있지 않다고 말하는 듯 더 이상 말하기도 귀찮다는 듯, 다기에서 그 수증기가 희미해진 뒤에야 노인의 음성이 휘장 속으로부터 들려왔다.

"그래서 진아의 행방은 아직이란 말인가……."

자신 주위를 둘러싸고 있는 세력은 제쳐 두더라도, 자신의 힘만으로 능히 천하를 독보할 만한 사람의 목소리라고는 믿어지지 않을 만큼 맥없는 음성이었다.

밖에서는 세상 사람들에게 천하에 둘도 없을 철한의 강담을 가졌다는 소리를 듣는 자라 하더라도, 안에서는 집안사람들에게 둘도 없이 자상하고 약하기만 한 자는 있는 법이었다.

넷째 제자의 행방을 묻는 검왕 용벽관이 그러했으니, 지금 그 종적이 묘연한 진사백에 대한 근심 걱정이 음성에 묻어 나오는 것을 숨길 수가 없었던 것이다.

이 실종 사건은 극비에 붙여져 단 내에서도 아는 자가 극히 드물었으니, 그것을 알고 있는 소수의 인물 중 하나가 바로 지금 무릎 꿇고 있는 중년의 사내였다.

마치 이 모든 일이 자신의 죄이기라도 하는 양, 지금 진사백에 대한 수사의 결과인 '무(無)'를 보고한 백호대의 부대주 영일천이 조금 더 깊숙이 고개를 떨어뜨렸다.

한 겹 휘장을 사이에 두고 있으나 어찌 그것을 보지 못할 검왕 용벽관일까.

"아닐세. 자네 탓이 아니지. 오히려 내 탓이지 않겠는가. 흠… 누이 얼굴을 어떻게 볼꼬."

"아닙니다. 모든 것은 맡겨주신 임무를 제대로 수행하지 못한 제 탓입니다! 저를 벌하여 주십시오!"

쿵!

절구통 속의 떡을 노리는 절구마냥, 혹은 뒷다리를 아이에게 잡혀 있는 방아깨비마냥 영일천의 머리가 바닥을 향해 방아를 내리 찧었다.

"아니네. 처음부터 그릇이 안 된다는 것을 이미 알고 있었으나 먼저 간 누이의 얼굴이 눈에 선하여 제자로 받아들였건만, 그릇에 담을 수 없는 것을 넣으려 하다 결국 그릇에 금이 가고 있는 줄도 몰랐으니 이 모든 것이 내 탓일 수밖에……."

진사백은 원래 검왕 용벽관의 하나밖에 없는 누이인 용연

향의 아들이었으니, 어려서 전쟁에 휘말린 아비를 잃고 커서
는 지병으로 어미인 용연향마저 죽어 홀연단신(忽然單身)이
되었다.

이를 젊어서는 무림일로만을 걷느라 주변을 살피지 못한
것이 죄스러웠던 용벽관이 거두어 맞이한 것이었다.

그러나 훌륭하게 키워보리라 했던 첫 마음과는 달리, 누이
를 돌보지 못했다는 죄책감에 그 하나밖에 없는 핏줄인 진사
백을 저도 모르게 싸고돌고 있었던 것일까.

안하무인, 제 멋대로의 성격을 가진 사내가 만들어졌다는
것을 깨달았을 무렵, 이미 머리가 커버린 진사백을 돌이키기
는 늦어버린 것이었다.

사실 지닌바 무공이나 성품 등, 그 그릇 된 크기로 보아 응
당 백호대의 대주는 영일천이 되어야 했으며 실제로 취임식
만 남아 있던 상태였다.

그러나 젊어서부터 검왕과 함께 거친 비바람을 함께 뚫어
왔던 영일천은 검왕의 진사백에 대한 애정과 고민을 동시에
간파하고는, 자리가 사람을 만든다는 옛말을 들먹이며 진사
백에게 자신의 자리를 내준 것이었다.

이는 자신이 백호대의 부대주가 되어 대주 진사백을 보필
하며 그가 성장할 수 있도록 하겠다는 다짐이었으니, 지금껏
무거운 짐을 도맡아왔던 것이다.

그 기꺼운 마음을 고마워만 해도 시간이 모자랄 정도인데, 어찌 이제 와서 상황이 이렇게 되었다고 탓할 수 있을까.

용벽관은 고개를 흔들었다.

"그쪽에도 이미 사람을 풀어놓았습니다. 곧 소식이 있을 줄 압니다. 걱정 마소서. 그 걱정은 제가 죽은 뒤에 하소서!"

쿵—! 쿵—!

영일천이 다시 두 번이나 고개를 찍으며 비장하게 소리쳤다.

자신이 죽기 전에 진사백에 대한 염려는 아직 이르다는 말은, 그 행방을 뒤쫓는 일에 자신의 목숨을 바쳐 수행해 내고 말겠다는 의지의 표명이었으리라.

그리고 그쪽은 천하를 삼분하고 있는 다른 두 세력 월영궁(月影宮)과 비천맹(飛天盟)을 의미하는 것일 터.

"되었네. 괜히 신경 건드릴 필요는 없을 것이네. 일단은 무림 동도들을 맞이하는 일에 신경 써야겠지. 모든 일은 예정했던 대로 진행한다고 백 총관에게 이르게나."

"하, 하오면……!"

"계획했던 대로 팔순연을 끝으로 나는 정무단주 자리에서 물러나네. 그러나 함께 진행될 금분세수(金盆洗手)는 없었던 일로 할 터이니 그렇게 알고 있게나."

"……!"

당분간 진사백의 일은 접어두고 있으라는 것이 명이었으

니, 이는 정무단의 후계자 중 하나가 사라졌다는 사실이 강호에 몰고 올 파장을 염려하는 정무단주로서의 공적인 입장 때문이었을 것이다.

'쉽지 않으리라.'

검왕 용벽관은 진사백을 찾는 일이 만만하지 않을 것을 예감하고 있었다.

감히 겁도 없이 정무단의 후계자 중 일인이자 칠천무신인 검왕의 제자를 빼돌린 놈들이니, 그에 걸맞은 힘 또한 갖고 있으리라.

그러니 영일천이 삼십 년 넘도록 아슬아슬하나마 평화를 유지하고 있던 다른 두 세력을 떠올리고 있는 것도 무리는 아니었다.

아직은 정체 모를 그 힘이 노리고 있는 것도 눈에 보일 듯, 손에 잡힐 듯 분명한 것이었다.

바로 자신!

누군가 천하삼대세력 중 하나의 주인인 정무단주이자, 동시에 천하칠대고수 중 하나의 주인인 검왕 용벽관 자신에게 손짓하고 있는 것이었다.

하지만 한 세력을 책임지고 있는 자신이 심중으로나마 나서게 된다면, 천하는 피비린내가 가시지 않는 세월 속에 다시 잠길 수도 있음을 잘 알고 있었음이니.

이것이 정무단주 검왕 용벽관이 신중을 기하고 있는 이유였다.

그러나……!

피의 물을 뿌리고 살과 뼈를 자양분 삼아 자랐다고 할 수 있을 정도로 험난한 세월 속에서 꽃피운 정무단!

인생의 절반 이상을 바쳐 오직 그 꽃이 만개하기만을 바라고 살아온 영일천이었으니, 그 투쟁의 대가로 피어낸 정무단이라는 봉우리처럼 그가 겪어온 삶은 웬만한 일에는 눈 하나 깜짝하지 않을 정신력을 그에게도 선물해 줬던 것이다.

그러나 그런 그가 지금 격동에 휩싸여 온몸을 부들부들 떨어야만 했다.

정문단주의 자리에서는 물러나는 퇴임식은 하겠으나, 무림인으로의 자리에서 물러나는 금분세수는 하지 않겠다는 말이 가지고 있는 뜻이 무엇을 말하는지 짐작했기 때문일 것이었다.

그의 추측이 틀리지 않았음은, 휘장 너머로 뭉클거리며 피어오르는 짙푸른 기운과 함께 들려온 음성이 확인시켜 주었다.

"자네만 채비하게. 다른 누구에게도 알릴 필요조차 없네. 정무단주로서 그 후계자가 아닌, 무인 검왕 용벽관으로서 개인적으로 조카를 찾아 나서야겠네."

"넷!"

쿵쿵쿵— 쿵—!!

　격정에 휩싸여 이마가 찢어지는 것이 먼저인지 바닥이 깨
지는 것이 먼저인지 내기라도 하는 듯 고개를 흔들어대는 영
일천의 모습이 만들어내는 감흥이 다향을 몰아내고 있었다.

　그러나 어떤 것도 느낄 새 없이, 단조로웠던 삶이 빚어놓은
노인은 이미 간데없이 청년의 그것처럼 끓어오는 투지를 억
누르는 것에만 애쓰고 있는 검왕의 머릿속에서는 하나의 숫
자만이 자리 잡고 있었다.

　'삼. 사흘이라……. 어찌 기다릴꼬.'

　셋이라는 숫자.

　바로 정무단주의 짐을 내려놓고 검왕이라는 신분을 되찾
기 까지 남은 낮과 밤의 숫자였다.

　이것은 장왕과 귀성이 석실에서 깨어나고 있을 무렵, 정무
단의 비지(秘地) 중 하나인 검왕각(劍王閣)에서 일어나고 있는
일이었다.

『구기화』 제2권 끝

초등학생이 반드시 읽어야 할 좋은 책 49권

각 학년별로 초등학생이 반드시 읽어야할 좋은 책을
선정하여 통합논술의 기본이 되는 '올바른 독서법' 을
일깨워 줍니다.

교과서와 함께하는
초등학교 통합논술

초등1학년 | 값 12,000원 / 초등2학년 | 값 9,500원 / 초등3학년 | 값 11,000원 / 초등4학년 | 값 9,500원 / 초등5학년 | 값 9,500원 / 초등6학년 | 값 11,000원

♣ 혼자 할 수 있어요.

엄마가 책 읽는 방법을 가르쳐 주어도 좋아요.
독서지도하는 선생님이 가르쳐 주어도 좋답니다.
"초등 교과서와 함께하는 **통합논술 시리즈**"는
아이 스스로 독서할 수 있도록 꾸며진 책이에요.
엄마와 선생님은 요령만 가르쳐 주시면 된답니다.

♣ 교과서의 중요한 내용이 총정리되어 있어요.

각 학년별로 중요한 교과 내용이 함께 수록되어 있어요.
초등학생은 교과서 내용을 충실하게 공부해야 합니다.
아울러 그와 병행한 독서가 대단히 중요하지요.
"초등 교과서와 함께하는 **통합논술 시리즈**"는
두가지 방법 모두 알려준답니다.

♣ 이 책은 훌륭하신 선생님들이 함께 쓰신 책이랍니다.

동화작가 선생님들이 쓰셨어요. 소설가 선생님도 쓰셨답니다.
국어 논술독서지도 선생님들도 함께 쓰셨지요.
"초등 교과서와 함께하는 **통합논술 시리즈**"는
엄마의 마음으로 모든 선생님들이 함께 꾸민 책이랍니다.

입소문을 통해 아는 분은 다 알고 계십니다!
올 한해 공인중개사 최고의 화제작!

1~2권 합본 | 이용훈 지음
3~4권 합본 | 이용훈 지음
5~6권 합본 | 이용훈 지음
용어 해설 | 이용훈 지음

수험생 기본 필독서
만화 공인중개사

제목 : 만화공인중개사 쓰신 분에게 감사드립니다.

학원을 두 달 다녔어요. 근데 과연 그 숫자 외우기 그런 게 몇 문제나 나올까 생각을 했어요.
아니라는 생각이 드네요. 학원강의를 뒤로하고 서점을 갔어요. 내 머리에 가장 이해될 수 있는
책이 없나 하구요. 거기서 만화를 발견했어요. 무조건 세 번 봤어요. 3개월 걸렸어요. 문제집을 보라고
했는데 그건 시행을 못했어요. 근데 합격을 했네요.
어떻게 감사의 말을 해야 될지……
도서관에서 만화책 들고 다니니까 사람들이 비웃더라구요. 만화책으로 공인중개사를 공부한다고
미친 사람처럼 보더라구요. 근데 그거 다 감수하고 했던 내가 자랑스럽습니다.
어떻게 감사의 말을 해야 할지… 정말 감사합니다.
부디 행복하세요. 제 나이 41살에 좋은 스승을 만난 것 같습니다.
엎드려 감사드립니다.

-본사 홈페이지에 독자분이 올린 메일 中 에서 발췌-